Die Welt
nicht mehr
im Gleichgewicht

Autorin
Monika Pistel
geb. Decker

Vorwort

Es gibt Geschichten, die uns auf eine Reise mitnehmen, nicht nur an Ferne Orte, sondern tief in unser eigenes Inneres. Dies ist eine solche Geschichte. Maria ist keine gewöhnliche Heldin. Sie kämpft nicht mit Schwertern oder Magie, sondern mit Wissen, Mut und der Fähigkeit, die Schatten in sich selbst zu verstehen, anstatt sie zu fürchten.
In einer Welt, die zwischen Licht und Dunkelheit schwankt, erkennt sie das wahre Gleichgewicht, nicht in der Vernichtung sondern im Verstehen ihrer eigenen Ängste, die tief in ihr verborgen liegen. Denn nur wer lernt sich selbst zu lieben, wird die Dämonen seiner Vergangenheit vertreiben können.

In den Anfängen, als das Licht die Dunkelheit besiegte, wurde ein Pakt geschlossen. Ein Pakt, der das Tor versiegelte, das die Dunkelheit aus der Welt verbannte. Doch die Wächter, die den Pakt bewahrten, wussten, dass der Preis zu hoch war.
Sie verbannten das Wissen über das Tor, sie verbannten die Wahrheit über den Ursprung der Dunkelheit.
Dieses Buch erzählt von ihrer Suche nach Antworten, nach Wahrheit und nach einem Frieden, der nur möglich ist, wenn man den Mut hat in die Dunkelheit zu blicken.
Doch Wissen hat seinen Preis, und Maria wird erkennen müssen, dass manche Wahrheiten schwerer wiegen als manche Bürde.
Dieses Buch geht in eine Welt voller Mysterien, alter Geheimnisse und eine Frage die weit über diese Geschichte hinaus geht.
Kann es Frieden geben, ohne die Dunkelheit zu verstehen?

Kapitel 1 Ein neuer Anfang

Maria Lorenz saß auf der harten Holzbank im Amtsgericht, die Hände in den Schoß gelegt, während ihr Blick an der großen Uhr über der Tür hängen blieb. 10.42 Uhr, in genau 3 Minuten wäre sie offiziell eine geschiedene Frau.
Peter saß ihr gegenüber, die Arme verschränkt und den Blick auf den Boden gerichtet.
Kein Wort war zwischen ihnen gefallen, als sie an diesem Morgen hier eingetroffen waren. Vielleicht gab es ja auch nichts mehr zu sagen. Sie hatte ihn geliebt, hatte ihm vertraut, und er hatte ihr Vertrauen missbraucht und sie mit einer anderen Frau betrogen.

„Frau Lorenz, Herr Lorenz" die Stimme des Richters riss sie aus ihren Gedanken, „Frau Lorenz, Herr Lorenz, die Scheidung ist rechtskräftig, ich wünsche ihnen für die Zukunft alles Gute".
Sie stand auf und ging auf den Flur hinaus, „Alles gute" hat der Richter gesagt, was soll jetzt gut sein? Aber nun ja, sie war endlich frei. Oder etwa nicht?
Maria ging die Treppe herunter Richtung Ausgang, als sie hinter sich ihren Namen rufen hörte, es war Peter. „Maria, bitte warte. Ich muss mit dir reden, es tut mir so leid, bitte geh nicht". Maria drehte sich um und blickte ihm tief in die Augen.
„Was tut dir leid Peter, dass du mich Monate lang belogen hast, und mich mit einer anderen Frau betrogen hast, als wäre es das normalste der Welt? "
Peter verzog das Gesicht, als hätte sie ihn geschlagen. „Es war ein Fehler. Ein dummer, einmaliger Fehler. Ich liebe dich immer noch."

Wieder dieses Wort. Liebe,

Maria sah ihn lange an. Früher hätte sie vielleicht nachgegeben, hätte sich eingeredet, dass Menschen Fehler machten und dass Liebe über allem stand. Aber jetzt nicht mehr.

„Ich hoffe, sie war es wert." Ihre Stimme war ruhig, fast sanft.

Peter wollte etwas erwidern, doch Maria drehte sich um und ging. Dieses Mal folgte er ihr nicht.

Die Fahrt zu ihrem neuen Haus dauerte eine knappe Stunde. Der Himmel war grau, die Straßen waren nass vom Regen der vergangenen Nacht. Maria fuhr schweigend, das Radio aus, nur das monotone Brummen des Motors begleitete sie. Maria presste die Hände fester um das Lenkrad. Der Regen prasselte auf die Windschutzscheibe, während sie über die einsame Landstraße fuhr.

Der Umzugswagen mit all ihren Sachen war bereits vorausgefahren.
Nur sie, ihr alter Volvo und ein Koffer mit dem Nötigsten waren noch unterwegs zu ihrem neuen Zuhause in einer kleinen Stadt namens Falkenstein. Ein Neuanfang.

Ihr Herz war schwer. Vor wenigen Wochen hatte sie die Scheidungspapiere unterschrieben das endgültige Ende einer zehnjährigen Ehe. Ihr Mann hatte sie betrogen, und als sie es herausfand, war ihr gesamtes Leben in sich zusammengebrochen. Aber nicht mehr. Sie ließ die Vergangenheit hinter sich.

Oder zumindest versuchte sie es.

Die Straße schlängelte sich durch dichte Wälder, und der Nebel wurde immer dichter. Plötzlich tauchte im Scheinwerferlicht eine Gestalt auf. Maria riss das Steuer herum und brachte das Auto mit quietschenden Reifen zum Stehen. Ihr Herz raste. Als sie wieder nach vorne blickte, war die Gestalt verschwunden.

War es Einbildung gewesen? Der Stress? Sie nahm einen tiefen Atemzug und wollte gerade weiterfahren, als sie etwas im Rückspiegel bemerkte. Ein Schatten, der sich zwischen den Bäumen bewegte. Eine Gänsehaut zog sich über ihren Rücken.

Mit klopfendem Herzen fuhr sie weiter.

Die Stadtgrenze von Falkenstein war nicht mehr weit, aber ihr Unbehagen wuchs. Sie war fast da, als ihr Handy plötzlich klingelte. Die Nummer war unbekannt. Zögernd nahm sie ab.

„Maria… du solltest nicht hier sein."

Die Stimme war verzerrt, fremd- und doch klang sie seltsam vertraut. Ein kalter Schauer lief ihr über den Rücken. „Wer ist da?" fragte sie, aber die Verbindung brach ab.

Maria schluckte. Vielleicht ein dummer Scherz? Aber woher kannte diese Person ihren Namen?

Als sie schließlich in der Stadt ankam, war sie erleichtert, endlich in Sicherheit zu sein. Doch als sie vor ihrem neuen Haus parkte, blieb ihr Herz beinahe stehen.

Auf der Veranda lag ein Briefumschlag mit ihrem Namen darauf. Und als sie ihn öffnete, stand dort nur ein Satz geschrieben:

„Er ist noch da. Und er wartet auf dich."
Was hatte das zu bedeuten? Wer war „er"? Maria spürte,
dass ihre Vergangenheit sie vielleicht doch noch nicht ganz
losgelassen hatte....
Maria spürte, wie ihr Magen sich zusammenzog. Sie sah sich
um die Straße war menschenleer.

Nur das Flackern einer Straßenlaterne ließ den Regen in
silbernen Schlieren tanzen. Wer hatte diesen Brief hier
abgelegt?
Mit zitternden Fingern faltete sie das Papier erneut
auseinander. Die Schrift war unruhig, fast gehetzt, als hätte
jemand sie in Eile hingekritzelt. „Er ist noch da. Und er wartet
auf dich". Wer war dieser „Er"?

Sie schüttelte den Kopf. Nein, das war bestimmt ein dummer
Streich. Vielleicht von einem neugierigen Nachbarn, der von
ihrer Geschichte gehört hatte.
In kleinen Städten wie Falkenstein blieben Neuzugänge
selten lange unbemerkt.
Entschlossen packte sie den Brief ein und schloss die Tür
ihres neuen Hauses auf. Die Luft roch nach frischer Farbe
und Holz neutral, unberührt, genau das, was sie brauchte. Sie
stellte ihren Koffer im Flur ab und lehnte sich einen Moment
lang an die Wand. Dies war ihr Zuhause. Ihr Neubeginn.
Doch als sie das Licht einschaltete, erstarrte sie.

Auf dem Boden lag eine alte Fotografie. Zerknittert, mit
verblichenen Rändern. Sie hob sie auf und das Blut gefror ihr
in den Adern.
Das Bild zeigte sie selbst. Vor vielen Jahren. Lächelnd, mit
einem Buch in der Hand, auf einer Parkbank sitzend.

Doch das Unheimliche daran war: Im Hintergrund, nur schemenhaft zu erkennen, stand eine dunkle Gestalt.
Und was noch schlimmer war Maria wusste, dass dieses Foto nicht existieren dürfte. Sie hatte es nie gesehen. Es war, als hätte jemand ihr Leben beobachtet. Schon seit langer Zeit.
Ein lautes Pochen riss sie aus ihrer Erstarrung.

Jemand klopfte an die Haustür. Ihr Herz hämmerte in ihrer Brust. Sie trat vorsichtig näher und warf einen Blick durch den Türspion.
Draußen stand ein Mann. Groß, mit einem durchnässten Mantel. Sein Gesicht lag im Schatten, doch Maria erkannte sofort, dass sie ihn noch nie zuvor gesehen hatte.
Sie zögerte. Sollte sie die Tür öffnen?

Das Klopfen wurde lauter, drängender. Dann sprach der Fremde mit einer ruhigen, fast flehenden Stimme.
„Maria, bitte… mach die Tür auf. Es geht um deine Vergangenheit."
Marias Atem stockte. Die Worte des Mannes hallten in ihrem Kopf nach. „Es geht um deine Vergangenheit."
Wie konnte er das wissen? Wer war er?
Ihre Finger schwebten über dem Türgriff, doch eine innere Stimme schrie sie an: Tu es nicht! Stattdessen rief sie: „Wer sind Sie? Was wollen Sie von mir?"
Stille. Dann ein leises Seufzen. „Maria.… Du bist in Gefahr. Bitte lass mich rein."

Ihr Puls raste. Sie war allein in einem fremden Haus, in einer neuen Stadt. Sollte sie die Polizei rufen? Doch als sie wieder durch den Spion blickte, war der Mann verschwunden.
Ein kalter Schauer lief ihr über den Rücken. Sie wartete, lauschte. Nichts.

Nur der Regen, der gegen die Fenster trommelte.
Langsam drehte sie sich um und schrie auf.
Auf dem Holzboden vor ihr lag ein weiterer Brief. Sie hatte
niemanden reinkommen hören.
Mit zitternden Fingern hob sie ihn auf und riss ihn auf.
Diesmal war die Schrift noch krakeliger, als wäre der
Verfasser in Psycho gewesen:

„Du darfst ihm nicht trauen. Er ist nicht, wer er vorgibt zu sein.
Und er ist nicht allein."
Ein Poltern aus dem Obergeschoss ließ sie
zusammenzucken.
Maria hatte die oberen Zimmer noch nicht betreten, doch jetzt
war sie sich sicher. Da war jemand.

Langsam griff sie nach der nächstbesten Waffe, einer
schweren Kerze auf dem Kaminsims, und setzte einen Fuß
auf die Treppe. Ihr Atem ging flach, ihre Kehle war trocken.
Ein Schatten bewegte sich oben auf dem Flur.
Und dann hörte sie es.
Ein leises, fast bedauerndes Flüstern.

„Maria.... Du hättest nicht herkommen sollen."
Marias Hände zitterten um den Kerzenständer, während sie
die nächste Stufe hinaufstieg. Ihr Herz hämmerte so laut,
dass sie meinte, es müsse durch die Wände hallen.
Das Flüstern war verstummt, aber sie spürte, dass sie nicht
allein war.
Oben angekommen, lag der Flur in Halbdunkelheit. Das Licht
flackerte, als wäre der Strom instabil. Langsam trat sie voran,
vorbei an geschlossenen Türen, während ihr Atem kleine
Wölkchen in der kalten Luft hinterließ.

Dann fiel ihr Blick auf eine Tür am Ende des Flurs. Sie war einen Spalt breit geöffnet – und aus dem Raum drang ein leises Kratzen, als würde jemand mit den Fingern über Holz fahren.
Maria schluckte. Lauf weg, schrie eine Stimme in ihrem Kopf.
Doch sie war wie erstarrt.
Mit zitternder Hand stieß sie die Tür ganz auf.

Der Raum war leer. Ein altes Holz Bett, eine Kommode, sonst nichts. Doch auf dem Boden, mitten im Raum, lag eine Kette.
Eine silberne Kette mit einem kleinen Anhänger.
Marias Magen zog sich zusammen.

Diese Kette gehörte ihr.
Oder besser gesagt sie hatte sie vor Jahren verloren. Damals, als sie noch Studentin war. An genau dem Tag, an dem sie das Foto gemacht hatte, das sie unten gefunden hatte.

Ein kalter Windstoß ließ die Vorhänge flattern. Das Fenster stand offen.
Maria drehte sich ruckartig um und stieß einen erschrockenen Schrei aus.
Der Mann aus dem Regen stand im Türrahmen.
Doch jetzt konnte sie sein Gesicht sehen.
Und ihr Blut gefror in ihren Adern.
Denn sie kannte diesen Mann. Er war tot. Seit fünf Jahren.
Marias Herz setzte einen Schlag aus. Ihr Blick war auf das Gesicht des Mannes fixiert ein Gesicht, das sie nie vergessen konnte.
Lukas.
Ihr guter Freund aus Studientagen. Und ein Mann, der seit fünf Jahren tot sein sollte.

„Das... das kann nicht sein", flüsterte sie. Ihre Finger krallten sich um den Kerzenständer, als wäre er ihr letzter Halt in der Realität.

Lukas trat langsam in das Zimmer. Seine Haut war blass, fast wächsern, und seine Augen... sie waren leer, aber in ihnen lag eine Traurigkeit, die Maria frösteln ließ.

„Maria", sagte er mit dieser Stimme, die einst so vertraut war.

„Du hättest nicht herkommen sollen".

Sie stolperte rückwärts, ihr Rücken prallte gegen die kalte Wand. „Du... du bist tot, Lukas! Ich war auf deiner Beerdigung! Ich habe dich begraben gesehen!"

Lukas' Lippen zuckten, als wollte er etwas sagen, doch dann senkte er den Blick. „Nicht alles ist so, wie du denkst."

Maria spürte, wie ihr Kopf schwirrte. War das ein Traum? Ein Wahn? Oder stand hier wirklich ein Mann vor ihr, der eigentlich nicht existieren dürfte?

„Warum bist du hier?" Ihre Stimme war kaum mehr als ein Flüstern.

Lukas sah sie an und in diesem Moment hörte sie es wieder. Das Flüstern. Doch diesmal kam es nicht von ihm.

Maria spürte, wie sich die Luft um sie herum veränderte, kälter wurde. Etwas war hier. Etwas anderes.

Und dann, in der Stille, kam die verzerrte, kratzende Stimme:

„Er gehört uns."

Lukas zuckte zusammen, als hätte er Schmerzen. Sein Blick flehte sie an. „Maria... sie lassen mich nicht gehen. Aber du kannst noch fliehen."

Ein Schauer lief ihr über den Rücken.

„Wer lässt dich nicht gehen?"

Ein Geräusch aus der Dunkelheit – wie Fingernägel, die über Holz kratzten.

Lukas' Stimme war nur noch ein Flüstern.

„Die Schatten... sie warten schon auf dich."

Maria spürte, wie ihre Kehle trocken wurde. Ihr Herz schlug so heftig, dass sie glaubte, es müsse gleich zerspringen.

Die Schatten.

Sie wollte es nicht glauben, wollte irgendeine rationale Erklärung für das, was hier geschah. Doch wie sollte es eine geben? Lukas stand vor ihr, obwohl er tot sein sollte. Und jetzt sprach er von etwas, das ihn festhielt.

„Maria du musst gehen." Lukas trat einen Schritt näher. Seine Haut wirkte noch blasser, als würde er langsam in die Dunkelheit selbst übergehen. „Sie wissen, dass du hier bist. Und sie werden dich nicht mehr gehen lassen."

„Wer sind sie?" Marias Stimme war kaum mehr als ein Hauch. Lukas' Blick huschte an ihr vorbei. Plötzlich sah er panisch aus. „Wir haben keine Zeit. Hör mir zu: Es begann, als wir dieses Foto machten. Erinnerst du dich? An diesen Tag?"

Maria nickte langsam. „Der Park..."

„Ja", sagte Lukas, und seine Stimme klang gequält. „Da war etwas. Etwas, das wir nicht sehen konnten. Etwas, das uns bemerkt hat."

Maria spürte, wie ihr ganzer Körper sich anspannte. Sie erinnerte sich an diesen Tag. Sie hatte das Gefühl gehabt, beobachtet zu werden. Damals hatte sie es als Einbildung abgetan.

Doch jetzt...

„Maria." Lukas trat näher. Seine Augen flehten sie an. Sie haben mich geholt. Und jetzt wollen sie dich."

Ein eisiger Windstoß ließ die Fenster knallen. Das Licht
flackerte wild.

Und dann... verdunkelte sich alles.

Nicht nur das Licht. Die ganze Welt um sie herum wurde
schwarz, als würde etwas jede Farbe, jede Existenz aus ihr
herausreißen.

Dann kamen die Stimmen.

Flüsternd. Wispernd. Lockend.

„Du bist gekommen."

„Du gehörst uns."

Maria schrie.

Sie stolperte rückwärts, doch der Boden unter ihr fühlte sich
plötzlich nicht mehr fest an. Es war, als würde sie in etwas
Kaltes, Formloses fallen.

Lukas' Stimme drang durch die Dunkelheit. „Maria Kämpf
dagegen an!"

Sie spürte kalte Finger, die nach ihr griffen.

Schattenhafte Gestalten, die sich in der Schwärze formten,
ihre Gesichter leer und doch voller Gier.

Maria rang nach Atem. Und dann fiel ihr etwas ein.

Die Kette.

Ihre Hand schnellte nach unten, schloss sich um den kalten
Anhänger. Es war das Einzige, was noch real war, das
Einzige, das sie mit der Welt verband.

Sie riss ihn hoch.

Und in dem Moment, in dem sie den Namen flüsterte, der in
das Metall eingraviert war

Zerriss die Dunkelheit mit einem Schrei.

Maria öffnete die Augen, ihr eigener Schrei hatte sie geweckt.

Sie saß immer noch hinter dem Steuer ihres Wagens. Sie
musste wohl eingeschlafen sein, als sie den Motor abgestellt
hatte, und in der Einfahrt ihres neuen Hauses geparkt hatte.

Mein Gott war sie müde. Sie konnte es nicht fassen, dass sie einfach so eingeschlafen war, als sie sich ihr neues Haus angeschaut hatte und nur kurz die Augen geschlossen hatte. Und dann dieser Alptraum. Oh man, sie brauchte definitiv Ruhe, sonst würde sie noch verrückt werden.
Der Traum war so real gewesen, sie war Schweiß gebadet und zitterte immer noch am ganzen Körper.

Ihr neues Zuhause war ein kleines, charmantes Haus am Rande einer ruhigen Stadt. Weiß gestrichen, mit blauen Fensterläden und einem verwilderten Garten. Nicht groß, nicht luxuriös, aber es gehörte ihr.
Als sie die Einfahrt hinauffuhr, fiel ihr Blick auf das Haus nebenan. Ein großes, altes Gebäude aus dunklem Stein. Die Fensterläden hingen schief, das Dach sah aus, als würde es bald einstürzen. Ein Hauch von Melancholie lag über dem Haus, als wäre es aus einer anderen Zeit gefallen.
Maria stieg aus und schloss die Tür ihres Wagens. Sie konnte den Blick nicht abwenden.
Warum fühlte sie sich so merkwürdig angezogen von diesem Ort?

Maria drehte den Schlüssel im Schloss, und mit einem leichten Quietschen sprang die Tür auf. Der Duft von altem Holz und frischer Farbe lag in der Luft. Sie trat ein und ließ ihren Blick durch den kleinen Flur wandern. Die Wände waren in warmem Beige gestrichen, der Boden bestand aus dunklem Parkett, das an manchen Stellen knarzte, wenn sie darüber lief.
Das Haus war nicht groß, aber es hatte Charakter.

Ein gemütliches Wohnzimmer mit einem Kamin, der schon bessere Tage gesehen hatte, eine kleine, aber funktionale Küche mit weißen Holzmöbeln und ein Schlafzimmer im oberen Stockwerk mit einem Fenster, das auf den Garten hinausging.

Maria stellte ihre Tasche ab und ließ sich auf das alte Sofa im Wohnzimmer fallen. Es war still. Keine Stimmen, keine Schritte außer ihren eigenen.

Ein seltsames Gefühl nach all den Jahren mit Peter war sie das Alleinsein nicht mehr gewohnt.

Aber es war gut. Es war ihr Neuanfang.

Sie stand auf und ging nach oben. Das Schlafzimmer war schlicht, ein großes Bett mit weißer Bettwäsche, ein alter Holzschrank und ein kleiner Schreibtisch in der Ecke. Durch das Fenster konnte sie den verwilderten Garten sehen und dahinter das alte Nachbarhaus.

Maria trat näher ans Fenster. Je länger sie das Gebäude betrachtete, desto beklemmender wurde ihr Gefühl. Warum hatte sie das Gefühl, dass dieses Haus sie beobachtete?

Sie schüttelte den Kopf. Unsinn.

Mit einem tiefen Atemzug wandte sie sich ab. Sie hatte genug Geister aus ihrer eigenen Vergangenheit, da musste sie sich nicht auch noch über ein verlassenes Haus Gedanken machen. Jetzt war erst mal Zeit, sich hier einzurichten.

Die ersten Tage in ihrem neuen Zuhause fühlten sich für Maria seltsam an, Sie wachte früh auf, machte sich einen Kaffee und stand dann oft minutenlang am Küchenfenster, während sie den Garten betrachtete. Es war still hier - eine andere Art von Stille, als sie es gewohnt war. Keine hupenden Autos, keine lauten Nachbarn, keine Stimmen von Peter im Nebenzimmer.

Nur der Wind, der durch die Bäume rauschte, das gelegentliche Zwitschern eines Vogels.

Es dauerte nicht lange, bis sie das Bedürfnis verspürte, die Stadt zu erkunden. Also zog sie sich eine Jacke über, nahm ihre Tasche und machte sich auf den Weg ins Zentrum.
Die Stadt war klein, aber charmant. Kopfsteinpflasterstraßen schlängelten sich zwischen alten Gebäuden hindurch, kleine Cafés luden mit hölzernen Stühlen vor den Fenstern zum Verweilen ein. Die Läden waren nicht groß, aber sie hatten Persönlichkeit eine Buchhandlung mit vergilbten Einbänden im Schaufenster, eine Bäckerei, aus der der Duft von frischem Brot strömte.

Maria ließ sich treiben, schlenderte durch die Straßen und nahm die neue Umgebung in sich auf. Es war anders als die Großstadt, in der sie mit Peter gelebt hatte, ruhiger, langsamer. Vielleicht war das genau das, was sie brauchte.
Sie betrat die Bäckerei, mehr aus Neugier als aus Hunger.
Hinter der Theke stand eine ältere Frau mit grauen Haaren, die zu einem Knoten gebunden waren. Als sie Maria sah, lächelte sie warm.
„Guten Tag, Sie sind neu hier, nicht wahr?"
Maria nickte. „Ja, ich bin vor ein paar Tagen hergezogen."
„Willkommen! Ich bin Frau Behrens." Die Bäckerin musterte sie freundlich. „Und Sie sind?" „Maria Lorenz."
„Dann sind Sie bestimmt in das kleine Weiße Haus am Stadtrand gezogen."
Maria hob überrascht eine Augenbraue. „Woher wissen Sie das?"
Frau Behrens lachte. „Ach, Liebes. In einer Kleinstadt bleibt nichts lange unbemerkt. Jeder hier weiß, wenn jemand Neues kommt."

Maria schmunzelte. „Dann weiß also auch jeder, dass ich frisch geschieden bin?"

Frau Behrens' Lächeln wurde sanfter. „Vielleicht. Aber die Leute hier sind sehr nett. Geben Sie ihnen eine Chance."

Maria kaufte sich ein frisches Croissant und verabschiedete sich. Während sie die Straße entlangging, wurde ihr bewusst, dass sie zum ersten Mal seit langer Zeit das Gefühl hatte, irgendwo willkommen zu sein.

Maria hatte sich vorgenommen, jeden Tag ein wenig mehr von der Stadt zu erkunden. Am nächsten Morgen machte sie einen Spaziergang durch die kleinen Gassen, vorbei an Läden mit handgemachten Kerzen, einer winzigen Buchhandlung und einem Blumenladen, in dem es nach frischer Erde und Rosen duftete.

Gerade als sie überlegte, ob sie sich ein paar frische Tulpen für ihr Haus kaufen sollte, hörte sie eine Stimme hinter sich.

„Sie sind also die neue Nachbarin."

Maria drehte sich um und sah einen Mann, der an einem Fahrrad lehnte. Er war vielleicht Mitte fünfzig, mit graumelierten Haaren und wettergegerbter Haut. Seine braunen Augen musterten sie neugierig, aber nicht unfreundlich.

„Maria Lorenz", stellte sie sich vor.

„Karl Bergmann", erwiderte er. „Ich wohne ein paar Häuser weiter. Willkommen in der Nachbarschaft."

„Danke" Maria lächelte höflich.

Karl deutete mit einem Nicken in Richtung ihres Hauses. „Das alte Haus neben ihnen macht Ihnen das nichts aus?"

Maria zog überrascht die Augenbrauen hoch. „Was meinen Sie?"

„Naja, es steht seit Jahrzehnten leer. Die meisten hier meiden es.". Ein kalter Windhauch zog durch die Straße, und Maria spürte eine leichte Gänsehaut auf ihren Armen.

„Warum?" fragte sie.

Karl zuckte mit den Schultern. "Man sagt, es sei... eigenartig. Manche behaupten, sie hätten Lichter darin gesehen, obwohl niemand dort wohnt. Und dann sind da noch die Geschichten über die früheren Besitzer."

Maria spürte, wie ihre Neugier geweckt wurde. „Welche Geschichten?"

Karl sah sie einen Moment lang an, als überlege er, wie viel er ihr erzählen sollte. Doch dann schüttelte er den Kopf.

„Ach, das sind nur alte Legenden. Vielleicht erzählen sie Ihnen die Leute im Café mehr. Wenn Sie daran glauben." Mit einem kurzen Nicken schwang er sich auf sein Fahrrad und fuhr davon.

Maria blieb stehen und blickte zurück in Richtung ihres Hauses, Plötzlich wirkte das alte Gebäude nebenan noch düsterer als zuvor.

Maria beschloss, sich nicht von Karls Andeutungen verunsichern zu lassen. Sie war hierhergezogen, um neu anzufangen nicht, um sich von alten Stadtlegenden einschüchtern zu lassen.

In den nächsten Tagen richtete sie ihr Haus gemütlich ein. Sie stellte Bücher in die leeren Regale, kaufte eine weiche Wolldecke für das Sofa und hängte Bilder auf, um die kahlen Wände mit etwas Leben zu füllen. Es war ein seltsames Gefühl, wieder ein Zuhause für sich allein zu haben.

Niemand, der ihr beim Kochen Gesellschaft leistete, niemand, der sich nach ihr erkundigte, wenn sie nachts lange wach blieb.

Aber sie gewöhnte sich daran.

Jeden Morgen machte sie einen Spaziergang in die Stadt, kaufte frische Brötchen bei Frau Behrens und trank ihren Kaffee in einem kleinen Café am Marktplatz. Sie begann, die Menschen kennenzulernen die freundliche Kellnerin Lena, die ihr jeden Morgen zulächelte, den alten Herrn Schneider, der ihr erzählte, dass seine Familie seit Generationen hier lebte. Das Leben war ruhig. Und Maria redete sich ein, dass sie das alte Haus nebenan längst vergessen hatte.

Doch manchmal, spät in der Nacht, wenn sie im Bett lag, hörte sie Dinge.

Ein leises Knarren, als würde jemand auf dem alten Holzboden nebenan gehen. Ein dumpfes Geräusch, als ob eine Tür zugeschlagen würde.

Immer wenn sie aufstand und aus dem Fenster sah, war da nichts.

Kein Licht. Keine Bewegung. Nur das dunkle, verlassene Haus.

Eines Nachts wachte sie von einem Geräusch auf, das sich wie ein Flüstern anhörte.

Maria setzte sich im Bett auf, das Herz klopfte ihr bis zum Hals. Sie hielt den Atem an.

Hatte sie sich das eingebildet?

Der Wind, sagte sie sich. Es war nur der Wind.

Trotzdem konnte sie nicht mehr einschlafen.

Kapitel 2 Die verwirrende Dunkelheit

Maria redete sich ein, dass sie sich alles nur einbildete. Es war ein altes Haus. Alte Häuser knackten, der Wind pfiff durch Ritzen, und das Flüstern war wahrscheinlich nichts weiter als das Rauschen der Bäume in der Nacht
Also ignorierte sie es.

Tagsüber war es leicht. Sie ging in die Stadt, unterhielt sich mit Frau Behrens in der Bäckerei, kaufte sich einen neuen Roman in der kleinen Buchhandlung und genoss das Leben in dieser beschaulichen Umgebung.
Doch nachts, wenn alles still war, fühlte sich das Haus nebenan nicht mehr nur wie ein leerstehendes Gebäude an

Eines Abends, als sie es sich mit einem Glas Rotwein und einem Buch auf dem Sofa gemütlich gemacht hatte, fiel ihr Blick aus dem Fenster. Das Licht des Vollmonds tauchte den Garten in ein fahles Silber. Und dann sah sie es.
Eine Bewegung.
Nicht direkt im Haus, sondern im Garten.
Maria hielt den Atem an. War da jemand?
Sie stand langsam auf, trat näher ans Fenster und blinzelte in die Dunkelheit. Vielleicht eine Katze? Oder ein streunender Hund?

Doch dann sah sie es wieder.
Eine vage Gestalt, ein Schatten, der für einen Moment in der Nähe des alten Hauses auftauchte und dann war er verschwunden.
Maria schüttelte den Kopf. Beruhige dich. Du siehst Gespenster.

Trotzdem konnte sie den Blick nicht abwenden. Ihr Herz pochte schneller, als sie sich daran erinnerte, was Karl gesagt hatte.

Die meisten hier meiden es. Hatte er vielleicht doch recht?

Aber das war lächerlich. Sie war eine erwachsene Frau, keine ängstliche Jugendliche, die sich von alten Geschichten einschüchtern ließ.

Entschlossen schloss sie die Vorhänge, atmete tief durch und zwang sich, sich wieder auf ihr Buch zu konzentrieren.

Doch die Worte verschwammen vor ihren Augen.

Und in ihrem Hinterkopf nagte eine einzige Frage:

Wenn das Haus wirklich verlassen ist, wer oder was hat sich dann gerade dort bewegt?

Die Tage vergingen, und Maria versuchte, sich von der seltsamen Nacht nicht aus der Ruhe bringen zu lassen. Doch jedes Mal, wenn sie am Fenster stand und auf das alte Haus blickte, hatte sie das Gefühl, dass sich etwas im Schatten der Bäume bewegte. Irgendetwas war dort etwas, das sie nicht benennen konnte.

Eines Morgens, während sie ihren Spaziergang durch die Stadt machte, begegnete sie erneut Karl Bergmann. Er schien sie zu erwarten, denn er trat sofort auf sie zu, als sie die Ecke des Marktplatzes bog.

„Ah, Maria, da bist du ja."

Maria stutzte und hielt inne. „Karl? Gibt es etwas, das du mir noch nicht erzählt hast?"

Karl wirkte plötzlich nervös, sein Blick glitt schnell zu Boden, bevor er sie wieder ansah. „Ich habe dir doch gesagt, dass du dich nicht um das alte Haus kümmern sollst, oder?"

„Was genau meinst du damit?" Maria spürte, wie eine unangenehme Anspannung in ihr aufstieg.

„Es gibt Dinge, die besser unbeachtet bleiben." Karl senkte seine Stimme. „Es geht nicht nur um die Geschichten. Es gibt... Dinge, die im Dunkeln leben, die dort im alten Haus... wohnen."

Maria lachte nervös. „Was redest du da für einen Unsinn? Das ist doch nur ein verlassenes Gebäude. Nichts weiter."

„Du hast es noch nicht gesehen." Karl blickte sie eindringlich an. „Aber du wirst es bald tun."

Maria schüttelte den Kopf. „Das ist einfach nur Aberglaube. Ich lasse mich davon nicht verunsichern."

Karl schnaubte verächtlich, doch er sagte nichts weiter. Stattdessen nickte er nur, als wollte er die Unterhaltung beenden, und ging dann in die Richtung seines Hauses. Maria blieb zurück, ihr Herz klopfte schneller als üblich. Warum wirkte Karl so ernst? Und was meinte er damit, dass sie es bald sehen würde?

Als Karl hinter der Gasse verschwunden war, öffnete sich die Tür der Bäckerei. „Hallo Liebes, da bist du ja, ich habe dich erwartet. Komm doch bitte einen Moment rein und setz dich, ich möchte mit dir reden „.

Maria trat ein, es war kein Mensch in der Bäckerei.

Maria setzte sich auf den hölzernen Stuhl in der warmen Backstube, während die Bäckerin ihr eine dampfende Tasse Kakao hinstellte. Der Duft von frischem Brot lag in der Luft, doch die ernste Miene der Bäckerin ließ Maria eine Gänsehaut über den Rücken laufen.

„Maria", begann die Bäckerin leise, während sie sich mit gefalteten Händen über den Tisch lehnte. „Du wohnst doch direkt neben dem alten Haus, nicht wahr?"

Maria nickte zögernd. Sie wusste, welches Haus die Bäckerin meinte das große, dunkle Gebäude mit den zerbrochenen Fenstern und der verwitterten Fassade. Es wirkte, als wäre es seit Jahrzehnten verlassen.

„Weißt du, was dort früher passiert ist?" fuhr die Bäckerin fort. Maria schüttelte den Kopf.

Die Bäckerin seufzte und schaute kurz zur Tür, als wolle sie sich vergewissern, dass niemand lauschte. Dann beugte sie sich noch ein Stück näher zu Maria.

„Vor vielen Jahren", begann sie mit gedämpfter Stimme, „wohnte dort eine Familie. Vater, Mutter und ihre kleine Tochter sie hieß Elise. Ein stilles, blasses Mädchen mit langen, schwarzen Haaren. Die Leute im Dorf sagten, sie sei anders, seltsam. Sie spielte nie mit den anderen Kindern, sprach kaum ein Wort und schien immer zu lauschen, als würde sie Dinge hören, die niemand sonst hören konnte."

Maria schluckte. Irgendwie fühlte sie sich unwohl, als hätte die warme Backstube plötzlich an Behaglichkeit verloren.

„Dann, eines Nachts", fuhr die Bäckerin fort, „verschwand Elise. Ihre Eltern suchten überall nach ihr. Das ganze Dorf half mit, doch sie blieb spurlos verschwunden. Wochen vergingen, dann Monate. Schließlich zogen ihre Eltern weg gebrochen vor Trauer. Seitdem steht das Haus leer"
Maria fröstelte, obwohl der Kakao noch warm zwischen ihren Händen lag.
„Aber…", setzte sie an, doch die Bäckerin hob warnend die Hand.
„Das ist nicht alles", flüsterte sie. „Manche sagen, Elise sei nie wirklich verschwunden. Dass sie immer noch dort ist im Haus.

Und dass sie jede Nacht am Fenster steht und auf etwas wartet... oder auf jemanden."

Maria spürte, wie sich ihr Magen verkrampfte. Sie wohnte direkt neben diesem Haus. Und jetzt fiel ihr etwas ein: Hatte sie nicht neulich, spät in der Nacht, einen Schatten am Fenster gesehen? Einen dunklen Umriss, kaum mehr als eine Silhouette?

Die Bäckerin musterte sie. „Hast du... etwas Seltsames bemerkt, Maria?"

Maria wollte den Kopf schütteln, wollte lachen und sagen, dass das alles nur eine Geschichte war. Doch stattdessen hörte sie sich selbst flüstern:

„Ich glaube ich habe sie gesehen."

Die Bäckerin erstarrte, als Maria diese Worte flüsterte. Einen Moment lang war nur das leise Knistern des Backofens zu hören. Dann beugte sich die Bäckerin noch näher zu Maria, ihre Augen voller Ernst.

„Dann hast du sie gesehen und die Torwächter?" fragte sie leise.

Maria runzelte die Stirn. „Die... Torwächter?"

Die Bäckerin nickte langsam. „Dieses Haus ist nicht einfach nur alt oder verlassen. Es ist ein Ort, an dem die Grenzen zwischen unserer Welt und... einer anderen verschwimmen. Die Torwächter bewachen diese Schwelle. Und die Hüter der Erinnerung" Sie hielt inne, als suche sie nach den richtigen Worten. „Sie sammeln das, was Menschen vergessen. Ihre Träume, ihre Ängste, ihre Geheimnisse. Manche sagen, sie können selbst Erinnerungen stehlen."

Maria spürte ein unangenehmes Kribbeln im Nacken. Sie erinnerte sich plötzlich an die Nächte, in denen sie aufgewacht war, ohne zu wissen, wovon sie geträumt hatte.

An das Gefühl, dass etwas in ihrem Zimmer gewesen war, das sie nicht sehen konnte.

„Warum erzählst du mir das?" fragte sie leise.

Die Bäckerin legte eine raue Hand auf Marias Arm. „Weil du ihnen aufgefallen bist, Maria. Du hast etwas, das sie wollen."

Marias Herz begann schneller zu schlagen. „Was denn?"

Die Bäckerin zögerte. Dann sagte sie mit einem ernsten Blick: „Eine Erinnerung, die nicht dir gehört."

Maria riss die Augen auf. Eine Erinnerung, die nicht ihre war? Was bedeutete das? Und warum fühlte sie sich plötzlich, als würde jemand oder etwas in diesem Moment genau zuhören? Marias Atem ging schneller. Sie wollte fragen, was die Bäckerin meinte, doch plötzlich klirrte draußen eine Fensterscheibe, als wäre jemand oder etwas gegen das Glas gestoßen.

Die Bäckerin zuckte zusammen und sah zur Tür. „Sie wissen, dass wir über sie reden", flüsterte sie. „Du musst vorsichtig sein, Maria."

Maria spürte, wie sich eine unsichtbare Kälte um ihre Schultern legte. „Aber ich verstehe nicht", flüsterte sie zurück. „Welche Erinnerung? Ich habe doch nur mein eigenes Leben."

Die Bäckerin schüttelte den Kopf. „Bist du dir da sicher?"

Maria wollte protestieren, doch dann zuckte ein seltsames Bild durch ihren Kopf ein alter, dunkler Korridor voller flüsternder Stimmen. Eine Tür, die sich langsam öffnete. Und dahinter … eine Gestalt mit weißen, leeren Augen.

Sie keuchte und klammerte sich an die Tischkante.

„Du erinnerst dich… nicht wahr?" Die Stimme der Bäckerin war jetzt kaum mehr als ein Hauch.

Maria schüttelte heftig den Kopf. „Nein! Ich .... Ich habe das noch nie gesehen!" Doch selbst als sie es sagte, wusste sie, dass es nicht stimmte.

Die Bäckerin beugte sich vor. „Die Hüter der Erinnerung bewahren nicht nur verlorene Träume und Geheimnisse auf. Manchmal verstecken sie Erinnerungen in Menschen, die nicht wissen, dass sie Träger sind."

Maria spürte, wie ihr Herz raste. „Du meinst sie haben etwas in mir versteckt?"

Ein eiskalter Windhauch strich durch den Laden, obwohl kein Fenster offenstand. Die Kerze auf dem Tisch flackerte.

Die Bäckerin nickte langsam. „Und jetzt wollen sie es zurück." Maria starrte die Bäckerin an, unfähig, den Worten zu entkommen. Ihre Gedanken wirbelten wild. Etwas war in ihr verborgen, etwas, das sie nicht verstand und von dem sie nie gewusst hatte. Was hatte es mit diesem Gefühl auf sich, dass sie manchmal nicht sie selbst war? Dass Teile ihrer Erinnerung verschwommen oder unvollständig waren?

„Wie... wie bekomme ich es zurück?" fragte Maria, ihre Stimme zitterte.

Die Bäckerin atmete tief durch und legte eine Hand auf Marias. Ihre Finger waren überraschend fest, als wollten sie sie festhalten. „Es gibt keinen einfachen Weg, Maria. Die Torwächter sind mächtig, und sie geben nichts freiwillig. Sie hüten die Schwelle zu einer anderen Welt, einer, die wir nicht wirklich begreifen können. Und die Hüter der Erinnerung sie sind gefährlich. Sie können tief in den Geist eindringen und Erinnerungen so verändern, dass du nicht einmal mehr weißt, was echt ist."

23

Maria fühlte, wie ihre Kehle eng wurde. „Was passiert, wenn ich die Erinnerung nicht zurückbekomme?"

„Sie werden immer tiefer in deinen Verstand eindringen", sagte die Bäckerin, ihre Stimme stockte. „Und irgendwann wirst du die Kontrolle verlieren. Du wirst dich selbst vergessen. Deine eigenen Gedanken werden nicht mehr deine eigenen sein. Du wirst... verschwinden."
Die Worte hallten in Marias Kopf wider, und ein Schauer lief ihr über den Rücken. Sie hatte das Gefühl, als würde das Dunkel aus dem Nachbarhaus sich langsam in ihre Gedanken schleichen, sie zu umhüllen, sie zu erdrücken.

„Es gibt einen Weg, dem zu entkommen", sagte die Bäckerin schließlich. „Aber du musst in das Haus gehen. Du musst den Hütern gegenübertreten und die Erinnerung zurückfordern, bevor es zu spät ist."
Maria starrte sie an, unfähig, einen klaren Gedanken zu fassen. „Aber... das ist zu gefährlich!"
„Ja", flüsterte die Bäckerin, es ist gefährlich. „Aber du hast keine Wahl, Maria. Es ist der einzige Weg, dich selbst zu retten."
Die Bäckerin erhob sich langsam und ging zum Fenster, schaute hinaus auf das verlassene Haus. „Die Torwächter und die Hüter werden wissen, dass du es versuchst. Sie werden dich erwarten."
Maria stand ebenfalls auf. Ihre Beine fühlten sich plötzlich schwach an, doch etwas in ihr -ein unbestimmtes Gefühl, das sie nicht benennen konnte, trieb sie an. Sie wusste, dass sie nicht mehr zurückkonnte.
„Ich werde es tun", sagte sie schließlich, obwohl ihre Stimme zitterte. „Ich werde in das Haus gehen und die Erinnerung zurückholen."

Die Bäckerin nickte langsam, doch ein Hauch von Besorgnis huschte über ihr Gesicht. „Pass auf, Maria. Der Preis für das, was du dir holen willst, ist hoch. Sei bereit."

Maria stand einen Moment lang regungslos da, als die Worte der Bäckerin in ihr nachhallten. Sie spürte das kalte Gewicht der Entscheidung. Die sie getroffen hatte, und dennoch wusste sie, dass sie keine andere Wahl hatte. Ihre eigene Identität, ihre Erinnerungen, ihre Vergangenheit sie alle standen auf dem Spiel.

„Wann wirst du gehen?" fragte die Bäckerin schließlich, ohne sich umzudrehen.

„Ich… ich weiß es nicht. Aber je eher ich es tue, desto besser", flüsterte Maria, ihre Stimme war jetzt fest, obwohl ihr Herz noch immer heftig pochte.

Die Bäckerin drehte sich langsam zu ihr um. Ihre Augen waren voll von Sorge, doch auch von etwas, das Maria nicht ganz begreifen konnte etwas, das wie eine alte, verborgene Weisheit in ihr lag.

„Denk daran, was du im Haus suchen musst", sagte sie, „nicht nur die Erinnerung, sondern auch den Schlüssel. Nur mit diesem Schlüssel wirst du die Torwächter wirklich besiegen können."

„Der Schlüssel?" Maria runzelte die Stirn. „Wovon redest du?"

„Es ist ein symbolischer Schlüssel, ein Teil von dir. Du wirst wissen, was es ist, wenn du es siehst. Es ist das, was die Hüter und Torwächter am meisten fürchten. Aber nur, wenn du bereit bist, dich deinen tiefsten Ängsten zu stellen, wirst du es finden."

Maria nickte, obwohl sie keine Ahnung hatte, was die Bäckerin meinte. Aber tief in ihrem Inneren wusste sie, dass der Weg, den sie vor sich hatte, noch viel dunkler und gefährlicher war, als sie sich je vorgestellt hatte.

„Ich werde es schon schaffen", sagte sie, obwohl ihre Stimme schwächer klang, als sie es sich gewünscht hätte.
Die Bäckerin trat näher an sie heran und legte eine Hand auf ihre Schulter. „Sei vorsichtig, Maria. Das Haus ist mehr als nur ein Gebäude.
Es ist ein Ort der Erinnerung und des Vergessens. Die Grenze zwischen beiden ist dünn. Sie könnte dich verschlingen, wenn du nicht stark genug bist."

Maria nickte, und die Bäckerin führte sie zur Tür. Als Maria hinaustrat, fühlte sie sich, als würde sie in eine andere Welt eintreten. Der Himmel über ihr war grau und wolkenverhangen, und der Wind wehte kalt durch die Straßen des Dorfes. Das verlassene Haus, das sie nun betreten musste, stand nicht weit entfernt, wie ein dunkles Monument des Unheimlichen, das in der Stille lauerte.

Am Nachmittag, als sie von ihrem Spaziergang zurückkehrte, bemerkte sie, dass sich etwas in ihrem Garten verändert hatte. Die kleine Hecke, die sie gerade erst letzte Woche geschnitten hatte, schien ein wenig zurückgeschnitten worden zu sein. Ein paar Zweige waren abgebrochen, als wäre jemand dort gewesen.
Maria konnte sich keinen Reim darauf machen. Sie war allein gewesen, und niemand in der Nähe hatte ihr Garten betreten.
Doch etwas stimmte nicht.
Das war kein Zufall.

Mit einem mulmigen Gefühl im Magen trat sie zum Fenster und blickte hinaus. Und da war es wieder ein Schatten, der sich im Garten bewegte. Dieses Mal konnte sie jedoch keine Umrisse mehr erkennen. Es war einfach nur Dunkelheit, die sich dort auf seltsame Weise verbog, als würde jemand oder etwas versuchen, sich in den Schatten zu verstecken.

Maria starrte, ihre Augen weit geöffnet.
Es dauerte nur einen Moment, dann war der Schatten verschwunden. Doch das Bild brannte sich in ihrem Gedächtnis ein, als wäre es die Antwort auf all ihre ungestillten Fragen.
In dieser Nacht konnte Maria nicht schlafen. Jede knarrende Dielenbohle, jeder Windstoß ließ sie erschrocken zusammenzucken. Irgendetwas war hier, etwas, das sie nicht erklären konnte, dass aber immer realer wurde.

Sie wusste, dass sie etwas tun musste, sie konnte nicht einfach so weitermachen, als ob nichts passiert wäre. Doch was genau war es, das sie ignorierte?
Die folgenden Tage vergingen in einem Nebel aus Zweifel und Unruhe. Maria versuchte, sich weiterhin auf ihre Arbeit und das tägliche Leben zu konzentrieren, doch die Schatten im Garten und das Flüstern der Bäume ließen sie nicht los.

Eines Nachmittags, als der Himmel sich bereits mit den ersten Dämmerungswolken füllte, konnte sie nicht länger widerstehen. Sie hatte genug gehört, genug gespürt. Sie musste wissen, was in diesem alten Haus vor sich ging.
Mit einem entschlossenen Blick zog sie sich eine Jacke über und trat aus ihrer Haustür. Der Weg zum Nachbarhaus kam ihr noch nie so lang vor, obwohl er es eigentlich nicht war. Ihr Herz klopfte schneller bei jedem Schritt.

Die vertraute Straße schien sich um sie zu verengen, je näher sie dem verlassenen Gebäude kam.

Als sie vor dem alten Haus stand, bemerkte sie, wie düster es wirkte. Selbst bei diesem schwachen Tageslicht schien es von einer seltsamen Dunkelheit umhüllt.

Die Fenster waren mit staubigen Vorhängen verhängt, die Tür war mit Rost und Moos überzogen. Das Gebäude hatte ein Gefühl der Vergessenheit, als wäre es aus der Zeit gefallen. Maria hielt einen Moment lang inne, den Blick auf das Gebäude gerichtet. War es wirklich das, was Karl und die anderen gemeint hatten? War es ein Ort der Dunkelheit, ein Ort des Geheimnisses?

Ihr Entschluss stand fest: Sie würde hineingehen.

Mit einem leisen Quietschen öffnete sie das rostige Tor. Der Garten war verwildert, das Gras war hochgewachsen, und die Bäume standen wie krumme Gestalten in der Dämmerung.

Sie ging weiter, bis sie vor der Tür des Hauses stand.

Sie drückte die Klinke. Die Tür gab nach, knarrte, als sie sich langsam öffnete. Ein muffiger Geruch schlug ihr entgegen, der an abgestandene Luft und jahrelange Vernachlässigung erinnerte.

Vorsichtig trat sie ein. Der Flur war von der Zeit gezeichnet Wände mit abgeblättertem Putz, der Boden aus alten Dielen, die unter ihren Schritten ächzten.

Maria hielt den Atem an und ging weiter. Sie hatte das Gefühl, dass jede Bewegung, jedes Geräusch in diesem Haus viel lauter war, als es in der Stille der Umgebung wirklich war. Der Raum vor ihr war mit Staub bedeckt, der von den Sonnenstrahlen, die durch die vergilbten Fenster fielen, in goldene Streifen verwandelt wurde.

„Hallo?" Ihre Stimme klang seltsam fremd in diesem Raum.
Keine Antwort.
Sie trat vorsichtig weiter. Am Ende des Flurs entdeckte sie
eine alte Holztreppe, die in den ersten Stock führte. Das
Treppenhaus war düster, die Stufen knarrten bedrohlich, als
sie hinaufstieg.

Oben angekommen, öffnete sich ein langer Gang. Es war
stockfinster, aber Maria konnte den schwachen Duft von
Papier und altem Leder riechen.
Ihr Blick fiel auf eine Tür, die leicht einen Spalt offenstand. Sie
trat darauf zu, zog sie vorsichtig auf und fand sich in einem
Raum voller Kisten, Regale und einer dicken Staubschicht
wieder.

In der Ecke des Raumes, gut versteckt, stand eine kleine
Holztruhe.
Maria trat näher, ihre Neugier trieb sie an. Sie kniete sich
nieder und öffnete die Truhe. Darin lagen stapelweise alte
Briefe, die mit brüchigem Papier und verblassten
Tintenanschriften versehen waren.
Sie zog den ersten Brief heraus und betrachtete das vergilbte
Papier. Auf dem Umschlag stand ihr Name: Maria Lorenz.
„Das kann nicht sein", murmelte sie und öffnete den Brief.
Der Inhalt war in der gleichen blassen, verschnörkelten Schrift
verfasst. Maria las die ersten Zeilen, ihre Augen weiteten sich.

"An die Frau, die dazu bestimmt ist, die Zeit zu verändern. Du wirst die Fehler der Vergangenheit verhindern, um die Zukunft der Menschheit zu retten. Deine Reise wird lang und gefährlich sein. Du wirst viele Leben berühren, doch nur du kannst den Lauf der Geschichte verändern. Beginne in diesem Haus."

Maria starrte auf die Worte, der Brief in ihren Händen zitterte. Wer hätte diesen Brief geschrieben? Und vor allem: Wie konnte er an sie adressiert sein?

Kapitel 3 Nachrichten aus der Vergangenheit

Maria konnte ihren Blick nicht von dem Brief abwenden. Ihre Gedanken wirbelten durcheinander. Die Worte auf dem vergilbten Papier waren zu klar, um sie einfach abzutun. Doch was bedeuteten sie wirklich? Sie musste mehr wissen.
Mit zitternden Händen legte sie den ersten Brief beiseite und griff nach einem weiteren, der ebenfalls ihren Namen trug. Dieser war sogar noch älter, das Papier brüchiger. Langsam öffnete sie den Umschlag und begann zu lesen.

„Du wirst die Wahrheit erfahren müssen, bevor du deinen Auftrag annehmen kannst. In den Mauern dieses Hauses sind Geheimnisse versteckt, die dir den Weg weisen. Suche im Keller, suche nach den alten Büchern und vergiss niemals, dass du mehr bist als du glaubst."
Maria spürte, wie ihr Herz schneller schlug. Im Keller? Sie hatte das Gebäude eben
betreten, aber der Keller war noch nie in ihrem Blickfeld gewesen.

Entschlossen, dem nachzugehen, stand sie auf. Sie konnte die Briefe nicht einfach ignorieren. Sie musste verstehen, was sie bedeuteten und warum sie an sie adressiert waren.
Sie verließ den Raum und ging zurück in den Flur. Langsam folgte sie dem Gang zum hinteren Teil des Hauses, wo eine schmale Tür den Zugang zum Keller verdeckte.
Mit einem leisen Quietschen öffnete sie die Tür und stieg die knarrenden Stufen hinunter. Die Luft war kühl und stickig, der Raum roch nach Moder und altem Holz. Im schwachen Licht ihrer Taschenlampe entdeckte sie Regale, auf denen vergilbte Bücher und alte Kisten standen.

Doch was Maria am meisten faszinierte, war der massive Schreibtisch, der in der Ecke des Raumes stand. Auf ihm lagen verstreut einige dicke Bücher. Sie ging näher und öffnete das erste Buch, das sie finden konnte. Es war in lateinischer Sprache geschrieben, die Schrift elegant, aber kaum leserlich. Doch zwischen den Seiten fand sie Skizzen und Diagramme, die etwas anderes vermuten ließen: eine Art Anleitung.

Maria blätterte weiter, bis sie auf eine Seite stieß, die eine riesige Zeichnung eines Hauses zeigte. Es war das gleiche Haus, in dem sie sich gerade befand. Doch auf dieser Skizze war eine merkwürdige Markierung an einer Wand eingezeichnet genau an der Stelle, an der sie geradestand. Ihre Finger zitterten, als sie das Bild näher betrachtete. Unter der Zeichnung stand ein weiteres Rätsel:
„Wo du den Spiegel findest, dort wirst du die Vergangenheit sehen. Die Spiegel zeigen mehr als nur das Gesicht der Zeit."

Maria fühlte sich, als würde sich der Boden unter ihren Füßen plötzlich bewegen. Spiegel? Was hatte das zu bedeuten? Und warum war diese Stelle im Haus so speziell markiert?
Die Entdeckung des Buches und die seltsamen Hinweise über den „Spiegel" ließen Maria keine Ruhe. „Was meinte der Autor dieser Aufzeichnungen mit: den Spiegel finden"? Sie konnte den Zusammenhang zwischen den Briefen und der geheimen Aufgabe, die ihr zugedacht war, immer noch nicht ganz begreifen. Doch eine tiefe Intuition sagte ihr, dass dies nur der Anfang war.
In der Nacht, nach einem langen Abend des Nachdenkens und Planens, beschloss Maria, nach diesem Spiegel zu suchen.

Vielleicht gab es im Haus einen alten Spiegel, der mehr verbarg, als man auf den ersten Blick sah.

Aber als erstes wollte sie noch einmal Karl zur Rate ziehen. Ob er nun wollte oder nicht, er musste ihr einfach Auskunft geben.

Da Maria von Natur aus sehr neugierig war, hatten diese Briefe und das alte Haus ein Feuer in ihr entfacht.

Am nächsten Morgen als sie sich auf den Weg machte zur Bäckerei, sah sie Karl wie er gerade vor dem Laden auf sein Fahrrad stieg.

„Karl, warte bitte mal", rief sie. „Ich muss dringend mit dir reden, es ist gestern Abend etwas passiert."

Karl stieg vom Fahrrad und kam auf Maria zu, er packte sie am Arm und zog sie unsanft an die Hauswand. „Maria ich habe dir gesagt du sollst dich nicht mit diesem Haus auseinandersetzten, es ist gefährlich."

„Ja Karl das sagtes du bereits, und genau darüber möchte ich mit dir reden."

Karl sah sie mit zusammengezogenen Augenbrauen an.

„Maria, es tut mir wirklich sehr leid, aber ich kann dir nicht helfen, ich habe vor langer Zeit eine wichtige Person in meinem Leben verloren, weil sie genau wie du nicht aufhören konnte sich mit dem Geheimnis dieses Hauses auseinanderzusetzen."

Maria sah ihn erschrocken an. „Was ist passiert, sag es mir bitte".

Karl ließ ihren Arm los, „Nein Maria, ich werde dir nicht noch mehr über dieses Haus und dem was darin verborgen ist erzählen".

Er drehte sich um und schwang sich auf sein Fahrrad.

„Es war meine Großmutter, sie hieß Adelaide, und sie ist nie wieder zurück gekommen nach dem sie in diesem Haus nach Antworten gesucht hat. Pass auf dich auf Maria".

Mit diesen Worten fuhr er davon, und Maria schaute ihm nach.
Sie fühlte sich plötzlich einsam und im Stich gelassen.
„Muss ich eigentlich immer alles im Alleingang machen?"
Die Antwort konnte sie sich im Stillen natürlich selbst geben.
„Ja."
Nachdem sie gefrühstückt hatte, zog sie sich ihre bequemen Sportsachen an und packte sich einen kleinen Rucksack mit Dingen, die ihr wichtig erschienen. Wie zum Beispiel, Taschenlampe, eine Flasche Wasser und ein wenig Werkzeug.
„So fertig, das Abenteuer kann beginnen", sagte sie zu sich selbst.

Kapitel 4 Die Macht des Spiegels

Sie ging hinüber zum alten Haus, sie öffnete mit einem leisen knarren die Tür.
Drinnen roch es noch strenger als gestern, hatte sie das Gefühl, als wäre irgendetwas nicht lebendiges hier versteckt. Oder vielleicht irgendjemand?

Sie durchkämmte das Haus, ging von Raum zu Raum, öffnete Türen und Schränke. Doch der Spiegel, von dem die Rede war in den Briefen, blieb verschwunden. Bis sie schließlich in einem kleinen Raum ganz am Ende des Flurs eine alte, mit Staub bedeckte Wandspiegelrahmung entdeckte, die mit einer dicken Schicht von jahrzehntelangem Staub bedeckt war. Sie war in einer Ecke hinter einem Schrank versteckt, fast so, als sollte sie übersehen werden.

Maria trat näher, ihre Hand zitterte, als sie den Spiegel entdeckte. Er war alt, der Rahmen aus schwerem, verziertem Holz, das wie ein Relikt aus einer anderen Zeit wirkte. Doch was sie in der spiegelnden Oberfläche sah, ließ sie erschrocken innehalten.
Im Spiegel war nicht ihr eigenes Spiegelbild zu sehen. Stattdessen sah sie sich selbst, aber aus einer anderen Perspektive in einem anderen Raum des Hauses, umgeben von Möbeln und Gegenständen, die sie nicht kannte.

Sie trat einen Schritt zurück, die Hand auf ihrem Herzen. War das... eine Art Vision? Ein Blick in die Vergangenheit?
Maria legte ihre Handfläche vorsichtig auf das Glas und starrte weiter hinein. Der Raum im Spiegel schien sich zu verändern, Bilder und Szenen, die sie nicht kannte, erschienen ein Mann, der sich an einem Tisch beugte

Ein leises Flüstern, ein großes Buch, das geöffnet vor ihm lag. Und dann eine Hand, die sich nach einem Brief ausstreckte...

„Das ist nicht möglich", flüsterte Maria. Doch der Spiegel zeigte weiter.
Maria konnte das Bild im Spiegel nicht aus ihrem Kopf bekommen. Sie hatte das Gefühl, dass dieser Spiegel ihr etwas sagen wollte eine Wahrheit, die sie noch nicht ganz begreifen konnte. Doch die Briefe, die sie gefunden hatte, die geheimen Andeutungen aus den alten Büchern, sie alle schienen in irgendeiner Weise miteinander verbunden zu sein.

Sie kehrte zum alten Schreibtisch im Keller zurück und begann, erneut die Bücher und Briefe zu durchsehen. Alles, was sie bis jetzt hatte, war ein Puzzle ohne Lösung. Aber sie wusste, dass die Antworten irgendwo verborgen waren.
Mit der Entschlossenheit einer Frau, die keine andere Wahl hatte, nahm sie das erste Buch in die Hand und blätterte es weiter durch. Etwas an der Anordnung der Seiten stimmte nicht -als hätte jemand eine bestimmte Stelle markiert. Sie legte das Buch flach auf den Tisch und fand eine kleine, handgeschriebene Notiz auf einer der Seiten, die nicht in den Haupttext passte.

„Die Spiegel sind der Schlüssel. Sie zeigen nicht nur, was war, sondern auch, was sein könnte. Doch zuerst musst du verstehen, dass du nicht die Einzige bist, die diesen Weg geht. Du bist ein Teil einer langen Kette."
Maria fuhr mit den Fingern über die Notiz. Eine lange Kette? Was meinte der Schreiber damit? Und warum hatte er so geheimnisvoll geschrieben?

Plötzlich fiel ihr Blick auf eine weitere Zeile, die in feiner Tinte darunter stand. „Folge den Briefen, finde die Schlüssel und du wirst sehen, was du tun musst."
„Finde die Schlüssel", murmelte sie. „Schlüssel?"

Es war klar, dass diese Briefe und die Bücher ein weit größeres Geheimnis verbargen, als sie sich ursprünglich vorgestellt hatte. Und vor allem, mehr als Karl ihr sagen wollte. Sie musste einfach weiterforschen.
Die Hinweise in den Briefen und Büchern führten sie nun tiefer in die Geheimnisse des Hauses. Die Idee, dass sie Teil einer langen Kette war, die durch die Zeit reiste, ließ ihr keinen Frieden. War es möglich, dass noch mehr Menschen vor ihr in diesem Haus gewesen waren? Noch andere außer Adelaide, die Großmutter von Karl? Menschen, die vor vielen Jahren hier versucht hatten, denselben Weg zu gehen?

Maria hatte das Gefühl, dass sie jetzt ein Stück weiter war, dass die verstreuten Puzzleteile. endlich begannen, sich zusammenzusetzen. Sie ging zurück zum Spiegel, drückte erneut ihre Hand darauf und starrte tief in die reflektierte Dunkelheit. Es war, als würde der Spiegel sie auffordern, noch mehr zu sehen, noch mehr zu begreifen.
„Was ist der Schlüssel?" flüsterte sie leise, als sie ihre Hand über die kalte Oberfläche glitt.

Plötzlich geschah es: Der Spiegel flimmerte, und ein flaches Bild erschien es war wieder eine Szene aus der Vergangenheit, die sich vor ihren Augen entfaltete. Der Raum, den sie gesehen hatte, war der gleiche wie der, in dem sie sich gerade befand, aber alles war anders. Es war nicht der verfallene Keller, sondern ein eleganter Raum, der von Licht durchflutet wurde

Auf einem Tisch lagen viele offene Bücher, und ein Mann, den sie nie gesehen hatte, beugte sich über eines davon. „Das ist der Schlüssel", sagte der Mann in der Vision. „Du musst wissen, dass der Weg nicht nur in diesem Haus liegt, sondern auch in der Zeit, die wir verändert haben."

Maria starrte gebannt auf das Bild, ihre Gedanken rasten. Was meinte der Mann mit „Zeit, die wir verändert haben"? War dies ein Hinweis auf die Zeitreise, von der in den Briefen die Rede war? Und wie passte sie selbst in diese Geschichte?
Das Bild verblasste, und Maria fand sich wieder im Keller des Hauses, umgeben von der Dunkelheit. Doch der Mann aus der Vision war nicht mehr da, nur noch das Gefühl, dass sie eine Antwort gefunden hatte.

Sie nahm ein weiteres Buch aus dem Regal, ein dünnes, aber schweres Lederbuch, das fast wie ein Tagebuch aussah. Es war fast komplett in einer fremden Sprache geschrieben, doch das letzte Stück war auf Deutsch.
"Wenn du dies liest, weißt du, dass der Zyklus begonnen hat. Du bist nicht die Erste, die durch diese Türen tritt, und du wirst nicht die Letzte sein. Doch du bist die Einzige, die das Geheimnis verändern kann. Der Schlüssel liegt in den Entscheidungen, die du triffst."

Maria fröstelte. Die Entscheidungen, die sie treffen würde, dass klang wie eine Verantwortung, die sie nicht leichtfertig tragen konnte. Aber war sie bereit, diesen Weg zu gehen? Maria spürte eine zunehmende Last auf ihren Schultern.

Die Entdeckungen, die sie gemacht hatte, waren weit mehr als sie erwartet hatte. Die Briefe, die Bücher, die Visionen im Spiegel sie waren allesamt Puzzleteile eines viel größeren Geheimnisses. Doch was bedeuteten sie für sie?
Wer waren all die anderen, die durch diese Türen getreten sind? Warum war sie die Einzige, die das Geheimnis verändern konnte?
Die ganze Sache war für sie so geheimnisvoll und sie wollte es einfach verstehen, Sie brauchte mehr Informationen. Aber wie sollte sie darankommen.

„Ich will wissen, worauf ich mich einlasse", flüsterte sie.
Sie schnappte sich ihren Rucksack und verließ das Haus.
Als sie vor ihrer eigenen Haustüre stand, drehte sie sich noch einmal um und blickte hinüber zu dem alten Gebäude. Es wirkte so ruhig und verlassen. Aber es vermittelte ihr auch das Gefühl, das sich da drin schon so viel abgespielt hatte. Es gab einfach keinen anderen Weg für sie. „Ich werde diesen Schlüssel finden, und das Geheimnis an die Öffentlichkeit bringen".

Kapitel 5 Die Suche nach Antworten

Maria wusste, dass sie mehr über die Geschichte dieses Hauses herausfinden musste, bevor sie weiter in die mysteriösen Hinweise eintauchte. Sie konnte nicht einfach unvorbereitet handeln nicht bei einer Aufgabe, die so viel auf dem Spiel hatte.

In den nächsten Tagen verbrachte sie ihre Zeit damit, in der Bibliothek der Stadt und in den Archiven des örtlichen Museums nach Informationen zu suchen. Sie fragte sich, wer in der Vergangenheit in diesem Haus gelebt hatte. Wurden hier schon immer Geheimnisse aufbewahrt? Oder war das Haus selbst ein mystischer Ort, der von anderen Kräften beeinflusst wurde?

Eines Abends, als sie gerade die staubigen, vergilbten Zeitungsarchive durchblätterte, stieß sie auf eine alte Nachricht. Es war ein Bericht aus den frühen 1900er Jahren, in dem von seltsamen Vorkommnissen in einem Haus am Rande der Stadt die Rede war. Die Zeilen sprachen von „unerklärlichen Ereignissen" und ungewöhnlichen Besuchen und das Haus, von dem die Rede war, war ohne Zweifel das gleiche, neben dem Maria nun wohnte.
"Hätte niemals vermutet, dass sich so viele Geheimnisse unter diesem Dach verstecken",
stand in dem Bericht. „Es ist, als ob das Haus selbst mehr weiß als wir."

Maria fühlte sich in diesem Moment seltsam angesprochen. Konnte das Haus wirklich etwas wissen? Vielleicht war das ein Hinweis darauf, dass es mehr gab als nur die Briefe und Bücher.

Vielleicht war es nicht nur die Aufgabe der vorherigen Bewohner, sondern auch die des Hauses selbst, die Vergangenheit zu bewahren und vor Veränderungen zu schützen.

Doch mehr als das wusste sie jetzt: Sie war nicht die Erste. Die Kette, von der die Bücher gesprochen hatten, war länger, als sie je hätte ahnen können. Sie war nicht allein auf dieser Reise, und die anderen, die hier gewesen waren, hatten wohl genauso wie sie versucht, ein Geheimnis zu entschlüsseln. Doch was war mit ihnen geschehen? Warum war das Haus immer noch ein Ort der Dunkelheit?

Maria konnte nicht ewig in der Vergangenheit verweilen. Ihre Zeit war gekommen, sich dem nächsten Schritt zu widmen dem Schlüssel, der ihr in den Briefen und den alten Aufzeichnungen immer wieder erwähnt wurde.

Sie wusste jetzt, dass die Schlüssel mehr waren als nur metaphorische Begriffe. Sie waren echte, physische Objekte, die irgendwo in diesem Haus versteckt waren. Und ohne diese Schlüssel würde sie nicht in der Lage sein, den Zyklus zu durchbrechen oder ihre Aufgabe zu erfüllen.

Entschlossen kehrte sie in das Haus zurück, diesmal mit dem klaren Ziel, den ersten dieser Schlüssel zu finden. Sie erinnerte sich an die Skizze im Buch, auf der der Schlüssel „versteckt" war, und suchte noch einmal jeden Raum ab besonders jene, die sie zuvor nur flüchtig betrachtet hatte. In der alten Bibliothek des Hauses stieß sie auf einen unscheinbaren Schrank, dessen Tür nur einen winzigen Spalt offenstand. Neugierig zog sie ihn weiter auf und fand eine schlichte Holzkiste, die mit Staub bedeckt war.

Maria öffnete sie vorsichtig. Ihr Herz schlug schneller, als sie den Inhalt entdeckte: Ein alter Schlüssel, der aus einem dunklen, rostigen Metall gefertigt war. Er war schwer und wirkte, als wäre er schon viele Jahre alt. Doch als Maria ihn in die Hand nahm, konnte sie das Gefühl nicht loswerden, dass er auf sie gewartet hatte.

Der Schlüssel schien irgendwie warm in ihrer Hand zu liegen, als ob er zu einer verborgenen Tür gehörte. Aber welche? Sie hatte keine Ahnung. Sie musste mehr herausfinden.

Maria wusste, dass die Antworten nicht nur in den Schlüsseln lagen, sondern auch in den Geschichten der anderen, die vor ihr diesen Weg gegangen waren. Sie konnte nicht einfach weitermachen, ohne zu verstehen, wer diese andere Kette war, von der die Bücher und Briefe sprachen. Es war klar, dass sie nicht die Erste war, die das Geheimnis des Hauses und die Aufgabe, die ihr auferlegt worden war, erkunden wollte. Doch was war mit den anderen geschehen? Warum war sie jetzt die Einzige, die übrig blieb?

Mit dem schweren Schlüssel immer noch in der Hand, beschloss Maria, die Geschichte dieser anderen Kette weiter zu erforschen. Sie konnte nicht glauben, dass alle Hinweise einfach nur zufällig an sie gerichtet waren. Diese Kette hatte eine lange Geschichte, und die Antworten mussten irgendwo liegen.

In den folgenden Tagen suchte Maria weiter in alten Zeitungen und Archiven, durchkämmte alte Aufzeichnungen, die sie in der Bibliothek und im Stadtarchiv fand. In einer besonders vergilbten Mappe entdeckte sie eine Reihe alter Briefe, die an verschiedene Namen adressiert waren, jedoch fast identische Formulierungen und Abschlüsse aufwiesen.

Der Inhalt war merkwürdig vertraut:
"Du bist die Nächste. Der Schlüssel wartet, doch du musst
wissen, dass das, was du tust, nicht nur für dich ist. Deine
Aufgabe hat viele Gesichter und geht weit über deine eigene
Zeit hinaus. Du bist nur ein Bindeglied in einer langen Kette.
Finde die Antworten, bevor es zu spät ist."

Die Briefe waren datiert auf die späten 1800er Jahre und
unterschrieben von einer Gruppe, die sich „Die Wächter des
Hauses" nannte.
Maria durchsuchte die Mappe weiter und fand eine
handgeschriebene Liste mit Namen und Jahreszahlen, die
wie eine Art Kalender der Kettenmitglieder wirkte. Diese Liste
beinhaltete keine weiteren Details zu den „Wächtern", doch
ein Name stach besonders hervor: Adelaide Weber eine Frau,
die um 1978 in der Stadt lebte und in den Aufzeichnungen
des Hauses auffällig häufig erwähnt wurde.

"Adelaide Weber..." murmelte Maria. Warum kommt mir
dieser Name so bekannt vor?"
Aber klar doch, „das ist die Großmutter von Karl" flüsterte sie,
und ihre Augen weiteten sich.
Sie machte sich sofort daran, mehr über diese Frau
herauszufinden. Ihre Recherchen führten sie zu einer
weiteren Entdeckung. Adelaide Weber war nicht nur eine der
ersten „Wächter". sondern auch eine der ersten, die
versuchten, die Geheimnisse des Hauses zu nutzen, um die
Zukunft zu verändern. Doch der letzte Eintrag in den
Aufzeichnungen über sie war beunruhigend: Sie war
verschwunden, ohne eine Spur zu hinterlassen, und hinterließ
nur eine unvollständige Notiz: „Die Zeit... hat uns alle
verraten."

Maria fühlte sich, als würde sie einen immer tiefer werdenden Abgrund betreten. Was war mit Adelaide Weber geschehen? Hatte sie versagt? Oder war sie erfolgreich, und das Ergebnis ihrer Mission war zu gefährlich, um bekannt zu werden.

Nachdem sie genug über die andere "Kette" und ihre Vorgänger erfahren hatte, wusste Maria, dass der nächste Schritt, den sie machen musste, derjenige war, der sie zum Schlüssel führen würde, den sie nun in ihrer Hand hielt. Es gab keinen weiteren Grund, zögerlich zu sein. Die Zeit war gekommen, die Tür zu finden, die dieser Schlüssel öffnen würde.

Kapitel 6 Der Schlüssel

Maria durchkämmte das alte Haus erneut, diesmal mit einem klaren Ziel vor Augen. Sie erinnerte sich an die Hinweise in den alten Briefen, in denen von einem „versteckten Raum" die Rede war. Ein Raum, der tief unter der Erde und hinter einer verschlossenen Tür verborgen war. Doch wo konnte diese Tür sein?

Die Stunden vergingen, und Maria untersuchte jede Ecke des Hauses. Sie legte ihre Hand auf jede Wand, jedes Möbelstück, doch der Schlüssel schien keine Tür zu finden, Bis sie schließlich in einer der oberen Etagen auf einen schmalen Flur stieß, der ihr bislang völlig entgangen war. Dieser Flur war von Staub bedeckt, die Wände waren von dicken, vergilbten Tapeten bedeckt, und die Luft war schwer und stickig.

Am Ende des Flurs fand sie eine Tür, die so unauffällig war, dass sie sie bei ihrem ersten Rundgang völlig übersehen hatte. Die Tür war alt und hatte einen brüchigen Holzrahmen, der von der Zeit gezeichnet war. Doch etwas daran schien ihr vertraut sie war sicher, dass dies die Tür war, nach der sie gesucht hatte.

Mit zitternden Händen steckte Maria den Schlüssel in das verrostete Schloss und drehte ihn. Ein leises Klicken ertönte, und die Tür öffnete sich mit einem langsamen, gequälten Knarren. Dahinter verbarg sich ein Raum, der in völliger Dunkelheit gehüllt war. Doch als sie einen Schritt hineintat, begann sich die Dunkelheit zu lichten.

Im schwachen Licht, das plötzlich den Raum. erfüllte, erkannte Maria, dass sie sich in einem geheimen Archiv befand. Regale voller alter Bücher, Papiere und Artefakte säumten die Wände. Der Raum war ein Aufbewahrungsort für all das Wissen, das die Wächter des Hauses über die Jahre gesammelt hatten.

„Hier" flüsterte Maria, als ihr Blick auf ein altes Tagebuch fiel, das auf einem Tisch lag. Es war das Tagebuch von Adelaide Weber.

Maria streckte die Hand aus und berührte vorsichtig den Ledereinband des Tagebuchs.

Das Material war spröde, die Kanten ausgefranst, doch die goldenen Buchstaben auf dem Einband glänzten noch schwach im gedämpften Licht: Adelaide Weber Aufzeichnungen eines verlorenen Erbes.

Sie schlug das Buch auf. Die erste Seite zeigte eine hastig geschriebene Notiz, die sich vom Rest der Einträge unterschied

„Wenn du dies liest, bist du bereits auf dem richtigen Weg. Die Wahrheit ist verborgen, doch nicht unauffindbar. Folge den Zeichen, aber traue niemandem blind"

Maria spürte, wie ihr Herz schneller schlug. Wer war Adelaide Weber wirklich gewesen? Welche Wahrheit hatte sie versucht zu bewahren?

Blätternd überflog sie die ersten Seiten, die von Adelaides Jugend in einem alten Herrenhaus erzählten, von der Bibliothek ihres Vaters und dem verborgenen Wissen, das dort aufbewahrt wurde. Doch erst weiter hinten im Tagebuch fand Maria etwas, das ihre Neugier in Alarmbereitschaft versetzte:

„Das Haus der Wächter wurde nicht nur gebaut, um zu bewahren, sondern auch, um zu verstecken. Tief unter den Fundamenten liegt, was nie ans Licht kommen darf. Doch ich fürchte, dass jemand den Schlüssel bereits gefunden hat..."
Maria hielt inne. Noch ein Schlüssel? Eine verborgene Kammer unter dem Haus? Sie erinnerte sich an die rätselhaften Hinweise, die sie hierhergeführt hatten, an das Gefühl, dass die Wahrheit immer nur einen Schritt entfernt lag und doch unerreichbar schien.

Sie sah sich um. War dieser Raum wirklich das letzte Geheimnis, oder gab es noch einen tieferen Abgrund, der darauf wartete, entdeckt zu werden?
Ihre Finger ruhten auf den vergilbten Seiten. Sie musste wissen, was Adelaide gefunden hatte und ob es bereits zu spät war, die Wahrheit zu bewahren.
Maria blätterte hastig weiter, ihr Atem flach, ihre Hände zitternd vor Aufregung. Adelaides Aufzeichnungen wurden immer bruchstückhafter, als hätte sie unter Zeitdruck oder in Angst geschrieben.

„Ich höre sie nachts in den Wänden. Sie suchen. Sie wissen, dass ich es versteckt habe, doch sie wissen nicht wo. Wenn jemand dies liest, dann ist meine Zeit längst abgelaufen. Folge den Linien im Stein. Der Schlüssel ist nicht aus Metall, sondern aus Wissen."
Maria runzelte die Stirn. Linien im Stein? Ihr Blick wanderte über die Wände des geheimen Archivs. Hatten die alten Steinquader eine Bedeutung? Vorsichtig schritt sie durch den Raum, ihr Finger glitt über die kalten Oberflächen, suchte nach Unebenheiten, nach einer Spur.

Plötzlich blieb sie stehen. Dort, am Rand eines der Regale, verliefen feine, kaum sichtbare Gravuren in den Stein gemeißelt. Es waren keine zufälligen Risse es waren Zeichen, Worte in einer alten Sprache, die sie nicht sofort entziffern konnte.

Sie zog ihr Notizbuch aus der Tasche und begann, die Gravuren abzuzeichnen. Jedes Symbol, jede Linie. Doch noch bevor sie fertig war, hörte sie ein Geräusch.

Ein leises Knarren.

Maria erstarrte. Jemand war hier.

War sie wirklich allein in diesem Archiv gewesen? Oder hatte jemand ihre Schritte verfolgt?

Sie schloss das Tagebuch von Adelaide Weber und steckte es in ihre Tasche. Jetzt musste sie sich entscheiden sollte sie sich verstecken und abwarten, wer da war, oder versuchen, aus dem Archiv zu fliehen, bevor es zu spät war?

Maria hörte, wie das Geräusch näher kam, vorsichtige Schritte auf dem alten Steinboden, ein leises Atmen in der Dunkelheit. Ihr Herz hämmerte. Sie schob sich hinter eines der hohen Bücherregale, drückte sich in den Schatten und hielt den Atem an.

Ein Schatten glitt durch das schwache Licht der einzigen Lampe im Raum. Eine Gestalt, hochgewachsen, in einen dunklen Mantel gehüllt. Maria konnte das Gesicht nicht erkennen, aber die Person bewegte sich mit einer unheimlichen Zielstrebigkeit, als wüsste sie genau, wonach sie suchte.

Maria wagte kaum zu blinzeln. Sie presste sich noch enger an das Regal, als die Gestalt sich dem Tisch näherte, auf dem das Tagebuch gelegen hatte. Ein leises Rascheln, dann ein Fluch offenbar hatte die Person bemerkt, dass das Buch verschwunden war.

Maria wusste, sie musste handeln. Aber wie?
Sie ließ ihren Blick durch den Raum schweifen, suchte nach einem Ausweg. Der einzige bekannte Weg hinaus führte an der Gestalt vorbei. Doch dann erinnerte sie sich an die Gravuren in der Wand: Folge den Linien im Stein.

Vorsichtig tastete sie sich an den Zeichen entlang. Ihr Finger fand eine Vertiefung, eine kleine, fast unsichtbare Einbuchtung. Sie drückte darauf
Ein leises Klicken ertönte.
Plötzlich bewegte sich ein Teil der Wand. Ein schmaler Spalt öffnete sich, gerade groß genug, um hin durchzuschlüpfen.

Maria wusste, sie hatte nur einen Moment Zeit. Sie zog tief die Luft ein, dann stürzte sie sich durch den geheimen Durchgang - gerade in dem Augenblick, als sich die Gestalt abrupt umdrehte.
Hinter ihr fiel die Wand lautlos wieder in ihre ursprüngliche Position zurück.

Maria stand nun in völliger Dunkelheit. Ihre Finger tasteten nach einer Wand, nach einem Hinweis, wohin dieser Geheimgang führte. Dann spürte sie es kalter Stein, und darunter erneut Gravuren. Diesmal waren es Worte, in einer Schrift, die ihr vage bekannt vorkam.
Langsam fuhr sie mit den Fingern darüber und flüsterte die Worte laut:
„Was verborgen ist, wird gefunden. Wer sucht, wird geprüft."
Ein Schauder lief ihr über den Rücken.
Wohin hatte sie sich begeben? Und wer oder was wartete am Ende dieses Weges?
Maria spürte, wie sich die Luft um sie herum veränderte kühler, dichter, fast spürbar schwer.

Der Gang war eng, und sie musste sich vorsichtig vortasten, um nicht gegen die Wände zu stoßen. Ihre Finger glitten weiter über die Gravuren, doch der Text endete abrupt.

Plötzlich hörte sie ein leises Geräusch hinter sich.
Ein Kratzen.
Maria erstarrte. War es nur Einbildung, oder war die Gestalt aus dem Archiv ihr gefolgt? Sie wagte es nicht, sich umzudrehen. Stattdessen setzte sie langsam, fast lautlos, einen Fuß vor den anderen, weiter in die Dunkelheit.
Nach wenigen Schritten spürte sie eine Veränderung unter ihren Füßen der steinerne Boden wich einer glatten Oberfläche. Holz. Ein alter Gang? Eine Kammer?

Dann, ohne Vorwarnung, flammte Licht auf.
Maria blinzelte, ihre Augen mussten sich an den plötzlichen Schein gewöhnen. Vor ihr erstreckte sich ein Raum, ganz anders als das staubige Archiv, aus dem sie gekommen war. Die Wände waren aus dunklem Holz, geschmückt mit vergilbten Pergamenten, auf denen alte Symbole prangten. In der Mitte des Raumes stand ein Podest darauf eine steinerne Truhe, von schweren Eisenbändern umschlossen.

Maria trat vorsichtig näher.
Auf dem Deckel der Truhe war eine Inschrift eingraviert. Sie erkannte die Schrift sofort dieselbe, die sie bereits an der Wand des Archivs gesehen hatte.
„Der Schlüssel ist nicht aus Metall, sondern aus Wissen."
Maria schluckte Das Tagebuch!
Sie zog es hastig aus ihrer Tasche und blätterte zurück zu Adelaides rätselhaften Einträgen. Irgendwo hier musste der Hinweis sein. Ihre Finger zitterten, als sie las:

„Nur wer versteht, was verloren wurde, kann es wiederfinden.
Das Wort des Ursprungs öffnet, was verborgen ist."
Das Wort des Ursprungs?
Maria dachte nach. Ursprungswort Wissen...
Dann fiel es ihr ein.
In einem der ersten Einträge hatte Adelaide über das Haus
der Wächter geschrieben über den ursprünglichen Namen,
unter dem es einst bekannt war.

Maria trat an die Truhe heran, sollte sie es wirklich wagen?
Sie dachte, naja was solls, wenn ich schon mal hier bin,
werde ich es auch durchziehen. Sie legte eine Hand auf den
kühlen Stein und flüsterte:
„Lux Veritas."
Ein tiefes Grollen ertönte.
Langsam begann sich der Deckel der Truhe zu öffnen.
Maria hielt den Atem an.

Was auch immer hier verborgen war - es war
jahrhundertelang unentdeckt geblieben. Und jetzt, in diesem
Moment, war sie die Erste, die das Geheimnis lüften würde.
Langsam hob sie den Deckel. Und ein seltsam süßlicher
Geruch durchzog den Raum.
Maria hielt den Atem an.
Ein eisiger Wind wehte ihr von hinten in die Haare, und sie
fing sofort an zu frieren und am ganzen Körper zu zittern.
Doch noch bevor sie einen Blick in die Truhe werfen konnte,
ertönte hinter ihr eine Stimme.
„Das hättest du nicht tun sollen."

Kapitel 7 Das Medaillon

Marias Herz setzte einen Schlag aus. Die Stimme war ruhig,
fast sanft, doch darin lag eine unterschwellige Bedrohung.
Langsam, ganz langsam, drehte sie sich um.
Am Eingang des Raumes stand die Gestalt aus dem Archiv.
Nun konnte María das Gesicht erkennen es war ein Mann,
vielleicht Mitte fünfzig, mit scharf geschnittenen Zügen und
eisgrauen Augen. Sein dunkler Mantel wirkte altmodisch, fast
wie eine Uniform.

„Wer sind Sie?" Marias Stimme war fester, als sie sich fühlte.
Der Mann machte einen Schritt in den Raum, seine Hände
blieben ruhig an den Seiten. „Jemand, der verhindern muss,
dass das, was in dieser Truhe liegt, in die falschen Hände
gerät."
„Und Sie glauben, dass meine Hände die falschen sind?"
Ein leichtes Lächeln huschte über sein Gesicht.
„Das hängt davon ab, was Sie jetzt tun."

Maria spürte das Gewicht des Tagebuchs in ihrer Tasche.
Adelaide Weber hatte gewusst, dass jemand sie verfolgen
würde. War dieser Mann einer von ihnen? Einer derjenigen,
vor denen sie gewarnt hatte?
„Was ist in der Truhe?" fragte sie, ohne sich abzuwenden.
Der Mann legte den Kopf leicht schräg. „Etwas, das nie
gefunden werden sollte."
Maria spürte, wie ihr Puls raste. Ihr Instinkt sagte ihr, dass sie
ihm nicht trauen durfte, aber sie konnte auch nicht einfach
weglaufen.

Vorsichtig warf sie einen Blick in die geöffnete Truhe.
Ihr Atem stockte.

Darin lag kein Schatz, kein altes Manuskript, sondern ein einzelnes und unscheinbares Medaillon aus dunklem Metall, in das ein Symbol eingraviert war. Ein Kreis mit einem. durchbrochenen Dreieck in der Mitte.
Maria kannte dieses Symbol. Sie hatte es schon einmal gesehen.

Im Tagebuch.
Ein Eintrag blitzte in ihrer Erinnerung auf:
„Das Medaillon ist der Schlüssel. Doch nicht zum Öffnen, sondern zum Schließen. Wer es trägt, trägt die Verantwortung."
Der Mann machte einen Schritt auf sie zu. „Geben Sie es mir."
Maria spürte die Entscheidung auf ihr lasten.
Wenn sie ihm das Medaillon gab, würde sie vielleicht nie erfahren, was es bedeutete. Aber wenn sie es behielt, könnte es vielleicht dazu führen, dass sie auch niemals mehr aus diesem Haus herauskam. Sie war dann wie all die anderen einfach verschwunden.
War sie bereit für dieses Risiko und für das, was es mit sich brachte?
Maria schloss die Finger um das Medaillon. Es fühlte sich unerwartet warm an, als würde es auf ihre Berührung reagieren. Ein leichter Schauer lief ihr über den Rücken.

Der Mann musterte sie mit kühler Berechnung. „Sie verstehen nicht, was Sie da in den Händen halten", sagte er leise. „Das Medaillon ist kein Artefakt, das man einfach besitzen kann. Es ist eine Bürde."
Maria erinnerte sich an die Worte im Tagebuch: „Wer es trägt, trägt die Verantwortung."

Und sie wusste es jetzt.

Dies war der Moment, für den sie ausgewählt worden war. Die Vergangenheit hatte sie hierhergeführt, um die Menschheit in der Gegenwart zu bewahren.

Doch vor was genau?

Sie atmete tief durch. „Dann erklären Sie es mir", forderte sie. „Wenn ich es wirklich nicht verstehe, warum sagen Sie mir nicht, was es ist?"

Der Mann zögerte. Es war ein winziger Moment, kaum spürbar, doch Maria sah es einen Hauch von Zweifel in seinen Augen.

„Weil Wissen gefährlich ist", sagte er schließlich. „Dieses Medaillon ist nicht nur ein Schlüssel. Es ist eine Entscheidung. Ein Tor, das geöffnet oder für immer versiegelt bleiben kann. Die Wächter haben es seit Jahrhunderten verborgen, weil sie wussten, dass die Menschheit nicht bereit dafür ist."

Maria fühlte, wie ihr Herz schneller schlug. Ein Tor? Ein Siegel? War es das, wovor Adelaide gewarnt hatte?

„Und wenn ich es öffne?" fragte sie.

Die Miene des Mannes verhärtete sich. „Dann könnten wir alle für immer verloren sein."

Stille lag zwischen ihnen. Maria spürte das Gewicht der Entscheidung, die auf ihr lastete. Sie war hierhergeführt worden, um die Menschheit zu bewahren, aber bedeutete es, das Medaillon zu benutzen? Oder es für immer zu verbergen?

Sie blickte auf das dunkle Metall in ihrer Hand.

Dann traf sie ihre Wahl.

Maria schloss die Finger fester um das Medaillon. Jede Faser ihres Körpers schrie nach einer Antwort, nach Gewissheit. Doch sie wusste:

Niemand würde ihr diese Entscheidung abnehmen.

Sie sah dem Mann in die Augen. „Adelaide hat dieses Medaillon nicht versteckt, um es für immer zu begraben. Sie wollte, dass es gefunden wird. Dass es genutzt wird."
Sein Blick verdüsterte sich. „Nein. Sie hat es versteckt, um es zu schützen. Vor den falschen Händen."

Maria schüttelte den Kopf. „Ich wurde nicht ohne Grund hierhergeführt." Sie erinnerte sich an die Stimmen der Vergangenheit, an die Zeichen, die ihr den Weg gewiesen hatten. „Es gibt eine Bedrohung. Etwas, das Kommen wird, wenn ich nicht handle. Ich kann es spüren."
Der Mann trat näher, seine Stimme nun eindringlich. „Es gibt Dinge, die man nicht ändern kann. Manche Tore sollten für immer geschlossen bleiben. Und dieses ist eines davon."
„Oder sie sollten im richtigen Moment geöffnet werden," flüsterte Maria. Aber sie war nicht wirklich von dem überzeugt, was sie da gerade sagte.
Eine drückende Stille breitete sich aus. Maria fühlte die Schwere der Geschichte, die Last vergangener Entscheidungen auf ihren Schultern.
Dann tat sie es.
Mit einer einzigen Bewegung hob sie das Medaillon und legte es um ihren Hals.
Sofort durchzuckte eine Welle aus Hitze und Kälte ihren Körper. Ihre Sinne schärften sich, die Luft knisterte, als ob die Zeit selbst für einen Moment ins Wanken geriet.

Und dann sah sie es.
Nicht mit ihren Augen, sondern mit ihrem Geist.
Bilder stürmten auf sie, eine Vision aus einer Zeit, die weder Vergangenheit noch Zukunft war.

Ein Schatten, riesig und uralt, der sich über die Welt legte.
Eine Stadt, deren Straßen in Dunkelheit versanken.
Menschen, die flohen, ihre Schreie verstummend, als das
Unvermeidliche sie erreichte.
Und mitten darin.... sie selbst.
Maria rang nach Atem. Sie war nicht nur eine Suchende
gewesen. Sie war ein Teil dieses Schicksals.

Sie riss die Augen auf.
Der Mann starrte sie an, sein Gesicht blass, als ob er genau
wusste, was sie gerade gesehen hatte.
„Jetzt verstehst du", sagte er leise.
Maria schluckte. Ja sie verstand. Aber es war zu spät.

Kapitel 8 Die Entscheidung

Maria keuchte, während die Bilder noch immer in ihrem Geist brannten. Die Schatten, die Stadt in Dunkelheit, das unausweichliche Unheil es war keine bloße Vision. Es war eine Warnung.
Sie spürte das Medaillon warm gegen ihre Haut pulsieren, als würde es ihren Herzschlag nachahmen.
Der Mann beobachtete sie aufmerksam, seine Haltung angespannt. „Du hast gesehen, was geschehen wird, wenn du die falsche Wahl triffst."

Maria ballte die Fäuste. „Nein. Ich habe gesehen, was geschehen wird, wenn ich nichts tue."
Sie spürte, wie eine Welle der Wut in ihr aufkam, „ich habe die richtige Entscheidung getroffen."
Er machte einen Schritt auf sie zu, seine Stimme nun schärfer. „Du glaubst, du hast die Kontrolle? Das Medaillon zeigt dir, was es will aber nicht immer die Wahrheit."
Maria spürte noch mehr Wut in sich aufsteigen. „Dann sagen Sie mir die Wahrheit! Wovor haben Sie so große Angst?"
Er schwieg einen Moment. Dann sagte er leise, „Dass du die Vergangenheit nicht verstehst."
Maria hielt inne.

Er sah sie eindringlich an. „Adelaide Weber hat das Medaillon nicht versteckt, um es für immer zu vergessen. Sie wusste, dass der Tag kommen würde, an dem es wieder gebraucht würde. Aber sie wusste auch, dass die falsche Entscheidung alles zerstören könnte."
Maria spürte, wie sich ein Knoten in ihrem Magen zusammenzog. „Also gibt es eine richtige Entscheidung?"

Der Mann seufzte. „Vielleicht. Aber du musst zuerst wissen,
wofür das Medaillon wirklich geschaffen wurde."
Er streckte die Hand aus.
„Gib es mir. Ich kann dir helfen, es zu verstehen."
Maria spürte das Gewicht der Wahl auf ihren Schultern. Sollte
sie ihm vertrauen? Oder musste sie allein herausfinden, was
das Medaillon wirklich bedeutete?

Ein Teil von ihr wusste: Diese Entscheidung würde alles
verändern.
Maria wich einen Schritt zurück. Ihr Instinkt warnte sie. Der
Mann sprach ruhig, kontrolliert, doch da war etwas in seinen
Augen. Etwas, das sie nicht deuten konnte.
„Nein", sagte sie fest. „Ich behalte es."
Seine Miene verhärtete sich. „Du verstehst nicht, was du da
tust."
„Dann erklären Sie es mir," sagte Maria wieder ruhiger.
Er musterte sie schweigend, dann seufzte er. „Das Medaillon
ist älter, als du denkst. Es wurde nicht geschaffen, um zu
öffnen oder zu zerstören, sondern um das Gleichgewicht zu
wahren. Die Wächter haben es seit Jahrhunderten verborgen,
weil sie wussten, dass es zu mächtig ist, um in falsche Hände
zu geraten."

Maria spürte wieder, wie ihr Herz schneller schlug. „Und
warum wurde ich dann hierhergeführt?"
Der Mann trat näher, sein Blick eindringlich. „Weil sich das
Gleichgewicht verschoben hat."
Maria erinnerte sich an die Vision die Stadt in Dunkelheit, die
Schatten, die alles verschlangen.
„Die Vergangenheit hat dich ausgewählt", fuhr er fort.

„Aber nicht, um die Zukunft zu verändern. Sondern um zu verhindern, dass das, was kommen soll, überhaupt geschieht."
Maria schluckte. „Und wie?"
Der Mann sah sie lange an. Dann sagte er leise:

„Indem du das Medaillon benutzt, um das zu versiegeln, was bald erwachen wird."
Ein Schauder lief ihr über den Rücken.
Sie dachte, na super, ich habe über 30 Jahre gebraucht, um die Ängste meiner Kindheit zu überwinden, indem ich jede Nacht Geister im Kleiderschrank und unter dem Bett gesehen haben. Und jetzt das hier, was geschieht nur gerade mit mir?
„Und wenn ich es nicht tue?" fragte sie.
Er schwieg. Doch Maria kannte die Antwort bereits. Sie hatte es gesehen.
Die Welt würde brennen.

Ein tiefes Grollen vibrierte plötzlich durch den Raum. Der Boden bebte leicht, als hätte eine unsichtbare Kraft begonnen, sich zu regen.
Der Mann riss den Kopf herum. „Es beginnt."
Maria spürte das Medaillon heiß gegen ihre Haut brennen.
Die Zeit der Entscheidung war gekommen.

Maria spürte, wie ihr Körper von einer unsichtbaren Kraft durchströmt wurde. Das Medaillon pulsierte wie ein zweites Herz an ihrer Brust, und das tiefe Grollen aus der Erde wurde lauter.
Der Mann trat näher, seine Stimme war drängend „Wenn du jetzt nicht handelst, wird es sich entfesseln. Dann gibt es keinen Weg mehr zurück."

Maria presste die Lippen zusammen. Die Schatten aus ihrer Vision, das drohende Unheil es war real. Und sie war die Einzige, die es aufhalten konnte.

„Was muss ich tun?" fragte sie.

Der Mann sah sie ernst an. „Das Medaillon ist der Schlüssel, aber du musst es an den richtigen Ort bringen. Dort, wo das Siegel einst geschaffen wurde."

Maria runzelte die Stirn. „Und wo ist das?"

Ein Ruck ging durch das Gebäude, Staub rieselte von der Decke. Das Grollen wurde stärker

„Unter dem Haus der Wächter", sagte der Mann hastig. „Tief in den Katakomben. Dort wurde das Gleichgewicht vor Jahrhunderten errichtet. Und dort muss es erneuert werden."

Maria nickte. Keine Zeit für Zweifel. Keine Zeit für Angst. Sie rannte los.

Durch den engen Geheimgang, zurück ins Archiv. Die Regale zitterten, alte Pergamente flatterten zu Boden. Etwas erwachte, etwas, das nicht länger ruhen wollte.

Der Mann folgte ihr dicht auf den Fersen. „Schneller! Wenn die Barriere bricht, wird die Dunkelheit sich ausbreiten!"

Maria erreichte eine alte, mit Eisen beschlagene Tür, die in die Tiefe führte. Sie stieß sie auf, eine kalte, modrige Luft schlug ihr entgegen.

Stufen führten hinab, immer tiefer.

Ihr Atem ging stoßweise. Sie spürte, dass sie kurz davor war, das Zentrum dieses Rätsels zu erreichen.

Doch tief in ihrem Inneren wusste sie auch: Wenn sie versagte, würde die Menschheit den Preis dafür zahlen. Und sie währe verloren und würde nie wieder aus diesem Untergrund auftauchen.

Die Stufen unter ihren Füßen knarrten, als Maria tiefer in das düstere Untergeschoss vordrang. Der kalte, feuchte Luftzug, der ihr entgegenkam, roch nach Erde und Verfall und etwas anderem. Etwas, das sie nicht ganz benennen konnte.

Der Mann war dicht hinter ihr. „Du bist kurz davor, das Gleichgewicht zu zerstören", rief er warnend. „Sei vorsichtig, was du tust."
Maria warf ihm einen flüchtigen Blick zu. „Ich werde vorsichtig sein, aber das Unheil wartet nicht. Es wird uns überrollen, wenn wir es nicht stoppen. Aber mal ganz ehrlich, ich habe es nie gelernt mit solchen Mächten zu kämpfen, also bitte habe etwas Nachsicht mit mir."
„Es gibt hier keine Schonfrist. Du hast dich entschieden, also tu was du tun musst."

Sie erreichte schließlich einen steinernen Raum, dessen Wände mit verwitterten Inschriften bedeckt waren. Der Boden war mit Staub und Schutt bedeckt, doch im Zentrum des Raumes stand ein hoher Altar, umgeben von flimmerndem Licht oder war es nur ein Schein?
Maria trat auf den Altar zu, und der Raum schien auf ihren Schritt zu reagieren. Eine unsichtbare Spannung lag in der Luft, als ob der gesamte Ort lebendig war.

„Das ist der Ort", sagte der Mann, seine Stimme war jetzt kaum mehr als ein Flüstern. „Aber du musst verstehen, was du hier tust. Das Medaillon ist nicht nur ein Werkzeug. Es ist ein Teil eines alten Paktes."
Maria drehte sich um, das Medaillon immer noch fest in der Hand. „Was für ein Pakt?"

Der Mann zögerte, dann trat er näher, als ob er sich sicher war, dass niemand außer ihr hören konnte. „Vor Jahrhunderten, als die ersten Wächter das Gleichgewicht errichteten, schlossen sie einen Pakt mit einer Macht, die nicht von dieser Welt ist. Das Medaillon war der Schlüssel, um das Tor zu versiegeln es wieder zu öffnen. Es war immer ein und um. Gleichgewicht zwischen Licht und Dunkelheit. Doch der Pakt war niemals für immer."
Maria spürte, wieder wie ihr Herz schneller schlug. „Und jetzt? Was passiert, wenn das Tor wieder geöffnet wird?"

Der Mann senkte den Blick. „Das Tor führt zu einer Welt, die in der Dunkelheit liegt. Eine Welt, die sich immer mehr ausbreitet, je mehr das Gleichgewicht gestört wird. Es ist der Ursprung der Dunkelheit, die du gesehen hast. Wenn du das Medaillon nutzt, um es zu versiegeln, wird es für immer ruhen. Aber du musst wissen, dass du damit auch das Gleichgewicht für immer aufrechterhältst. Es gibt Kein Zurück mehr."

Maria sah auf das Medaillon in ihrer Hand. Es pulsierte, als ob es auf ihre Entscheidung wartete.
„Und wenn ich mich weigere?" fragte sie, ihre Stimme hart.
„Dann wird das Tor sich öffnen. Und mit ihm wird die Dunkelheit zurückkehren. Und niemand, nicht du, nicht ich, wird mehr die Macht haben, sie zu stoppen."

Ein kaltes, schweres Schweigen lag in der Luft. Maria wusste, dass der Moment gekommen war, in dem sie alles verlieren konnte, wenn sie den falschen Schritt machte.
Der Altar vor ihr begann plötzlich zu vibrieren, ein tiefes, unheilvolles Summen füllte den Raum. Das Medaillon in ihrer Hand begann, heißer zu werden, fast unerträglich.
„Jetzt oder nie", flüsterte der Mann. „Entscheide dich."

Maria atmete tief ein und legte das Medaillon auf den Altar. In dem Moment, in dem es die kalte Oberfläche berührte, explodierte ein grelles Licht, das den Raum in gleißendes Weiß tauchte. Ein gewaltiger Riss durchbrach den Boden, und die Luft war von einer unheimlichen Energie durchzogen, die sie fast zu ersticken drohte.

Die Dunkelheit begann, sich zu sammeln. Schatten krochen aus den Ecken, wuchsen, zogen sich zusammen wie lebendige Wesen, die auf sie lauerten.
Doch Maria wusste, was sie tun musste,
Sie legte ihre Hände auf das Medaillon, ihre Stimme murmelte das uralte Wort, das sie aus den Visionen gekannt hatte:

„Lux Veritas."

Und mit diesen Worten begann das Medaillon zu leuchten so hell, dass der Raum, die Dunkelheit, die Schatten alles erblasste.
Die Welt um sie herum begann sich zu verändern, das Gleichgewicht war wiederhergestellt. Doch Maria wusste, dass sie nie wieder dieselbe sein würde.

Das grelle Licht des Medaillons flutete den Raum, die Dunkelheit wurde in ihren gewaltigen Schatten förmlich zerrissen, als würde eine unsichtbare Hand den Vorhang zur Welt der Dunkelheit mit einem einzigen, entschlossenen Ruck zurückziehen. Maria spürte, wie ihre gesamte Energie in das Medaillon überging, als ob es ihre letzten Kräfte absorbierte. Sie musste sich zusammenreißen, der Schmerz war beinahe unerträglich, doch sie wusste, dass sie nicht aufgeben durfte. „Es funktioniert...", flüsterte der Mann hinter ihr, doch seine Stimme war von Ehrfurcht und Unsicherheit erfüllt.

„Du hast es wirklich getan."

Das Medaillon pulsierte in ihren Händen, und eine seltsame Ruhe durchströmte sie. Die Schatten, die eben noch den Raum verschlungen hatten, schrumpften und verflüchtigten sich wie Nebel, der sich in der ersten Morgensonne auflöste. Aber das war noch nicht das Ende.

„Es ist noch nicht vorbei", sagte Maria mit einer plötzlichen Klarheit. Sie konnte fühlen, wie etwas in der Tiefe, irgendwo unter ihren Füßen, noch immer brodelte. Es war nicht die Dunkelheit selbst, die sie bezwungen hatte, sondern nur ein Teil von ihr.

Etwas Größeres, Weitaus Mächtigeres, schien unter der Oberfläche zu warten geduldig, wie ein schlafender Riese. Der Mann trat einen Schritt zurück, seine Augen weit geöffnet.

„Was hast du gesehen?"

„Die Dunkelheit ist nicht einfach weg", antwortete Maria, die die Augen schloss und tief einatmete. „Sie war nie wirklich verschwunden. Aber sie ist jetzt in ihrer Kiste gefangen und das Medaillon wird uns die Zeit geben, uns vorzubereiten."

„Vorbereiten?" fragte der Mann, seine Stimme zitterte.

„Ja", antwortete Maria. „Denn das, was wir besiegt haben, wird eines Tages zurückkehren. Und wir müssen bereit sein, wenn es so weit ist. Dies war nicht das Ende. Es war nur ein Aufschub."

Mit einem letzten Blick auf das Medaillon, das in ihren Händen immer noch leise pulsierte, wusste sie, dass sie sich nicht irren konnte. Sie war auserwählt worden, nicht nur um das Gleichgewicht zu retten, sondern um die Menschheit auf etwas vorzubereiten, das noch viel Größeres war als alles, was sie sich je vorgestellt hatte.

64

Sie blickte auf den Mann, der immer noch in einer Mischung aus Ehrfurcht und Angst vor ihr stand. „Du hattest recht. Wir haben das Gleichgewicht wiederhergestellt. Aber es ist nicht genug. Jetzt beginnt die wahre Aufgabe."
Der Mann nickte langsam. „Was wirst du tun?"
Maria überlegte nicht lange. „Wir müssen die Wächter wieder versammeln. Die, die noch leben, Und wir müssen das Wissen aus der Vergangenheit erneuern, damit wir beim nächsten Mal vorbereitet sind. Wir können das Tor nicht erneut schließen, ohne zu wissen, wie wir es offenhalten können, wenn die Zeit kommt."

„Und was ist mit dir?" fragte der Mann zögernd. „Was wirst du tun?"
Maria schaute auf das Medaillon, das nun in ihren Händen immer kühler wurde, als ob es langsam wieder in den Ruhezustand zurückfiel. „Ich werde lernen. Ich muss alles über diese Dunkelheit herausfinden, über das, was in den Katakomben eingeschlossen ist. Ich werde es verstehen, damit ich es beim nächsten Mal besser bekämpfen kann."

Der Raum, der eben noch von der Dunkelheit erdrückt wurde, war nun still. Der Wind hatte sich gelegt, und der einzige Klang, der die Stille durchbrach, war das leise Klicken des Medaillons, das zu ihrem Herzschlag im Takt pulsierte.
„Ich werde mit dir gehen", sagte der Mann schließlich.
„Gut" antwortete Maria. „Denn der wahre Kampf hat noch nicht begonnen."

Und so verließen sie den Raum, der wieder in Dunkelheit versank, und stiegen die steinernen Treppen empor, um in die Welt zurückzukehren. Eine Welt, die sie vor der Dunkelheit bewahrt hatten, aber die Wahrheit war klar:

Sie hatten nur einen Augenblick gewonnen. Jetzt lag es an ihnen, sich für das zu rüsten, was noch kommen würde.

Maria und der Mann gingen schweigend die düsteren Treppen hinauf, die in den Hauptteil des Hauses führten. Der Altar und die Katakomben hinter ihnen verschwanden aus ihrem Blickfeld, doch die Last der Entscheidung. die sie getroffen hatte, blieb bei Maria. Sie fühlte sich als Teil von etwas viel Größerem, etwas, das sie nicht vollständig begreifen konnte.

„Du hast das Richtige getan", sagte der Mann schließlich. „Das Tor ist verschlossen, aber du hast auch den Weg bereitet für das, was kommen muss."
Maria nickte, ihre Gedanken waren jedoch bei den Visionen, die sie gesehen hatte. Das Unheil war nur aufgeschoben, nicht beseitigt. Sie hatte das Medaillon benutzt, aber es war klar, dass der wahre Kampf noch vor ihr lag.

Als sie durch die Türen in den Garten traten, spürte sie die kühle Nachtluft, die den schweren Duft der Erde mit sich brachte. Die Dunkelheit um sie herum schien tiefer als gewöhnlich, als ob sie selbst noch nicht ganz mit dem verblassenden Licht des Tages versöhnt war.
„Du hast mir immer noch nicht gesagt, wer du wirklich bist", sagte Maria, während sie langsam weiterging. Ihre Schritte hallten in der stillen Nacht. „Du weißt mehr, als du zugibst."

Der Mann verzog kaum merklich die Lippen, als ob er abwägen würde, wie viel er ihr anvertrauen konnte. „Ich bin ein Nachfahre der ersten Wächter. Aber mein Wissen ist nicht ohne Preis."
„Was meinst du damit?" fragte Maria.

„Ein Wächter zu sein bedeutet mehr, als nur alte Bücher zu bewahren", antwortete er, seine Stimme wurde ernst. „Es ist ein Leben im Schatten. Ein Leben, das man oft mit großen Opfern führt."

Maria spürte das Gewicht seiner Worte und konnte sich für einen Moment nicht entscheiden, ob sie ihm vertrauen sollte. Sie wusste, dass er nicht die ganze Wahrheit sagte aber auch, dass er mehr wusste, als er preisgab.

„Wie viele von euch gibt es noch?" fragte sie.

„Es gibt nur wenige von uns", sagte er. „Die meisten Wächter sind längst verschwunden, in Vergessenheit geraten oder gefallen, als die Dunkelheit stärker wurde. Doch es gibt noch einige, die wissen, was bevorsteht. Und du wirst sie finden müssen."

„Ich?" fragte sie verblüfft. „Warum ich?"

„Weil du den Weg geöffnet hast. Du hast das Gleichgewicht wiederhergestellt. Aber du hast auch den ersten Schritt auf einem Pfad getan, der dich zu den anderen führen wird."

Maria blieb stehen und sah ihm in die Augen Sie hatte das Gefühl, dass sie sich am Rande einer Entdeckung befand, die weit über alles hinausging, was sie sich jemals vorgestellt hatte. „Was genau wird von mir erwartet?"

„Du musst das Wissen der Wächter sammeln. Du musst es zusammenfügen, um die Dunkelheit endgültig zu besiegen, wenn sie zurückkehrt."

„Und was wird mit mir geschehen, wenn ich versage?" fragte Maria leise.

Der Mann starrte in die Nacht, als ob er die Worte in sich abwägen wollte.

„Dann wird das Tor sich wieder öffnen. Und es wird nicht nur die Dunkelheit sein, die die Welt bedroht. Du würdest nicht nur dein Leben verlieren - du würdest auch die Zukunft der Menschheit gefährden."

Ein Schauer lief Maria über den Rücken. Die Schwere der Verantwortung lastete auf ihr, doch sie wusste, dass sie nicht mehr umkehren konnte. Sie war tief in dieses Geheimnis verwickelt, und es gab kein Zurück.

„Also muss ich die Wächter finden, bevor es zu spät ist", sagte sie schließlich. „Aber wo beginne ich?"

„Es gibt Orte, an denen das Wissen verborgen wurde", antwortete der Mann. „Alte Archive, vergessene Tempel, geheime Gesellschaften. Aber der wahre Schlüssel wird nicht in Büchern zu finden sein."

„Wo dann?" fragte Maria.

„In dir selbst", sagte er mit einem Blick, der tiefer ging als alles, was er bis jetzt gesagt hatte. „Du trägst das Erbe der Wächter. Du musst lernen, es zu entfalten. Nur so kannst du die Dunkelheit endgültig besiegen."

Maria fühlte, wie eine neue Erkenntnis in ihr wuchs eine Wahrheit, die sie noch nicht ganz fassen konnte. Doch sie wusste, dass dieser Weg sie zu etwas führen würde, das sie jetzt nicht einmal verstehen konnte.

„Und wenn ich es nicht kann?" fragte sie, die Stimme kaum mehr als ein Flüstern.

„Dann wird die Dunkelheit sich endgültig ausbreiten. Aber du bist nicht allein", sagte der Mann und legte ihr eine Hand auf die Schulter. „Es gibt noch Verbündete. Du musst sie finden. Gemeinsam könnt ihr das Unglück abwenden."

Maria nickte, entschlossen. „Dann werde ich diesen Weg gehen."

Die Nacht um sie herum schien sich zu verdichten, aber in ihrem Inneren brannte ein neues Feuer. Es war das Wissen, dass sie die Verantwortung nicht nur für sich selbst trug. sondern für alle. Sie war die letzte Hoffnung. Und sie würde nicht zulassen, dass die Dunkelheit die Welt verschlang. Mit einem letzten Blick auf den Mann und die Welt, die sie verlassen hatten, machte Maria sich auf den Weg bereit, das Erbe der Wächter zu entdecken und die Wahrheit über das, was vor ihr lag, zu entschlüsseln. Die Zeit der Vorbereitung war gekommen.

Maria trat aus dem Garten und zu ihrem Haus, sie blickte in die klare Nacht, die von Millionen von Sternen erleuchtet war. Doch die Dunkelheit in ihrem Inneren, die Unsicherheit und die Last der Verantwortung, die sie trug, schienen weit schwerer zu wiegen als die weite, stille Welt um sie herum. Sie wusste, dass der Weg, den sie vor sich hatte, alles verändern würde. Es war nicht nur eine Reise in die Vergangenheit, sondern in eine Zukunft, die noch nicht geschrieben war.

Der Mann, der sich immer noch in der Nähe hielt, beobachtete sie aufmerksam. „Die Wächter haben das Wissen nicht nur bewahrt", sagte er plötzlich, als ob er ihren Gedanken hörte. „Sie haben es versteckt. Weil sie wussten, dass nur die Auserwählten es ertragen können würden. Es sind nicht nur Bücher und Artefakte, die du finden musst. Es ist auch die Wahrheit über dich selbst."
Maria drehte sich zu ihm. „Was meinst du damit?"
Er trat einen Schritt näher und senkte seine Stimme.

„Das Medaillon ist nicht nur ein Schlüssel. Es ist ein Spiegel. Es zeigt dir, wer du wirklich bist. Deine größte Stärke, aber auch deine tiefste Angst. Wenn du es verstehst, wirst du auch die Dunkelheit besiegen. Wenn du es nicht tust... dann wirst du unter ihrer Last zerbrechen."

Maria spürte ein Kribbeln in ihren Fingern, als das Medaillon wieder auf ihrer Brust pulsierte. Sie konnte es nicht leugnen sie fühlte sich immer noch von dem Geheimnis, das es verbarg, erdrückt. Doch sie wusste auch, dass es ein Teil von ihr war, etwas, das sie nicht ablegen konnte. Vielleicht war das, was der Mann sagte, die einzige Chance, ihre innere Stärke zu entfalten.

„Und was passiert, wenn ich es nicht verstehen kann? Was passiert, wenn ich versage?" fragte sie, ihre Stimme zitterte ungewollt.

„Dann wird die Dunkelheit nicht nur die Welt verschlingen", antwortete er mit einem düsteren Blick. „Sie wird auch dich verschlingen. Dein Versagen wird das Tor wieder öffnen - und dann gibt es keine Rückkehr. Keine Rettung."

Ein kalter Schauer lief Maria den Rücken hinab. Doch sie verdrängte die Angst, die in ihr aufstieg. Sie musste sich ihrer Aufgabe stellen. Sie hatte keine Wahl.

„Wie finde ich die anderen Wächter?" fragte sie entschlossen. Der Mann schaute sich um, als ob er sich vergewissern wollte, dass niemand sie hörte, bevor er antwortete. „Die Wächter sind nicht mehr, wie du sie dir vielleicht vorstellst. Sie leben nicht alle in Klöstern oder abgeschiedenen Tempeln. Einige von ihnen sind unter uns unsichtbar, in der Gesellschaft versteckt. Du wirst sie finden müssen, aber nicht nur mit deinen Augen. Du wirst ihre Spuren in den Geheimnissen der Welt entdecken müssen. Und das wird nicht einfach sein."

„Also muss ich jagen, versteckte Zeichen finden", sagte Maria nachdenklich.

„Genau. Doch sei vorsichtig", warnte der Mann. „Die Dunkelheit wird dich auf deinem Weg beobachten. Du bist nicht der Einzige, der nach den Wächtern sucht. Es gibt noch andere, die das gleiche Ziel haben. Und nicht alle haben die gleichen Absichten wie du."

Maria spürte die Schwere dieser Worte. Es war nicht nur die Dunkelheit, vor der sie sich fürchten musste. Es gab auch andere, Menschen oder Wesen, die diese Macht für ihre eigenen Zwecke nutzen wollten.

„Wie kann ich wissen, wem ich vertrauen kann?" fragte sie. Der Mann sah sie mit einem ernsten Blick an. „Vertraue deinem Instinkt. Wenn du die Wächter finden willst, musst du lernen, zwischen Wahrheit und Lüge zu unterscheiden. Aber sei vorsichtig. Die Dunkelheit hat ihre Spione überall"

Maria nickte. Sie wusste, dass er recht hatte. Es würde nicht nur darum gehen, Wissen zu sammeln es ging darum, zu überleben, zu erkennen, wer Feind und wer Freund war. Sie konnte nicht allein gegen die Dunkelheit kämpfen, aber sie musste die richtigen Verbündeten finden.

„Wo fange ich an?" fragte sie, die Entschlossenheit in ihren Augen brannte.

„Es gibt einen Ort", sagte der Mann nach einer Pause. Ein altes Archiv in einer anderen Stadt. Dort wirst du Hinweise auf die anderen Wächter finden und vielleicht auch auf das, was vor Jahrhunderten passiert ist, als das Gleichgewicht gestört wurde."

„Und wie komme ich dorthin?" fragte Maria.
„Ich werde dir den Weg zeigen", sagte der Mann.

„Aber sei vorsichtig.
Der Weg dorthin führt dich durch gefährliche Gebiete. Du wirst gegen alte Kräfte und Geheimnisse kämpfen müssen, die du noch nicht begreifen kannst."

Maria sah ihn an, entschlossen, ihre Reise fortzusetzen. „Ich bin bereit. Ich werde es herausfinden. Und ich werde nicht aufhören, bis ich die Wahrheit kenne."

Mit einem letzten Blick auf den Mann und einem Blick zurück auf das alte Haus, das sie hinter sich ließ, trat Maria auf ihn zu und gab ihm die Hand.
„Ich danke ihnen das sie mich bis hierher begleitet haben, aber ich muss jetzt unbedingt etwas schlafen, ansonsten kann ich nicht mehr klar denken."
Der Mann lächelte sie an, „Natürlich Maria, geh nur und leg dich schlafen, ich werde morgen Abend wieder hier sein, und dann werden wir gemeinsam los gehen."

Maria drehte sich rum und ging langsam zu ihrem Haus. Sie schloss die Tür hinter sich, und schlurfte fast auf allen vieren in ihr Schlafzimmer. Ohne sich die Mühe zu machen ihre Anziehsachen und die Schuhe auszuziehen, ließ sie sich auf Bett fallen. Sobald ihr Kopf das Kissen berührte, fiel sie in einen langen, tiefen und traumlosen Schlaf.

Kapitel 9 Das Archiv

Als Maria die Augen öffnete dämmerte es bereits wieder. Sie ging in die Küche trank einen starken Kaffee und aß aufgebackene Brötchen vom Vortag.
Danach ging sie unter die Dusche. Sie zog sich an und packte wieder ihren Rucksack.
Sie sah in den Spiegel und flüsterte „Ich bin bereit. Die Reise kann beginnen. Und ich werde es schaffen."
Als sie aus dem Fenster schaute, sah sie ihren Verbündeten bereits unten im Garten stehen. Sie winkte ihm kurz zu, nahm sich ihre Jacke und ging hinunter in den Garten.

Sie wusste, dass diese Reise sie an Orte führen würde, die sie sich nie hätte vorstellen können. Aber sie war entschlossen, den Weg zu gehen - für sich selbst, für die Wächter, für die Menschheit.

Und vor allem um die Dunkelheit zu besiegen, die bald zurückkehren würde.
Maria ging mit dem Mann, ohne ein Wort zu wechseln den schmalen Weg entlang, der sich durch den dunklen Wald schlängelte, die Bäume bogen sich in den Wind und flüsterten leise, als ob sie ihr Geheimnisse zuflüsterten. Der Mann hatte sich kurz von ihr entfernt, um einen sicheren Ort für ihre Weiterreise vorzubereiten, doch Maria spürte, dass sie sich bereits in der Nähe einer Grenze befand - einer Grenze zwischen der bekannten Welt und etwas, das jenseits der Vorstellungskraft lag. Etwas, das die Wächter in ihren dunklen Archiven verborgen gehalten hatten.

Der Wald um sie war tief und geheimnisvoll, die Luft war kühl und die Schatten schienen lebendig zu sein, als ob sie die ersten Schritte auf einer längst vergessenen Route durch das Reich der Dunkelheit unternahmen. Es war ein Weg, der sie in eine unbekannte Zukunft führen würde.

Maria dachte über alles nach, was der Mann gesagt hatte. Die Wächter, die verschwundenen Spuren der Dunkelheit und das Medaillon, das immer noch in ihrer Tasche schimmerte, als ob es ein eigenes Leben führte. Sie musste sich auf ihre Reise vorbereiten, auf die Menschen oder Wesen, die sie unterwegs treffen würde. Und vor allem auf die Frage, die ihr immer wieder im Kopf schwirrte: Was war der wahre Ursprung der Dunkelheit, die die Wächter seit Jahrhunderten zurückzuhalten versucht hatten?

In der Ferne sah sie ein schwaches Licht flacken. Zuerst dachte sie, es könnte ein Feuerschein in der Nacht sein, aber je näher sie kam, desto mehr erkannte sie die Form eines alten, verlassenen Hauses von Moos und Efeu überwuchert, die Fenster dunkel und unheimlich. Sie spürte, dass dies kein Zufall war. Ein Teil ihres Weges musste sie hierhin führen, zu diesem mysteriösen Ort.
Mit einem entschlossenen Schritt näherte sie sich dem Gebäude. Ihr Herz schlug schneller, als sie die knarrende Tür öffnete. Der Raum vor ihr war dunkel, doch als sie einen Schritt weiter trat, begann ein sanftes Licht die Schatten zu vertreiben. Es war ein seltsames Licht, das nicht von einer Lampe zu kommen schien, sondern von den Wänden selbst auszustrahlen, als ob der Raum über ein eigenes, altes Wissen verfügte.

Maria trat weiter ein und spürte sofort, dass sie an einem Ort war, der mehr als nur verfallen war. Sie war in einem Archiv der alten Wächter angekommen. Der Raum war voller Regale, auf denen uralte Bücher und vergilbte Schriften lagen. Doch etwas stimmte nicht. Der Raum war zu ruhig. Zu leer. Fast als ob er darauf wartete, dass sie das Richtige tat.

„Das ist der Ort, an dem du das Wissen finden wirst", hörte sie die Stimme des Mannes hinter sich. Sie drehte sich schnell um und fand ihn dort, im Türrahmen stehend, seine Augen ernst und zugleich besorgt.
„Du hast es gespürt, oder?" fragte er. „Es gibt eine tiefe Verbindung zwischen diesem Ort und dir. Du bist näher dran, als du denkst."
„Was bedeutet das?" fragte Maria, ihre Stimme zitterte leicht. „Warum fühle ich mich hier so... verbunden?"

„Weil du mehr bist als nur ein Teil der Geschichte", antwortete der Mann. „Du bist der Schlüssel. Und dieser Ort ist der Schlüssel zu deinem Verständnis. Die Wächter haben das Wissen in dieser Form bewahrt, weil sie wussten, dass nur jemand mit deiner Bestimmung es finden und verstehen könnte."
Maria ging weiter in den Raum, das Gefühl der Verbundenheit mit den alten Wänden wuchs. Sie spürte, wie das Medaillon in ihrer Tasche zu vibrieren begann, als ob es sie aufforderte, eine Entscheidung zu treffen.
„Was muss ich tun?" fragte sie, ihre Stimme fest. Sie konnte keine Angst mehr zulassen. Es war nicht die Zeit, sich zu fürchten.
„Du musst die Bücher durchsehen, die Schriften studieren. Doch pass auf. Es gibt Kräfte, die dich beobachten", warnte der Mann.

„Die Dunkelheit ist nicht nur eine entkörperlichte Macht. Sie kann sich in den Schatten verstecken und sich in den Gedanken der Menschen einnisten. Du darfst dich nicht von ihr verführen lassen."

Maria nickte und trat zu einem der Regale. Sie zog ein Buch heraus, das den Titel „Das Erbe der Wächter" trug. Die Seiten waren zerbrechlich, und der Staub der Jahrhunderte schien aus den Seiten zu rieseln, als sie es aufschlug.

„In den Anfängen, als das Licht die Dunkelheit besiegte", las sie laut, „wurde ein Pakt geschlossen. Ein Pakt, der das Tor versiegelte, das die Dunkelheit aus der Welt verbannte. Doch die Wächter, die den Pakt bewahrten, wussten, dass der Preis zu hoch war. Sie verbannten das Wissen über das Tor, sie verbannten die Wahrheit über den Ursprung der Dunkelheit."

Maria blätterte weiter, ihre Augen verengten sich, als sie auf eine Passage stieß, die sie mit einer eisigen Welle der Erkenntnis durchzog:

„Das Tor wird wieder geöffnet werden, wenn der Auserwählte es zulässt. Und der Auserwählte wird von einem neuen Ara geboren. Er oder sie wird sowohl der Retter als auch der Zerstörer sein."

Maria atmete scharf ein. Ihr Blick fiel auf die letzten Worte des Kapitels: „Der Schlüssel zu allem liegt im Verborgenen. Der wahre Ursprung der Dunkelheit ist nicht die Finsternis selbst, sondern der Glaube an ihre Unbesiegbarkeit."

Ihre Gedanken rasten. Was bedeuteten diese Worte? Wer war dieser Auserwählte? War sie wirklich diejenige, die das Gleichgewicht aufrechterhalten konnte oder war sie diejenige, die es brechen würde?

Die Dunkelheit, die sie zu bekämpfen glaubte, war nicht nur ein äußeres Übel. Sie war ein Teil von ihr, ein Teil der Welt, der nie wirklich besiegt worden war. Und jetzt wusste sie, dass sie nicht nur gegen die Dunkelheit kämpfen musste, sondern auch gegen den Glauben, dass sie verloren war. „Das ist erst der Anfang", flüsterte sie zu sich selbst und schloss das Buch.

Maria hielt das Buch fest in ihren Händen, der Raum schien sich um sie herum zu verdichten, als ob die alten Schriften selbst die Luft mit ihren geheimen Botschaften füllten. Die Worte, die sie gerade gelesen hatte, hallten in ihrem Kopf nach. Der wahre Ursprung der Dunkelheit war also nicht nur ein äußerer Feind es war ein Glaube, eine Überzeugung, die tief in den Herzen der Menschen verwurzelt war. Wenn sie diese Dunkelheit besiegen wollte, musste sie nicht nur gegen die äußeren Kräfte kämpfen, sondern auch gegen die Angst und den Pessimismus, der die Welt durchzog. Es war eine tiefere, weit gefährlichere Art von Dunkelheit, die den Glauben an das Unabwendbare nährte.

Der Mann, der inzwischen nähergetreten war, beobachtete sie mit einem ernsten Blick. „Du hast die Wahrheit gefunden", sagte er leise. „Aber das ist noch lange nicht das Ende. Du hast einen entscheidenden Schritt gemacht, doch was du jetzt entdeckst, wird das Tor zu deiner nächsten Prüfung öffnen." Maria sah ihn fragend an. „Was meinst du? Was muss ich noch tun?"
Er zeigte auf das Medaillon, das immer noch sanft in ihrer Tasche glühte, als ob es auf etwas wartete. „Das Medaillon hat dir schon mehr offenbart, als du begreifen kannst. Du musst es nutzen, um das zu entschlüsseln, was du gerade gelesen hast.

Das Buch hat dir einen Teil des Wissens gegeben, aber du brauchst mehr. Du musst erkennen, dass du der Schlüssel zu etwas bist, das die Wächter vor Jahrhunderten verbargen. Etwas, das niemand, nicht einmal sie, vollständig verstanden hat."

Maria nickte langsam, das Gewicht seiner Worte fühlte sich wie ein ferner, drückender Druck auf ihrer Brust an. Sie wusste, dass der Mann die Wahrheit sprach sie hatte das Medaillon nicht umsonst erhalten, und sie war nicht zufällig in diesem Archiv gelandet. Doch je weiter sie in die Geheimnisse vordrang, desto mehr spürte sie die Last der Verantwortung, die auf ihren Schultern lag. Sie war nicht einfach nur eine Entdeckerin der Vergangenheit. Sie war eine Schlüsselfigur für das Schicksal der Welt.

„Und was genau soll ich tun?" fragte sie.
„Du musst das Medaillon in die richtige Position bringen. Es wird nicht einfach sein, es wird dich testen", erklärte er. „Das Medaillon ist der Schlüssel, aber es ist auch ein Prüfstein. Es wird deine tiefsten Ängste, deine größten Zweifel an dir selbst entfachen. Aber du musst stark bleiben, Maria. Du musst dir selbst vertrauen."
Sie sah auf das Medaillon in ihrer Tasche. Es hatte eine merkwürdige Anziehungskraft, die sie nicht erklären konnte. Sie konnte es förmlich spüren es rief nach ihr. Der Gedanke, dass es der Schlüssel zu allem war, ließ ihr Herz schneller schlagen. Aber was, wenn sie versagte? Was, wenn sie die falsche Entscheidung traf?

„Ich habe Angst", flüsterte sie, obwohl sie wusste, dass die Worte nur einen Bruchteil der Wahrheit ausdrückten.

Sie fürchtete sich nicht nur vor dem Unbekannten, sondern auch vor der möglichen Erkenntnis, dass sie die Dunkelheit vielleicht nicht besiegen konnte.

Der Mann schien ihre Gedanken zu verstehen. Er trat näher, seine Augen weich, aber fest. „Es ist okay, Angst zu haben. Aber erinnere dich daran, dass du nicht allein bist. Du wirst Verbündete finden, während du voranschreitest. Es gibt noch Menschen, die die Wahrheit kennen und die dir helfen können. Du bist nicht das einzige Ziel der Dunkelheit. Aber du musst den ersten Schritt machen. Du bist die, die den Schlüssel in der Hand hält."
Maria nickte. Sie konnte die Unsicherheit nicht ganz abschütteln, aber sie wusste, dass sie nicht zurückweichen konnte. Die Welt, wie sie sie kannte, war nicht mehr die gleiche. Der Kampf, der vor ihr lag, war nicht nur ein Kampf um das Überleben. Es war ein Kampf um das Verständnis und das Überwinden der Ängste, die die Dunkelheit genährt hatten.

„Ich werde es tun", sagte sie entschlossen, während sie das Medaillon aus ihrer Tasche zog. Es schimmerte in ihren Händen, als ob es auf sie wartete, um den nächsten Schritt zu gehen. Sie hielt es vor sich und spürte, wie sich eine unsichtbare Verbindung zu ihm bildete.
Der Raum um sie herum begann sich zu verändern. Das Licht in den Wänden flackerte und verstärkte sich, als ob der Raum auf das Medaillon reagierte. Maria trat einen Schritt vor und hielt es über ein altes, in den Boden eingelassenes Symbol, das auf den ersten Blick unscheinbar wirkte, doch jetzt begann es, sich zu aktivieren.

„Du bist bereit", flüsterte der Mann hinter ihr. „Lass das Medaillon den Weg erleuchten. Die Dunkelheit wird nicht ohne Kampf weichen, aber mit deinem Mut wirst du die Antworten finden."

Mit einem tiefen Atemzug ließ Maria das Medaillon auf das Symbol sinken. Im Moment des Kontakts brach ein grelles Licht aus ihm hervor, das den Raum durchflutete. Die Wände vibrierten, und die Luft knisterte vor Energie. In diesem Moment wusste Maria, dass sie an der Schwelle zu etwas Größerem stand einer Offenbarung, die alles verändern würde.

Doch das Licht war nicht nur ein Zeichen der Hoffnung. Es war auch ein Vorbote dessen, was kommen würde und es erinnerte sie daran, dass der wahre Kampf gerade erst begonnen hatte.

Das Licht des Medaillons durchbrach die Dunkelheit des Raumes, und Maria spürte, wie ihre Haut von einer seltsamen Wärme durchzogen wurde. Es war, als würde das Medaillon mit ihrer eigenen Energie verschmelzen, als ob es sie zu etwas Größerem führte etwas, das sie bis zu diesem Moment nicht verstanden hatte. Sie konnte die Schwingungen in ihren Fingern fühlen, das pulsierende Gefühl, das ihr sagte, dass sie auf dem richtigen Weg war.

Die Wände des Raumes begannen sich zu bewegen, nicht physisch, sondern im Geist. Bilder, die aus der Vergangenheit stammten, begannen sich vor ihren Augen zu entfalten. Sie sah sich selbst in den Bildern: Ein junges Mädchen, das durch eine alte Bibliothek ging, ein geheimnisvoller Orden, der sich im Schatten bewegte, eine Tür, die sich mit einer unhörbaren Bewegung öffnete, und eine dunkle Gestalt, die in den Tiefen der Schatten lauerte.

Maria spürte, wie ihr Herz schneller schlug. Die Bilder schienen mit ihrem eigenen Leben zu verschmelzen, als ob sie schon immer ein Teil davon gewesen wäre. Die Dunkelheit, die sie suchte, war in jeder dieser Erinnerungen gegenwärtig. Sie sah, wie sie sich auf die Welt zubewegte, unaufhaltsam und voller Zerstörung, als ob sie nur darauf wartete, den richtigen Moment abzuwarten, um zurückzukehren.

„Das Tor", murmelte sie, als sie auf ein bestimmtes Bild starrte. Es zeigte ein massives Tor aus schwarzem Stein, das von alten Runen und Symbolen überzogen war. „Das Tor, von dem die Wächter sprachen..."

„Ja", flüsterte der Mann hinter ihr. „Das Tor, das die Dunkelheit gefangen hielt, ist nicht nur ein physischer Ort. Es ist ein Konzept, eine Manifestation der alten Ängste und ungelösten Konflikte der Menschheit. Die Wächter versuchten, es zu versiegeln, aber sie konnten. nie verhindern, dass es in den Herzen der Menschen weiterlebte."

Maria drehte sich zu ihm um, ihre Augen weit geöffnet. „Und ich... ich bin der Schlüssel, der es öffnen könnte, wenn ich nicht richtig handle?"

„Du bist der Schlüssel, ja", bestätigte er. „Aber du bist auch diejenige, die es erneut versiegeln kann. Die Dunkelheit lebt von den Ängsten, die die Menschen in sich tragen. Und die Wächter wussten, dass irgendwann jemand kommen würde, der die Dunkelheit nicht nur mit der physischen Macht bekämpfen würde, sondern mit der Kraft des Glaubens, des Wissens und der Bereitschaft, die eigenen Ängste zu überwinden."

Maria dachte an die Worte, die sie in dem Buch gelesen hatte: „Der wahre Ursprung der Dunkelheit ist nicht die Finsternis selbst, sondern der Glaube an ihre Unbesiegbarkeit."
Jetzt verstand sie, dass sie nicht nur gegen äußere Feinde kämpfen musste, sondern gegen den inneren Glauben, dass die Dunkelheit unvermeidlich war. Ihre größte Herausforderung würde nicht die Welt um sie herum sein, sondern die Dunkelheit, die in ihr selbst lauerte.
„Wie kann ich die Dunkelheit besiegen, wenn sie so tief in den Menschen verwurzelt ist?" fragte Maria. Ihre Stimme klang zaghaft, aber unter der Unsicherheit lag eine Entschlossenheit, die stärker war als alles, was sie zuvor gefühlt hatte.

„Du musst dich selbst verstehen", sagte der Mann ruhig. „Du bist nicht nur ein Werkzeug im Spiel der Mächte. Du hast die Fähigkeit, die Dunkelheit zu erkennen und ihr ihre Macht zu nehmen. Sie lebt von den Ängsten, aber auch von den Geheimnissen. Wenn du die Wahrheit erkennst und die Menschen dazu bringst, ihre Ängste zu konfrontieren, wird die Dunkelheit ihre Macht verlieren."

Maria blickte wieder auf das Medaillon. Es hatte sich in ihrer Hand noch weiter erhitzt, und die Energie, die davon ausging, schien ihren gesamten Körper zu durchdringen. „Ich verstehe... Ich muss den Menschen helfen, ihre Ängste zu sehen und zu überwinden."
„Genau" sagte der Mann. „Aber zuerst musst du noch tiefer in das Wissen eindringen, das dir zur Verfügung steht. Du hast das Tor gefunden, aber es gibt noch vieles, dass du nicht weißt.

Du musst lernen, die Symbole zu entschlüsseln, die du hier siehst, und verstehen, was sie bedeuten.
Nur so kannst du sicherstellen, dass du die Dunkelheit nicht nur erkennst, sondern auch besiegst."

„Und wo finde ich das Wissen, das ich brauche?" fragte Maria, ihre Stimme wieder voller Entschlossenheit.
„Es gibt einen alten Ort", antwortete er, „einen Ort, an dem sich das letzte Wissen der Wächter verbirgt. Es ist tief verborgen, und nur wenige wissen, wo er sich befindet. Aber du wirst es finden. Du hast bereits den ersten Schritt getan."

„Und was erwartet mich dort?" Maria wollte wissen. Sie spürte, wie ihr Herz zu pochen. begann. Jede Antwort schien nur noch mehr Fragen aufzuwerfen.
„Dort wirst du das Geheimnis des Torwächters erfahren. Derjenige, der das Tor bewachen wird und du wirst entscheiden müssen, ob du bereit bist, die Verantwortung zu tragen."

Maria nickte und atmete tief ein. Sie wusste, dass ihre Reise gerade erst begonnen hatte. Der Weg vor ihr war voller Rätsel, voller Gefahren, und sie wusste nicht, ob sie das Ende je erreichen würde. Doch sie war bereit, ihn zu gehen. Nicht nur für die Wächter, nicht nur für die Menschheit, sondern auch für sich selbst.
Denn nur wenn sie sich ihren eigenen Ängsten stellte, würde sie in der Lage sein, die Dunkelheit zu besiegen.
Maria spürte, wie das Gewicht der Verantwortung auf ihr lastete. Doch gleichzeitig war da auch ein tiefes Gefühl von Klarheit, das sie noch nie zuvor erlebt hatte. Sie wusste, dass dies ihr Schicksal war die Aufgabe, die sie zu erfüllen hatte, um die Dunkelheit zu besiegen.

Doch was sie nicht wusste, war, was genau sie auf dem nächsten Abschnitt ihrer Reise erwarten würde.

Der Mann trat näher und legte eine Hand auf ihre Schulter. „Du bist nicht allein in diesem Kampf, Maria. Du musst den Weg zu den letzten Wissensquellen der Wächter finden. Sie sind in einer vergessenen Stadt verborgen, weit entfernt von den bekannten Pfaden. Doch dort, an diesem Ort, wirst du Antworten finden, die du brauchst."

Maria nickte. Sie hatte sich auf eine lange und schwierige Reise vorbereitet, aber sie wusste, dass sie es nicht allein schaffen konnte. „Und wie finde ich diese Stadt?"

„Das Medaillon", antwortete der Mann, wird dir den Weg weisen. „Doch sei vorsichtig. Die Dunkelheit hat ihre Spione, ihre Augen und Ohren in der Welt. Wenn du den richtigen Ort findest, werden sie wissen, dass du dort bist."

Maria griff fest nach dem Medaillon in ihrer Hand und fühlte, wie sich ein neues, warmes Gefühl in ihr ausbreitete eine Art Vertrauen in das, was kommen würde. Es war, als ob das Medaillon mit ihrer Entschlossenheit, ihren Ängsten und ihrer Hoffnung resonierte. Es war mehr als nur ein Werkzeug. Es war ein Teil von ihr, ein Schlüssel zu dem Wissen, das sie brauchte. „Ich werde vorsichtig sein", versprach sie. „Aber ich werde auch nicht aufhören, nach Antworten zu suchen."

„Das ist gut", sagte der Mann und trat zurück, um ihr Platz zu lassen. „Vergiss nicht, dass die Dunkelheit niemals nur ein äußerer Feind ist. Sie lebt auch in uns. Du musst dich selbst immer wieder hinterfragen, um sicherzustellen, dass du nicht vom Weg abkommst. Deine größte Herausforderung wird nicht nur in der äußeren Welt liegen, sondern in deinem Inneren."

Mit diesen letzten Worten wandte er sich ab, doch bevor er den Raum verließ, drehte er sich noch einmal zu ihr um. „Und Maria, wenn du dich in der Dunkelheit wiederfindest, wenn du das Gefühl hast, dass du den Kampf nicht mehr führen kannst, dann erinnere dich an diese Worte: Das Licht, das du suchst, ist nicht außerhalb von dir, sondern in dir selbst."

Die Tür schloss sich hinter ihm, und Maria stand allein in dem Raum, der nun stiller als je zuvor war. Ihre Gedanken rasten. „Was meinte er mit das Licht, das in dir selbst ist"? War es eine Erinnerung an ihre eigene Stärke? Oder eine tiefere, verborgene Wahrheit über die Dunkelheit und das, was sie bekämpfen musste?

Sie konnte keine Antwort finden, doch das Medaillon in ihrer Hand begann erneut zu pulsieren, und sie wusste, dass es sie weiterführte. Sie hatte keine Zeit zu verlieren.

Kapitel 10 Der Schatten der Wächter

Die Tür, die hinter dem Mann ins Schloss gefallen war, führte in einen langen, dunklen Gang. Sie trat hinein, der Boden knarrte unter ihren Füßen, und der Flur schien sich ohne Ende auszudehnen. Doch das Medaillon schimmerte sanft in ihrer Hand, wie ein leiser Kompass, der sie in die richtige Richtung wies.

„Ich werde es herausfinden", flüsterte Maria zu sich selbst. „Ich werde die Dunkelheit besiegen."

Mit dieser Entschlossenheit ging sie den Gang entlang, der in die tiefere Dunkelheit führte. Doch auch wenn der Weg vor ihr ungewiss war, wusste sie, dass sie einen Schritt nach dem anderen tun musste. Und jedes Mal, wenn der Zweifel in ihr aufstieg, würde das Medaillon sie daran erinnern, dass sie mehr war als nur ein Teil eines großen Plans. Sie war die, die den Schlüssel hielt.

Die Reise zog sich hin, Tage und Nächte verschwammen zu einem Nebel der Anstrengung und des Wissens, das Maria sich langsam erarbeitete. Sie studierte jedes Buch, jede Schrift, die sie fand, und jedes Mal, wenn sie eine Antwort zu finden glaubte, stießen ihre Entdeckungen sie tiefer in eine neue, unbekannte Richtung. Doch das Medaillon, das in ihrer Tasche immer noch unaufhörlich pulsierte, hielt sie auf Kurs.

Schließlich, nach vielen Wochen, erreichte Maria eine verlassene, verwitterte Stadt. Die Ruinen standen im Dämmerlicht wie stumme Zeugen einer vergangenen Ära. Die Luft war still, und die Straßen waren von Efeu und Moos überwuchert.

Es war der Ort, den der Mann ihr beschrieben hatte, der Ort, an dem das letzte Wissen der Wächter verborgen war. Doch als sie sich dem Hauptplatz der Stadt näherte, war sie sich sicher, dass sie nicht allein war. Irgendetwas in der Luft, ein Flüstern vielleicht, ließ sie wissen, dass die Dunkelheit sie bereits gefunden hatte. Ihre Reise war noch lange nicht zu Ende.

Maria zog das Medaillon aus ihrer Tasche und hielt es vor sich. Der steinerne Brunnen im Zentrum des Platzes begann zu leuchten, als das Medaillon mit ihm in Resonanz trat. Sie wusste, dass dies der Punkt war, an dem alles. entschieden würde.
„Ich bin bereit", flüsterte sie, als die Dunkelheit sich um sie zu verdichten schien.

Maria trat entschlossen auf den Brunnen zu, das Medaillon fest in ihrer Hand. Das sanfte Leuchten des Artefakts schimmerte durch die verblassenden Strahlen des Dämmerlichts und reflektierte sich in den brüchigen, verwitterten Steinen des Platzes. Die Luft um sie herum begann sich zu verändern. Ein leichter Wind erhob sich, als ob er die stumme Atmosphäre der Ruinen mit etwas Lebendigem durchdringen wollte.

Aber da war auch etwas anderes etwas Dunkles, das sie tief im Inneren spürte. Die Dunkelheit, von der der Mann gesprochen hatte, schien sich zu materialisieren. Nicht in Form eines sichtbaren Wesens, sondern als ein drückendes, kaltes Gefühl, das die ganze Stadt umhüllte, als ob der Platz selbst von einer unsichtbaren Macht bewacht wurde.

Maria stellte sich direkt vor den Brunnen, spürte, wie das Medaillon in ihrer Hand stärker pulsierte, als ob es mit der Energie des Ortes in Resonanz trat. Sie hatte das Gefühl, dass sich der Platz um sie herum veränderte, als ob er sich öffnete, um ihr ein Geheimnis zu offenbaren, das seit Jahrhunderten verborgen war.

Mit einer ruhigen, festen Hand legte sie das Medaillon auf den Rand des Brunnens. Sofort flackerte das Licht auf, das sie so vertraut geworden war, und eine tiefe, resonierende Vibration durchzog den Boden unter ihren Füßen. Sie konnte es fühlen das war der Moment, in dem alles entschieden würde. Die Dunkelheit, die sie suchte, die Dunkelheit, die sie besiegen musste, hatte sich hier versammelt. Und sie, Maria, war der Schlüssel, der das Tor zu einer neuen Ära öffnen würde.

Das Medaillon begann zu leuchten, und plötzlich bildeten sich in der Luft vor ihr holographische Symbole alte Runen, die sich in einer langsamen Spirale drehten. Sie hatte sie zuvor im Buch der Wächter gesehen, aber jetzt waren sie lebendig, sie pulsieren mit einer Kraft, die sie in ihren Knochen spüren konnte.
„Du bist gekommen, um das Tor zu öffnen", erklang eine Stimme aus der Dunkelheit. Sie war nicht aus der Luft, sondern kam von irgendwo, das nicht zu erkennen war tief aus den Ruinen selbst. „Aber du bist nicht bereit."

Maria erstarrte. Die Stimme war nicht die des Mannes, nicht die der Wächter. Sie war fremd, rau und voller Zorn. Sie spürte, wie die Dunkelheit sich noch enger um sie legte, als ob sie von den Wänden der Ruinen selbst gespeist wurde.
„Du bist nur ein Teil des Spiels, Maria", fuhr die Stimme fort.

„Das Medaillon ist nicht die Antwort. Es ist die Frage. Du wirst entscheiden, ob du dich gegen uns stellst oder uns hilfst, das zu vollenden, was vor Jahrhunderten begonnen wurde."

„Wer bist du?" fragte Maria, ihre Stimme fest, obwohl sie die Kälte in ihren Venen spürte.
„Ich bin der Schatten, der über die Wächter wacht", sagte die Stimme. „Die Dunkelheit, die die Wächter versiegelten, die Dunkelheit, die du suchst, ist nichts anderes als ein Teil von dir. Ein Teil, der nie verbannt wurde."

Maria kämpfte gegen die Panik an, die in ihr aufstieg. Die Dunkelheit, von der sie glaubte, dass sie sie bekämpfen musste, war also ein Teil von ihr selbst? War das Medaillon nicht der Schlüssel zur Erlösung, sondern das Instrument, das ihre eigenen inneren Dämonen befreite?
„Was meinst du damit?" fragte sie, während sie das Medaillon fester hielt.

„Du bist der letzte Wächter, Maria", sagte die Stimme mit einem Hauch von Mitleid. „Du trägst das Erbe der Wächter in dir. Die Wächter wussten, dass der Moment kommen würde, in dem jemand wie du entscheiden müsste, ob er die Dunkelheit vernichtet oder sie akzeptiert und in die Welt lässt. Du bist nicht nur diejenige, die die Dunkelheit besiegen kann. Du bist diejenige, die sie entfesseln könnte."
Maria fühlte, wie sich der Boden unter ihren Füßen unbeständig anfühlte, als ob sich der Platz um sie herum veränderte. Das Medaillon. reagierte auf die Worte der Dunkelheit, es pulsierte stärker, als ob es versuchte, eine Verbindung zu ihr herzustellen, eine Verbindung, die sie beängstigend verstand.

„Ich bin nicht wie die anderen Wächter", sagte Maria fest. „Ich werde nicht zulassen, dass die Dunkelheit die Welt wieder zerstört. Ich werde mich nicht von dir kontrollieren lassen."

Doch die Stimme lachte kalt und höhnisch. „Du kannst dich nicht von mir befreien, Maria. Du kannst den Kampf nicht gewinnen, solange du deine eigene Dunkelheit nicht erkennst und akzeptierst. Das Medaillon ist nicht das, was du denkst. Es ist der Schlüssel zu deiner eigenen Macht, aber auch zu deinem Fall. Du wirst dich entscheiden müssen, ob du das Licht suchst.... oder ob du die Dunkelheit willkommen heißt."

Maria spürte, wie der Raum um sie sich zusammenzog, wie das Medaillon die gesamte Energie des Ortes absorbierte. Der Druck in ihrer Brust wurde stärker, als ob ihre eigenen Ängste und Zweifel sich gegen sie richteten. Ihre Gedanken begannen zu verschwimmen, und für einen Moment konnte sie sich die Möglichkeit vorstellen, dass die Dunkelheit vielleicht nicht nur ein Feind war, sondern ein Teil von ihr, den sie verleugnet hatte. Ein Teil, den sie bekämpfen musste, um ihn zu kontrollieren.

Aber dann, inmitten des Chaos, spürte sie das Medaillon in ihrer Hand wieder als den vertrauten Kompass. Sie erinnerte sich an die Worte des Mannes: „Das Licht, das du suchst, ist nicht außerhalb von dir, sondern in dir selbst."

„Ich entscheide mich für das Licht", flüsterte sie, ihre Stimme fester als zuvor. Sie schloss die Augen, konzentrierte sich auf das Medaillon und atmete tief durch. „Ich akzeptiere meine Ängste, meine Dunkelheit. Aber ich werde sie nicht beherrschen lassen. Ich werde sie überwinden."

Das Medaillon begann zu glühen, heller als je zuvor. Die Dunkelheit um sie begann zu weichen, als das Licht der Erkenntnis durchbrach. Die Symbole im Raum verschwanden, und der Platz, der von der Dunkelheit durchzogen war, erstrahlte in einem sanften, leuchtenden Schein.

„Du hast entschieden", sagte die Stimme, jetzt kaum mehr als ein Flüstern. „Aber der wahre Kampf ist noch nicht gewonnen. Du hast nur den ersten Schritt gemacht. Die Dunkelheit wird immer einen Weg finden, dich zu testen. Aber du hast gezeigt, dass du die Wahrheit erkennen kannst. Und das ist mehr, als viele je tun würden."

Maria öffnete die Augen und sah sich selbst im Licht, das sie durch ihre Entscheidung entfacht hatte. Der Kampf war noch lange nicht vorbei, aber sie wusste, dass sie bereit war, ihm entgegenzutreten. Und diesmal würde sie nicht nur gegen die Dunkelheit kämpfen sie würde Ihr eigenes Licht finden.

Das Licht des Medaillons hüllte den Platz nun in einen leuchtenden Schein, der die Dunkelheit zurückdrängte, aber Maria wusste, dass es nicht das Ende war. Die Dunkelheit hatte sich nicht einfach zurückgezogen sie hatte nur einen Moment der Schwäche erlebt, einen Augenblick, in dem Maria den Mut gefunden hatte, sich ihr zu stellen. Aber das war noch lange nicht der endgültige Sieg.

Sie stand nun allein auf dem Platz, die Ruinen der einst lebendigen Stadt um sie herum. Doch etwas hatte sich verändert nicht nur die Atmosphäre des Ortes, sondern auch in ihr selbst. Sie fühlte eine Kraft, die tief aus ihrem Inneren kam. Das Medaillon war mehr als ein Werkzeug.

Es war ein Spiegel ihrer eigenen Seele, der ihr nicht nur ihre Ängste, sondern auch ihre Stärke zeigte.

Maria wusste, dass sie weitergehen musste. Die Dunkelheit hatte sie getestet, aber sie hatte ihr Stand gehalten. Doch der wahre Test stand noch bevor. Die Dunkelheit war ein Teil der Welt, der niemals vollkommen verschwinden würde. Sie war nicht nur in den Schatten der Städte oder in den unheimlichen Ruinen verborgen. Sie war in den Herzen der Menschen selbst. Und Maria hatte erkannt, dass sie nicht nur gegen die äußere Dunkelheit kämpfen musste sondern gegen die inneren Dämonen der Welt, gegen die Ängste und die Verleugnung, die die Menschheit gefangen hielten.

„Was soll ich jetzt tun?" fragte sie laut, ihre Stimme hallte in der verlassenen Stadt wider. Sie wusste, dass niemand ihr antworten würde. Der Mann, der sie auf diesen Weg geführt hatte, war verschwunden, und nun war sie auf sich allein gestellt. Doch sie fühlte keine Angst mehr. Nur Klarheit.

„Du wirst den Weg der Wächter fortsetzen", flüsterte eine vertraute Stimme hinter ihr. Maria drehte sich erschrocken um, und vor ihr stand eine Erscheinung die der Frau, die sie in ihren Visionen gesehen hatte. Adelaide Weber, die ursprüngliche Wächterin, deren Tagebuch sie entdeckt hatte. Ihr Gesicht war sanft, aber ihre Augen strahlten die Weisheit und das Wissen von Jahren aus.
„Adelaide?" fragte Maria, ihre Stimme zitterte nur kurz. „Bist du es wirklich?"
„Ja, Maria", sagte Adelaide ruhig. „Ich bin es. Ich bin ein Teil des Wissens, dass du suchst. Ein Teil der Erinnerung, die du wachrufen musst, um deinen Weg zu finden."

„Aber ich... ich habe so viele Fragen. So viele Zweifel",
gestand Maria. „Was soll ich tun, wenn der wahre Kampf noch
vor mir liegt? Wie kann ich die Dunkelheit besiegen, die in
jedem von uns lauert?"

Adelaide trat einen Schritt näher und legte eine Hand auf
Marias Schulter. „Der wahre Kampf beginnt nicht in der Welt,
sondern in deinem Inneren. Du musst lernen, die Dunkelheit
zu akzeptieren, nicht zu leugnen. Nur dann wirst du in der
Lage sein, sie zu überwinden. Du musst den Menschen
zeigen, dass die Dunkelheit nicht unbesiegbar ist. Dass es
möglich ist, das Licht in sich zu finden, auch in den
dunkelsten Momenten."

Maria schloss die Augen, ließ die Worte von Adelaide in sich
wirken. Sie wusste, dass die Reise noch nicht zu Ende war.
Der Schlüssel lag nicht in einem Ort oder einem Artefakt. Der
Schlüssel lag in den Herzen der Menschen und in der
Bereitschaft, sich ihren eigenen Ängsten und Zweifeln zu
stellen. Nur so konnte sie die Dunkelheit besiegen nicht mit
Gewalt, sondern mit der Erkenntnis, dass sie der Ursprung
ihrer eigenen Furcht und ihrer eigenen Stärke war.

„Ich verstehe", sagte Maria leise. „Es geht nicht darum, die
Dunkelheit zu bekämpfen. Es geht darum, das Licht zu finden,
auch in der Dunkelheit."
Adelaide nickte. „Genau. Du wirst lernen, das Licht zu
entzünden in dir selbst und in denen, die an den Rand des
Abgrunds geraten sind. Du wirst sie lehren, dass ihre
Dunkelheit nicht das Ende ist. Es ist der Anfang eines neuen
Weges."
Maria spürte eine Welle von Entschlossenheit, die sie
durchströmte. Sie wusste jetzt, was sie zu tun hatte.

Sie würde nicht mehr nur gegen die Dunkelheit kämpfen, sie würde den Weg der Wächter fortsetzen und anderen helfen, ihre eigene Dunkelheit zu verstehen und zu überwinden. „Und wo beginne ich?", fragte sie mit neuer Klarheit in der Stimme.

„Du beginnst da, wo die Dunkelheit am stärksten ist", sagte Adelaide. „In den Herzen der Menschen, in den Ängsten und Geheimnissen, die sie tief in sich tragen. Du wirst nicht alle retten können, Maria, aber du kannst ihnen. helfen, den Weg zu sehen."

Adelaide schritt langsam zurück und verschwand in den Schatten, aber ihre Worte hallten nach. Maria wusste, dass ihre Reise noch nicht vorbei war. Sie hatte den ersten Schritt getan, doch der wahre Kampf lag immer noch vor ihr. Die Dunkelheit würde immer wieder versuchen, die Menschen zu verschlingen, doch sie würde nicht mehr einfach in der Dunkelheit verschwinden. Sie hatte das Licht gefunden, und jetzt war es an ihr, dieses Licht weiterzugeben.

Maria wandte sich ab und trat in die Ruinen der Stadt. Der Weg war unklar, aber sie wusste, dass sie ihn gehen musste. Sie trug das Wissen der Wächter, das Medaillon als Symbol ihrer eigenen Kraft und ihrer Entscheidung. Und sie würde nicht aufhören, zu kämpfen nicht nur für die Welt, sondern auch für sich selbst. Denn die Dunkelheit, die sie suchte, war nicht nur außen, sie war auch ein Teil von ihr selbst. Aber sie würde sie nicht beherrschen lassen. Sie würde sie erleuchten. Mit einem letzten Blick auf den leuchtenden Brunnen verließ sie die Stadt, auf der Suche nach den Antworten, die noch immer im Dunkeln lagen. Aber diesmal wusste sie, dass sie nicht mehr allein war.

Maria verließ die Ruinen der vergessenen Stadt mit einem neuen Gefühl der Entschlossenheit. Der Himmel über ihr war von dunklen Wolken verhangen, als ob die Welt selbst spürte, dass sich etwas verändert hatte. Doch in ihr brannte nun ein Licht, das kein Schatten auslöschen konnte.

Das Medaillon ruhte warm in ihrer Hand, und sie spürte, wie es sich mit jedem Schritt, den sie machte, sanft erhitzte. Es war, als ob es sie führte, als ob es ihr zeigte, wohin sie als Nächstes gehen musste. Doch sie wusste, dass der wahre Weg nicht nur durch Straßen oder Landschaften führte er führte durch die Herzen der Menschen.
Die Dunkelheit, die sie bekämpfen musste, lauerte nicht nur in vergessenen Städten oder versteckten Kammern. Sie lebte in den Ängsten, den Geheimnissen und den Lügen, die die Menschheit vor sich selbst verbarg. Und wenn sie wirklich einen Unterschied machen wollte, dann musste sie dort beginnen, wo der Schatten am tiefsten war.

Nach Tagen des Wanderns durch karge Landschaften und verlassene Straßen erreichte Maria eine Stadt, die ihr seltsam bekannt vorkam. Die Gebäude waren von Zeit und Vernachlässigung gezeichnet, und die Straßen wirkten leer, als hätten die Menschen gelernt, im Schatten zu leben.

Ein altes Schild am Eingang der Stadt trug den Namen Eichenfeld.
Marias Herz setzte einen Schlag aus. Eichenfeld. Sie kannte diesen Namen.
Es war der Ort, an dem vor Jahrhunderten die ersten Wächter gewirkt hatten. Hier hatte auch Adelaide Weber in letzter Zeit gelebt und hier war auch die Dunkelheit zum ersten Mal aufgetaucht.

„Das kann kein Zufall sein", murmelte Maria.

Sie zog ihren Mantel enger um sich und betrat die Stadt. Der Wind trug das Echo von flüsternden Stimmen mit sich, und die wenigen Menschen, die sich auf den Straßen bewegten, warfen ihr misstrauische Blicke zu. Es war, als spürten sie instinktiv, dass sie nicht nur eine Fremde war, sondern eine, die gekommen war, um etwas zu ändern.

Plötzlich spürte sie, wie das Medaillon heiß wurde. Ein stechender Schmerz durchzog ihre Hand, und als sie es ansah, bemerkte sie, dass sich das Licht in seinem Kern verdunkelte.

Etwas war hier. Etwas, das nicht hier sein sollte.

Maria folgte dem Gefühl, das sie lenkte, und fand sich vor einem alten, halb zerfallenen Herrenhaus wieder. Die Fenster waren mit Holzplanken verrammelt, und die Tür war mit Ketten verschlossen.

Doch es war nicht das Haus selbst, das sie beunruhigte. Es war das, was sie dahinter spürte.

Ein Flüstern, kaum hörbar, aber doch präsent.

Ein Echo aus der Vergangenheit.

Sie trat näher, und als sie ihre Hand auf das Schloss legte, durchfuhr sie eine Welle von Erinnerungen, die nicht ihre eigenen waren.

Adelaide. Die Wächter. Das letzte Ritual.

Kapitel 11 Das Ritual

Bilder tauchten vor ihren Augen auf Bilder von Menschen in dunklen Roben, die in diesem Haus versammelt waren. Sie hielten Kerzen in den Händen, murmelten alte Formeln, während in der Mitte des Raumes etwas erwachte.

Etwas, das niemals hätte erwachen dürfen.
Maria keuchte und zog ihre Hand zurück.
Das war es also. Der Ursprung.
Hier in Eichenfeld hatte alles begonnen.
Und hier würde es enden.
Sie wusste, dass sie das Haus betreten musste. Sie wusste, dass die Antworten, die sie suchte, hinter dieser Tür lagen.
Doch sie wusste auch, dass die Dunkelheit auf sie wartete.

Maria schloss die Augen, atmete tief durch und griff nach dem Medaillon.
„Ich bin bereit", flüsterte sie.
Dann setzte sie das Medaillon in das Schloss und drehte es langsam.
Die Ketten lösten sich mit einem leisen Klicken, und die Tür öffnete sich von selbst.
Dunkelheit erwartete sie auf der anderen Seite.
Aber Maria trat, ohne zu zögern hindurch.
Die Tür schwang langsam auf, als würde sie von unsichtbaren Händen geführt. Ein kalter Hauch schlug Maria entgegen, ein Luftzug, der nach feuchtem Holz und alter Asche roch. Der dunkle Flur vor ihr wirkte wie ein klaffender Schlund, ein Übergang in eine andere Welt.
Das Medaillon in ihrer Hand pulsierte unruhig.

Es wollte sie warnen. Doch Maria wusste, dass es kein Zurück mehr gab.
Mit vorsichtigen Schritten trat sie in das Haus.

Die Dunkelheit schien sich um sie zu bewegen, als ob sie lebendig wäre, als ob sie ihre Ankunft bemerkt hatte. Die Dielen knarrten unter ihren Füßen, und irgendwo tropfte Wasser von einer undichten Decke.
Ein leises Flüstern erklang.
Nicht laut. Nicht aufdringlich. Aber da.

Maria drehte sich ruckartig um. Doch da war nichts. Nur Schatten, die sich an den Wänden entlangzogen, verzerrt durch das schwache Licht, das durch die Ritzen der verbarrikadierten Fenster sickerte.
Sie schluckte schwer. Ihre Finger schlossen sich fester um das Medaillon.
„Ich bin nicht allein hier."
Ein Geräusch ließ sie zusammenzucken. Es kam von oben, von der Treppe, die in das obere Stockwerk führte. Schritte.
Langsam. Schwer.
Jemand war hier.
Oder... etwas.

Maria atmete tief durch und trat voran. Die Stufen knarrten unter ihrem Gewicht, als sie vorsichtig die Treppe hinaufstieg.
Der Schatten an der Wand bewegte sich. Oder war das nur eine Täuschung?
Oben angekommen führte ein schmaler Flur zu mehreren Türen. Einige waren angelehnt, andere geschlossen. Und am Ende des Flurs stand eine Tür weit offen.
Hinter ihr war... Licht.

Ein unnatürliches, bläulich flackerndes Leuchten, das wie
Nebel in den Flur hinausquoll.
Marias Herz schlug schneller. Sie wusste, dass sie dort
hinmusste.
Sie betrat den Raum und erstarrte.
Die Vision

Der Raum war eine alte Bibliothek. Regale, die einst mit
Wissen gefüllt waren, standen nun leer oder lagen zerfallen
auf dem Boden. Doch in der Mitte des Raumes befand sich
etwas, das ihr den Atem raubte:
Ein großer, ovaler Spiegel.
Sein Rahmen war aus dunklem, verziertem Metall, mit
Symbolen, die Maria erkannte die gleichen, die sie in
Adelaides Tagebuch gesehen hatte. Die Runen der Wächter.

Das Licht, das sie gesehen hatte, kam aus dem Spiegel. Sein
Glas war nicht klar, sondern schien wie eine
Wasseroberfläche zu flimmern. Schatten bewegten sich darin,
verzerrte Gestalten, die kamen und gingen, als würden sie
nach ihr greifen.
Und dann... sah sie sich selbst.
Ihr Spiegelbild stand da, genau wie sie. Doch es war anders.
Die Augen waren dunkler, tiefer. Und die Lippen des
Spiegelbilds verzogen sich zu einem Lächeln.
„Endlich bist du da", sagte es.

Maria wich erschrocken zurück. Ihr eigenes Spiegelbild
sprach mit ihr.
„Wer, was bist du?" flüsterte sie.
Das Spiegelbild trat näher an die Oberfläche des Glases.

„Ich bin du, Maria. Ich bin der Teil, den du so lange ignoriert hast. Ich bin die Dunkelheit, die du glaubst, besiegen zu müssen. Doch ich bin nicht dein Feind. Ich bin dein Erbe."

Maria schüttelte den Kopf. „Nein. Ich habe mich entschieden. Ich wähle das Licht."
Das Spiegelbild lachte ein kaltes, bitteres Lachen. „Licht? Dunkelheit? Es gibt keine einfache Wahl, Maria. Die Wächter haben dir nicht alles gesagt. Sie haben dich angelogen."
Maria erstarrte. „Was meinst du?"
„Glaubst du wirklich, dass die Wächter nur die Dunkelheit bekämpft haben? Nein, Maria. Sie haben sie genutzt. Sie haben sie kontrolliert. Und du... du sollst ihr Werk fortsetzen."

Maria spürte, wie sich ihr Magen zusammenzog. Das konnte nicht wahr sein. Die Wächter waren die Beschützer des Lichts gewesen. Oder etwa nicht?
Das Spiegelbild streckte eine Hand aus und Maria spürte eine kalte, unsichtbare Kraft, die an ihr zog.
„Komm zu mir, Maria. Akzeptiere, was du wirklich bist. Und ich werde dir die Wahrheit zeigen."

Das Medaillon in ihrer Hand begann zu glühen, als wollte es sie warnen. Doch Maria wusste, dass sie an der Schwelle zu etwas Großem stand.
Die Wahrheit lag in diesem Spiegel.
Die Frage war nur.
Würde sie den Mut haben, hindurchzugehen?
Marias Atem ging schnell. Sie spürte die unsichtbare Kraft, die an ihr zog, die Kälte, die sich über ihre Haut legte, als würde sie von dunklen Fingern umschlossen. Ihr Spiegelbild lächelte noch immer nicht bedrohlich, nicht feindselig, sondern... einladend.

„Du spürst es, nicht wahr?" flüsterte die Stimme aus dem Spiegel. „Du hast es die ganze Zeit gewusst. Die Wächter haben dich nicht ausgewählt, um gegen die Dunkelheit zu kämpfen. Sie haben dich ausgewählt, um sie zu verstehen."

Maria schloss die Finger fester um das Medaillon. Es pulsierte unruhig, als würde es sie vor etwas warnen. Doch war es wirklich Gefahr oder einfach nur die Wahrheit, die sich ihr offenbarte?
Langsam trat sie einen Schritt näher.
„Wenn du mich anlügst, werde ich es wissen", sagte sie leise.
Das Spiegelbild neigte den Kopf „Dann tritt ein und finde es heraus."
Ein leiser Luftzug strich durch den Raum, und plötzlich wusste Maria, dass sie keine Wahl hatte. Der Spiegel war nicht nur eine Barriere, er war eine Tür. Und wenn sie verstehen wollte, was ihre wahre Aufgabe war, musste sie hindurchgehen.

Sie atmete tief durch. Dann trat sie vor und berührte das kühle Glas.
Die andere Seite
Ein Schwindelgefühl überkam sie. Für einen Moment fühlte es sich an, als würde sie in eine tiefe, endlose Schwärze stürzen.
Geräusche hallten um sie herum Stimmen, verzerrte Schreie, Flüstern, das sich in ihren Gedanken verankerte.
Und dann... Stille.
Maria schlug die Augen auf.
Sie stand auf einer riesigen, offenen Ebene. Der Boden unter ihr war aus dunklem Stein, und über ihr erstreckte sich ein Himmel, der nicht schwarz, sondern in einem tiefen, violetten Licht glühte. In der Ferne ragten hohe, zerfallene Türme auf, als wären sie die Überreste einer längst vergessenen Stadt.

Und vor ihr... stand sie selbst.
Doch diesmal war es nicht nur ein Spiegelbild.

Die andere Maria war in eine dunkle Robe gehüllt, das
Medaillon um ihren Hals glühte schwach, und ihre Augen...
ihre Augen waren tief und endlos, als würden sie alles Wissen
der Welt in sich tragen.

„Willkommen", sagte die andere Maria. „Dies ist die Welt
zwischen den Welten. Der Ort, an dem die Wächter ihr
Wissen bewahrten. Und du bist hier, um die Wahrheit zu
erfahren."
Maria schluckte. Ihr Herz schlug heftig, aber sie konnte nicht
weglaufen.
„Dann sag es mir", forderte sie. „Sag mir endlich die
Wahrheit."

Die dunkle Maria sah sie lange an. Dann hob sie die Hand
und plötzlich flammte der Himmel über ihnen auf, und Maria
wurde von einer Vision überrollt.

Kapitel 12 Die Wahrheit der Wächter

Sie sah eine andere Zeit, eine andere Welt. Die ersten Wächter, die versammelt um ein uraltes Ritual standen. Sie sah, wie sie nicht nur das Licht beschworen, sondern auch die Dunkelheit. Sie sah, wie sie die Schatten nicht zerstörten, sondern formten, sie in sich aufnahmen, mit ihnen verschmolzen.
Die Wächter hatten nie nur eine Seite gewählt. Sie hatten beide Kräfte genutzt - Licht und Dunkelheit.

Doch irgendwann hatten sie Angst bekommen. Sie hatten versucht, die Dunkelheit zu verbannen, sie zu verstecken, ihr wahres Wissen zu vergessen. Sie hatten die Menschen belogen, um sie zu schützen.
Und nun... war Maria diejenige, die die Entscheidung treffen musste.
„Du bist nicht hier, um gegen die Dunkelheit zu kämpfen", sagte die dunkle Maria. „Du bist hier, um das Gleichgewicht wiederherzustellen."
Maria atmete schwer, Ihr Kopf schwirrte von den Bildern, den Enthüllungen.

Die Wächter hatten sich geirrt. Die Dunkelheit war nicht der Feind. Sie war ein Teil des Ganzen.
Und nun lag es an ihr, zu entscheiden, was sie damit tun würde.
„Wirst du es akzeptieren?" fragte ihr anderes Ich.

Maria blickte in die Schatten um sich herum, dann hinauf in das violette Licht des Himmels.

Sie wusste, dass sie keine Heldin war. Keine Kriegerin, die mit einem Schwert die Dunkelheit vernichten konnte.
Sie war eine Wächterin.

Und das bedeutete, dass sie beides annehmen, musste Licht und Schatten.
Langsam hob sie ihre Hand und griff nach ihrem eigenen Spiegelbild.
Ein leuchtender Schimmer breitete sich aus, als sich ihre Finger berührten.
Und dann wurde alles Licht.

Maria spürte die Wärme, die von ihrer Hand ausging. Sie erwartete Widerstand, doch als sie ihr eigenes Spiegelbild berührte, fühlte es sich an, als würde sie in flüssiges Licht eintauchen. Ein sanfter Sog zog sie hinein, und für einen Moment hatte sie das Gefühl, sich aufzulösen, als würde sie weder Körper noch Form besitzen, sondern nur noch Bewusstsein sein.
Licht und Schatten. Wahrheit und Lüge. Vergangenheit und Zukunft.
All das verschmolz in ihr, wurde eins mit ihr.
Und dann ein Ruck.
Ein Aufblitzen aus tiefstem Schwarz und strahlendem Weiß.

Maria riss die Augen auf.
Sie stand wieder in der Bibliothek. Das alte Sie stand wieder in der Bibliothek. Das alte Haus um sie herum war unverändert - die Regale waren noch immer zerfallen, das Licht flackerte unruhig. Aber etwas war anders.

Das Spiegelbild war verschwunden. Der Spiegel selbst war nicht mehr aus Glas, sondern aus einer glatten, schwarzen Oberfläche, in der keine Reflexion zu sehen war.
Maria atmete tief durch. Ihr Körper fühlte sich... anders an. Stärker. Und gleichzeitig leichter.
Sie blickte an sich hinunter ihre Hände waren dieselben, ihre Kleidung war dieselbe. Aber in ihrem Inneren hatte sich etwas verändert.

Das Medaillon um ihren Hals pulsierte langsam, in einem Rhythmus, der sich seltsam vertraut anfühlte. Es war nicht mehr nur eine Quelle des Lichts, sondern eine Brücke zwischen Licht und Dunkelheit.
Ein Wissen durchströmte sie, das sie vorher Ein Wissen durchströmte sie, das sie vorher nicht hatte. Sie verstand nun. Die Wächter hatten nicht nur gegen die Dunkelheit gekämpft. Sie hatten mit ihr gelebt. Doch in ihrer Angst hatten sie das Gleichgewicht zerstört und die Schatten verbannt.
Maria war diejenige, die es wiederherstellen sollte.

Ein leises Geräusch ließ sie aufblicken.
Die Tür der Bibliothek stand offen, obwohl sie sich nicht erinnern konnte, sie geöffnet zu haben.
Draußen, im Flur, herrschte eine unnatürliche Stille. Doch in dieser Stille lag eine Erwartung.
Maria wusste, dass sie nicht allein war.
Vorsichtig trat sie vor. Ihre Schritte hallten auf den alten Dielen, während sie durch das Haus schritt. Sie konnte es spüren die Veränderung, die sich in diesem Ort vollzogen hatte.
Die Schatten waren nicht mehr nur Bedrohung. Sie waren Teil von ihr
Plötzlich erklang eine Stimme.

„Du hast es verstanden."

Maria erstarrte.

Am Ende des Flurs, dort, wo zuvor nur Dunkelheit gewesen war, stand eine Gestalt.

Es war eine Frau in ein altes Gewand gehüllt, ihr Haar silbern, ihre Augen tief und wissend.

Maria erkannte sie sofort.

„Schon wieder Adelaide Weber", flüsterte sie.

Die erste Wächterin.

Die Frau nickte langsam. „Du hast den Pfad betreten, den wir vor so langer Zeit verloren. haben. Doch dein Weg ist noch nicht vorbei."

Maria ballte die Hände zu Fäusten. „Warum habt ihr uns angelogen? Warum habt ihr das Wissen verborgen?"

Adelaide seufzte. „Weil wir dachten, es wäre. sicherer so. Doch wir haben vergessen, dass Licht ohne Schatten nicht existieren kann. Wir haben das Gleichgewicht gebrochen. Und dafür hast du jetzt die Chance, es wiederherzustellen."

Maria trat einen Schritt näher. „Wie?"

Adelaide blickte sie lange an. Dann hob sie eine Hand und ein goldenes Licht flammte in ihrer Handfläche auf.

„Du musst wählen, Maria. Wie es weitergeht. Die Welt, wie du sie kennst, wird sich verändern, wenn du das Gleichgewicht wiederherstellst. Die Dunkelheit wird nicht länger verborgen sein. Die Wahrheit wird ans Licht kommen. Doch die Menschen... sind nicht bereit für diese Wahrheit."

Maria schluckte. Sie wusste, dass Adelaide recht hatte.

Wenn sie das Gleichgewicht wiederherstellte, würde sich alles ändern. Jahrhunderte der Lügen würden aufgedeckt werden.

Die Wächter, die sich für Helden hielten, würden als das erkannt werden, was sie waren, nicht Krieger des Lichts, sondern Bewahrer einer verdrängten Wahrheit.

Es würde Chaos geben. Angst. Widerstand.
Doch war das nicht immer der Preis der Wahrheit?
Maria schloss die Augen. Ihr Herz schlug ruhig. Sie wusste, was sie tun musste.
Als sie die Augen wieder öffnete, traf ihr Blick den von Adelaide.
„Ich bin bereit."
Adelaide lächelte schwach ein Lächeln voller Stolz, aber auch Bedauern.
Dann öffnete sie die Hand.

Das goldene Licht strömte auf Maria zu und in diesem Moment wusste sie, dass nichts mehr so sein würde wie zuvor.
Das Ende des Alten, der Beginn des Neuen
Maria fühlte, wie die Welt sich veränderte.
Die Schatten verschmolzen mit dem Licht. Die Dunkelheit wurde nicht mehr verdrängt, sondern akzeptiert.

Die Wahrheit der Wächter war kein Geheimnis mehr.
Und Maria...
Maria war nicht länger nur eine Auserwählte.
Sie war das Gleichgewicht.
Ein Zittern durchfuhr die Erde, als Maria das Licht in sich aufnahm. Es war warm, aber nicht brennend. Kraftvoll, aber nicht erdrückend. Es war... vollständig. Sie spürte, wie sich etwas in ihr verschob, als würde eine Tür aufgestoßen, die immer verschlossen gewesen war.

Adelaide beobachtete sie mit einem Ausdruck, der zwischen Ehrfurcht und Erleichterung schwankte. „Du verstehst es jetzt, nicht wahr?" flüsterte sie.

Maria nickte langsam. Ihre Augen spiegelten das goldene Licht wider, doch in ihrer Tiefe tanzte auch die Dunkelheit. Nicht als Feind, sondern als Teil von ihr.

Kapitel 12 Das Gleichgewicht

„Das Gleichgewicht ist nicht das Ende", sagte Maria leise. „Es ist der Anfang."
Adelaide trat einen Schritt zurück, als ob sie Ihre Aufgabe erfüllt hätte. „Und was wirst du tun?"
Maria sah an sich herab. Ihre Haut schien leicht zu schimmern, nicht überirdisch, sondern... natürlich. Sie war beides. Licht und Schatten. Ordnung und Chaos. Hoffnung und Furcht.
„Ich werde entscheiden", sagte sie mit einer Ruhe, die selbst die Luft um sie herum still werden ließ.

Ein lautes Krachen unterbrach den Moment. Die Welt selbst atmete neu. Die Mauern, die die alte Ordnung aufrechterhalten hatten, brachen. Nicht in Zerstörung, sondern in Wandel.
Adelaide nickte anerkennend. „Dann ist es Zeit."
Maria schloss die Augen und spürte, wie die Kraft in ihr pulsierte. Die Wächter, die einst verborgen im Schatten gelebt hatten, traten hervor. Sie sahen sie an nicht mehr als Auserwählte. Nicht mehr als Bedrohung.
Sondern als das, was sie wirklich war.
Das Gleichgewicht.
Und mit diesem Wissen tat Maria den ersten Schritt in die neue Welt.
Maria spürte den ersten Windhauch der Veränderung, als sie den Fuß auf den rissigen Boden setzte. Der Himmel über ihr war nicht mehr nur Licht oder Dunkelheit er war beides, durchzogen von fließenden Farben, die sich ständig veränderten. Es war, als hätte die Welt selbst den Atem angehalten, ungewiss, was nun geschehen würde

Hinter ihr trat Adelaide näher. „Sie werden kommen", sagte sie leise.

Maria drehte sich um und begegnete ihrem Blick. Die Wächter?"
Adelaide nickte. „Nicht nur sie. Diejenigen, die das Gleichgewicht fürchten, ebenso."
Maria verstand. Es gab immer diejenigen, die in der alten Ordnung Sicherheit gefunden hatten und nun alles tun würden, um den Wandel aufzuhalten.

„Lass sie kommen", sagte sie ruhig.
Dann hob sie die Hand.
Mit einer Bewegung, die sich so natürlich anfühlte, als hätte sie es schon immer gekonnt, zog sie das Licht und die Dunkelheit um sich herum zusammen. Die Welt reagierte, pulsierte mit ihr, als wäre sie Teil eines einzigen großen Herzschlags

Dann tauchten die ersten Gestalten aus dem Nebel auf
Die Wächter. Ihre goldenen Augen leuchteten in der Dämmerung, ihre Umhänge bewegten sich lautlos im Wind.
Doch sie waren nicht allein.
Maria erkannte die anderen sofort. Schattenhafte Wesen, deren Augen in tiefem Rot glühten. Die Bewahrer der alten Ordnung.
Ein Moment der Stille.
Dann sprach der größte der Wächter. „Es ist Zeit zu wählen."
Maria senkte die Hand nicht. Sie wusste, dass es keine einfache Wahl gab. Keine einfache Lösung.
Aber sie wusste auch, dass sie nicht länger zurückweichen konnte.

„Ich habe bereits gewählt", sagte sie. Ihre Stimme war ruhig, aber unerschütterlich.

Und mit diesen Worten begann der wahre Kampf um das Gleichgewicht.

Die Luft knisterte vor Spannung. Jeder Atemzug war schwer, als ob die Welt selbst auf Marias nächste Worte wartete.

Die Wächter und die Bewahrer der alten Ordnung standen sich gegenüber - zwei Mächte, die seit Jahrhunderten im Verborgenen existiert hatten. Doch nun war nichts mehr verborgen.

Maria trat vor. Sie spürte, wie Licht und Dunkelheit in ihr pulsierte, wie sie beide Kräfte lenken konnte, ohne dass sie einander zerstörten.

Der größte der Wächter ein hochgewachsener Mann mit silbernen Haaren und leuchtenden Augen musterte sie. „Du glaubst, du kannst das Gleichgewicht halten? Dass du beides sein kannst, ohne zerstört zu werden?"

Maria hielt seinem Blick stand. „Ich bin nicht hier, um zu glauben. Ich bin hier, um es zu beweisen."

Ein scharfer Laut durchbrach die Stille - ein Lachen.

Die Bewahrerin der alten Ordnung trat aus dem Schatten. Eine Frau in einem schwarzen Gewand, ihre Augen rot wie glühende Kohlen. „Du bist eine Anomalie, Maria. Ein Fehler." Ihre Stimme war weich, fast bedauernd. „Es gibt keine Welt, in der Licht und Dunkelheit gleichwertig existieren können."

Maria spürte, wie die Dunkelheit in ihr flüsterte, wie das Licht in ihr leuchtete. Sie war beides und genau das machte sie stärker.

„Dann werde ich diese Welt erschaffen."

Ohne zu zögern, hob sie beide Hände.

Das goldene Licht ihrer linken Hand schoss nach vorn, während sich aus ihren rechten tiefschwarzen Schatten ergossen. Die Energien trafen aufeinander doch anstatt sich zu vernichten, verflochten sie sich.

Die Erde bebte, der Himmel riss auf.

Und dann begann alles, sich zu verändern.

Ein Schauer ging durch die Versammelten, als die Welt auf Marias Willen hin zu pulsieren begann. Der Boden unter ihnen veränderte sich, als ob er atmete, während der Himmel in einem Wirbel aus Licht und Dunkelheit tanzte.

Die Bewahrerin der alten Ordnung trat einen Schritt zurück, ihr roter Blick flackerte. „Unmöglich..." flüsterte sie.

Maria spürte ihre Unsicherheit und wusste, dass dies der Moment war, in dem sich alles entschied.

„Nichts ist unmöglich," sagte sie leise, aber ihre Stimme hallte wie ein Echo durch die Luft. „Ihr habt geglaubt, ihr müsstet das eine zerstören, um das andere zu bewahren. Aber seht her..."

Mit einer einzigen Bewegung ließ sie die Kräfte sich verbinden, miteinander verschmelzen. Schatten tanzten im Licht, das Licht schuf Tiefe in der Dunkelheit.

Die Wächter sahen zu, regungslos, staunend. Selbst Adelaide schien den Atem anzuhalten.

Doch die Bewahrerin der alten Ordnung ballte die Fäuste.

„Das... darf nicht sein!" rief sie, und plötzlich schoss Dunkelheit aus ihren Händen, peitschend, zerstörerisch.

Maria reagierte instinktiv. Sie hob eine Hand und anstatt das Licht als Waffe zu nutzen, ließ sie es weich fließen, nicht um anzugreifen, sondern um zu umarmen.

Die Dunkelheit traf auf das Licht und wurde nicht zurückgestoßen.
Sie wurde angenommen.

Ein Keuchen kann von der Bewahrerin, als sie ins Wanken geriet. Ihre roten Augen weiteten sich. „Nein... Nein, das kann nicht..."
Maria trat auf sie zu, ruhig, aber mit unaufhaltsamer Kraft.
„Du kämpfst gegen etwas, das nicht mehr dein Feind ist," sagte Maria sanft.
Die Dunkelheit um die Bewahrerin begann zu flackern, unsicher. Die Jahrhunderte alten Dogmen, die in ihr verankert waren, begannen zu bröckeln.

Die Welt hatte sich verändert. Und mit ihr alles, was sie einst gekannt hatten.
Dann kniete die Bewahrerin nieder. Ein Zittern ging durch sie, als sie endlich verstand.
Maria streckte die Hand aus. Nicht als Siegerin.
Sondern als Gleichgewicht.
Einen Moment lang geschah nichts. Die Welt hielt den Atem an.
Dann vorsichtig, beinahe zögerlich legte die Bewahrerin ihre kühle Hand in Marias ausgestreckte. Ein Zittern ging durch ihre Gestalt, als ob sie sich gegen das sträubte, was in ihr vorging. Doch es war nicht Schmerz, nicht Zerstörung. Es war Veränderung.
Ihre roten Augen verloren das glühende Feuer und wurden dunkler, tiefer wie eine Nacht voller Geheimnisse, nicht voller Angst. Das schwarze Gewand, das sie trug, schimmerte nun an den Rändern silbern, als ob Licht sich in die Schatten webte.

Ein Raunen ging durch die Versammelten. Die Wächter wechselten Blicke, einige mit Ehrfurcht, andere mit Zurückhaltung. Selbst Adelaide hatte die Hände aneinandergelegt, als ob sie etwas stumm betete. „Was ist mit mir geschehen?" flüsterte die Bewahrerin. Maria ließ ihre Hand nicht los. „Du hast aufgehört, zu kämpfen. Und begonnen, zu verstehen."

Die Worte hallten durch die Luft, und mit ihnen schien sich die Welt weiter zu verändern. Die Grenze zwischen Licht und Dunkelheit war nicht mehr eine scharfe Trennlinie. Sie floss ineinander, wurde zu etwas Neuem.

Ein neuer Wind erhob sich, sanft, aber bestimmt. Dann trat der größte der Wächter vor. Sein Blick ruhte auf Maria, ernst, aber nicht feindselig. „Du hast das Gleichgewicht geschaffen, Maria. Aber kannst du es auch halten?" Maria sah an sich hinab. Sie spürte die Kräfte in sich, das ständige Pulsieren zwischen Licht und Schatten. Ein Tanz, der niemals stillstand.

Sie hob den Blick, fest entschlossen. „Ja." Die Wächter betrachteten sie noch einen Moment, dann neigten sie die Köpfe. Ein Zeichen des Respekts, der Anerkennung. Die alte Ordnung war gefallen. Doch das bedeutete nicht das Ende. Es war der Beginn von etwas Neuem.

Ein leises Summen lag in der Luft, als die Welt sich neu formte. Kein Chaos, keine Zerstörung, sondern eine stille, unaufhaltsame Veränderung.

Maria stand inmitten dieses Wandels und spürte, wie das Gleichgewicht in ihr pulsierte. Die Wächter hatten sich zurückgezogen, aber ihre Anwesenheit war noch immer spürbar, als würden sie darauf warten, was als Nächstes geschehen würde.

Die Bewahrerin oder das, was sie einmal gewesen war, betrachtete ihre eigenen Hände. Ihr schwarzes Gewand schimmerte nun an den Rändern mit silbernem Licht, als Symbol dessen, was geschehen war. „Ich verstehe es noch nicht ganz", flüsterte sie, „aber ich fühle es." Maria nickte. „Das reicht für jetzt."

Adelaide trat an ihre Seite. Ihre sonst so ruhigen Augen wirkten erschöpft, aber in ihnen lag auch Stolz. „Was wirst du jetzt tun?"

Maria sah in den Himmel. Er war nicht mehr nur hell oder dunkel, sondern ein stetiger Fluss aus beidem, als würde die Welt selbst ihren Rhythmus gefunden haben.

„Ich werde gehen."

Adelaide hob eine Augenbraue. „Wohin?"

Maria lächelte schwach. „Dorthin, wo das Gleichgewicht gebraucht wird."

Denn sie wusste, dass dies kein Ende war. Es war erst der Anfang.

Ein sanfter Wind umspielte sie, trug ihre Worte fort in eine Welt, die neu geboren war.

Und mit ruhigen Schritten trat Maria vorwärts in eine Zukunft, die erst geschrieben werden musste.

Maria spürte es, kaum dass sie die ersten Schritte in die neue Welt gesetzt hatte eine Unruhe, ein Flüstern am Rande des Gleichgewichts. Es war noch nicht vorbei.

Adelaide bemerkte es ebenfalls. „Du spürst es, nicht wahr?" fragte sie leise.

Maria nickte. „Das Gleichgewicht ist noch instabil. Etwas kommt... oder war bereits da und verbarg sich."
„Die Bewahrerin oder vielleicht war sie nun etwas anderes? trat näher. „Ich kenne dieses. Gefühl. Es ist die Leere."
Maria sah sie fragend an.

Die Frau seufzte. „Licht und Dunkelheit beides sind Kräfte, die existieren, weil sie sich gegenseitig ergänzen. Aber es gibt etwas anderes... etwas, das nicht erschafft oder formt, sondern nur verschlingt. Die Leere ist das, was übrigbleibt, wenn alles andere zerfällt."
Maria spürte, wie ihr Magen sich zusammenzog. Die Leere. Kein Licht, keine Dunkelheit nur ein endloses Nichts.
„Und wenn sie sich ausbreitet?" fragte sie.
Die Bewahrerin schüttelte den Kopf. „Dann gibt es nichts mehr zu bewahren. Keine Welt, kein Leben. Nur Stille."

Maria atmete tief durch. „Dann müssen wir sie aufhalten."
Adelaide musterte sie. „Aber wie bekämpft man etwas, das nicht existieren will? Das einfach.... aufhört zu sein?"
Maria spürte das Gleichgewicht in sich doch jetzt, da sie darüber nachdachte, spürte sie auch etwas anderes. Ein Kribbeln, ein dumpfes Ziehen, als würde ein Teil von ihr irgendwohin gezogen werden, wo es nicht mehr sein durfte.
„Wir müssen den Ursprung finden", entschied sie. „Und ihn versiegeln, bevor er sich weiter ausbreitet."

Maria und Adelaide tauschten einen Blick.
„Dann haben wir keine Zeit zu verlieren", sagte Adelaide.
Maria nickte.
Das Gleichgewicht war wieder in Gefahr.
Und sie war die Einzige, die es bewahren konnte.

Maria spürte, wie sich die Welt um sie herum veränderte. Es war subtil, kaum spürbar für jene, die nicht mit dem Gleichgewicht verbunden waren doch für sie war es wie ein fernes Echo, ein dumpfer Schlag in der Realität.

Die Leere hatte bereits begonnen.

„Wo fangen wir an?" fragte Adelaide, ihre Stimme ruhig, aber bestimmt.

Maria schloss die Augen und ließ ihre Sinne sich ausdehnen. Licht und Dunkelheit waren überall, verwoben in der Welt - aber dazwischen gab es Risse, feine Linien, an denen das Nichts sich ausbreitete.

„Im Westen", sagte sie schließlich. „Da ist eine Stadt... nein, sie war einmal eine Stadt. Jetzt ist. da nur noch Stille."

Maria sog scharf die Luft ein. „Dann bleibt uns nicht viel Zeit."

Maria wusste es. Wenn die Leere sich dort bereits ausgebreitet hatte, dann würde es nicht lange dauern, bis sie alles verschlang.

Kapitel 13 Eine weitere Reise

Sie machten sich sofort auf den Weg.
Die Reise dauerte nicht lange, und doch schien mit jedem
Schritt die Welt ein wenig... dünner zu werden. Der Himmel
verlor an Farbe, die Luft wurde stiller. Selbst der Wind, der
noch vor Kurzem sanft durch die Bäume geflossen war, fühlte
sich nun schwer an, träge.

Dann sahen sie es.
Wo einst eine Stadt gewesen war, war nun nur noch... nichts.
Es war kein verbranntes Land, keine Ruinen oder Asche. Es
war, als hätte nie etwas dort existiert. Keine Geräusche, kein
Echo, nicht einmal das Flüstern der Vergangenheit.
Adelaide trat näher, aber ihre Schritte verlangsamten sich.
„Das... fühlt sich falsch an."
Maria spürte es ebenfalls. Je näher sie der Leere kam, desto
schwerer wurde es, das Gleichgewicht in sich zu halten.

„Wir sind am Rand", sagte die Bewahrerin leise.
Maria kniete sich hin und legte die Hand auf den Boden oder
zumindest auf das, was noch übrig war.
Sie konzentrierte sich.
Und dann hörte sie es.
Kein Geräusch, kein Wort- sondern ein Bewusstsein. Ein
Wille, der nicht war und doch existierte.

Etwas in der Leere erwachte.
Und es hatte Maria bemerkt.
Ein kalter Schauer lief Maria über den Rücken. Die Leere war
nicht nur ein Zustand - sie war ein Bewusstsein. Ein Wille, der
so fremdartig war, dass es ihr schwerfiel, ihn zu begreifen.

Sie spürte, wie es sich regte, tastend, suchend. Und dann...
konzentrierte es sich auf sie
„Maria?" Adelaides Stimme klang weit entfernt, verzerrt, als
wäre sie durch dichte Nebel geschluckt worden.
Maria konnte nicht antworten. Sie war gefangen in der Stille,
im Nichts, in diesem formlosen Etwas, das nach ihr griff.

„Warum kämpfst du"?
Die Stimme war kein Geräusch. Sie war eine Präsenz in
ihrem Kopf, eine Berührung, die keine war
Maria schluckte. „Weil ich es muss."
„Musst du? Oder hältst du an etwas fest, das unweigerlich
vergeht"?
Die Kälte der Leere kroch tiefer in sie hinein, nagte an ihren
Gedanken. Sie spürte, wie ihre Verbindung zum
Gleichgewicht ins Wanken geriet.
„Nein", sagte sie, fester. „Das Gleichgewicht vergeht nicht. Es
verändert sich, aber es bleibt."
„Gleichgewicht ist eine Illusion. Eine Lüge, um Ordnung in das
Chaos zu bringen".
Die Dunkelheit in Maria pulsierte, das Licht in ihr flackerte. Die
Leere versuchte, beides zu verschlingen
Doch Maria ließ es nicht zu.

„Du irrst dich." Sie ballte die Faust, spürte, wie das Licht und
die Dunkelheit in ihr zusammenströmten. „Das Gleichgewicht
ist kein Stillstand. Es ist Bewegung. Veränderung."
Ein Beben ging durch die Leere. Einen Moment lang spürte
sie so etwas wie... Zögern?
Dann zog sich das Bewusstsein zurück.
Maria keuchte und öffnete die Augen. Der Boden unter ihr war
noch da aber er schien. dünner, als hätte er Mühe, weiter zu
existieren.

Adelaide kniete neben ihr. „Was ist passiert?"

Maria richtete sich auf. „Die Leere ist nicht nur ein Zustand. Sie denkt. Sie... glaubt, dass sie unvermeidlich ist."

Die Bewahrerin trat näher, ihre dunklen Augen nachdenklich. „Und was bedeutet das für uns?"

Maria sah auf die leere Stadt, die keine war. Die Stille lauerte noch immer.

„Es bedeutet", sagte sie langsam, „dass wir sie vom Gegenteil überzeugen müssen."

Adelaide und die Bewahrerin wechselten einen Blick. Dann richteten sich beide auf Maria.

„Und wie überzeugt man eine Kraft, die nicht existieren will?" fragte Adelaide.

Maria atmete tief durch. Die Begegnung mit der Leere hatte etwas in ihr geweckt eine Ahnung, ein Verständnis, das sich noch nicht ganz geformt hatte. Aber eines wusste sie: Kampf allein würde hier nicht reichen.

„Wir müssen ihr zeigen, dass sie falsch liegt", sagte sie schließlich.

Die Bewahrerin runzelte die Stirn. „Die Leere glaubt, dass Gleichgewicht eine Illusion ist"

Maria nickte. „Dann müssen wir beweisen, dass es real ist."

Adelaide sah sie scharf an. „Und wie genau stellst du dir das vor?"

Maria ließ den Blick über das leere Land schweifen. Es war nicht zerstört. Es war nicht verbrannt oder verwüstet. Es war einfach... nicht mehr da.

Sie kniete sich hin, legte beide Hände auf den Boden und schloss die Augen.

Diesmal suchte sie die Leere nicht mit Angst oder Abwehr. Sie öffnete sich ihr.

Du bist noch da, dachte sie.
Ein Flüstern in ihrem Kopf. Ein Echo. Noch...?

„Ja", sagte sie leise. „Noch. Aber du kannst nicht existieren,
ohne dass auch etwas anderes existiert."
Stille. Dann ein leises, unbestimmtes Summen. „Ich bin nicht.
Ich brauche nichts."
„Doch", flüsterte Maria. „Denn selbst die Abwesenheit von
allem ist nur bedeutungsvoll,
wenn es etwas gibt, das fehlt."
Ein Beben ging durch den Boden. Ein Widerstand, eine
Irritation. Lüge.
Maria schüttelte den Kopf. „Nein. Denk nach. Wenn es nichts
gäbe, dann würdest du nicht einmal existieren. Selbst du bist
ein Teil des Gleichgewichts, ob du es willst oder nicht."
Die Leere schwieg.
Und dann etwas veränderte sich.

Am Rand des Nichts, wo einst eine Stadt gewesen war,
begann der Boden zu flimmern. Erst kaum merklich, dann
stärker. Formen schälten sich aus dem Grau, Schattenrisse
von dem, was einmal da gewesen war.
Adelaide keuchte. „Maria... was tust du?"
Maria öffnete die Augen. Sie war blass, ihre Finger zitterten
leicht. Aber sie lächelte.
„Ich zeige ihr, dass sie nicht allein ist."
Und langsam, ganz langsam, begann die Leere zu weichen.
Die Welt um Maria begann sich zu verändern. Der Boden
unter ihren Händen zog sich nicht mehr zurück, als sie ihn
berührte - er begann, sich zu regenerieren. Es war ein zartes,
fast zerbrechliches Fließen von Energie, als ob die Leere
selbst Widerstand leistete, doch zugleich etwas in ihr begann,
sich zu öffnen.

Maria ließ das Licht und die Dunkelheit in sich fließen, immer wieder, immer sanfter. Sie verband beide Kräfte und ließ sie durch ihren Körper pulsieren, als wollte sie den Boden und den Himmel selbst spüren und ins Gleichgewicht bringen.

Die Leere zögerte. Ein Flimmern, ein Schimmern, und dann ein schwerer, dröhnender Klang, der durch den Raum halte. Eine Vibration durchbrach das Nichts, die ersten Spuren von Form, von Struktur,
Du verstehst nicht... flüsterte die Leere. „Ich bin die Endgültigkeit. Die Abwesenheit, die Freiheit von allem.
Du bist nicht frei", sagte Maria, ihre Stimme fest. „Du bist nur das Ende. Aber es gibt immer einen Anfang. Und das ist der wahre Fluss der Dinge. Anfang und Ende sind nicht getrennt, sie sind verbunden. Du bist nichts ohne das, was du zu zerstören versuchst."

Die Leere flackerte. Ein Moment der Stille. Dann ein Schrei, tief in Maria. Ein Klang aus der Vergangenheit, der durch die Knochen und ihr Herz fuhr. Ein Schrei, der von den Rissen in der Welt selbst kam. Die Leere wollte zurück, wollte alles verschlingen, was sie zu begreifen begann.
Aber Maria wehrte sich. Sie konzentrierte sich auf das, was sie wusste. Auf das Gleichgewicht. Auf die Verbindung, die alles zusammenhielt.

„Du kannst das nicht tun", sagte sie, als der Boden um sie herum vibriert und sich wellenartig bewegte. „Denn du bist Teil von allem, auch wenn du es nicht siehst. Und du wirst nicht gewinnen, weil das Leben immer weitergeht. Das Gleichgewicht ist die Kraft, die nicht besiegt werden kann."
Die Leere antwortete mit einem weiteren Zucken, aber dann begann sie zu weichen. Langsam, widerwillig.

„Es ist noch nicht vorbei", sagte die Bewahrerin hinter ihr, ihre Stimme belegt, als hätte sie eine lange Reise durch die Leere selbst gemacht. „Du hast etwas erschaffen, Maria. Aber es wird nicht einfach bleiben. Es gibt noch andere, die den Wandel nicht verstehen."

Maria drehte sich um, und in ihren Augen lag ein tieferer Glanz als zuvor. Sie wusste, dass der Weg noch lang war. Aber sie wusste auch, dass sie etwas gemacht hatte, das die Leere selbst in Frage stellte.
„Ich weiß", sagte sie ruhig. „Aber der Wandel ist das Einzige, was wirklich bleibt. Und solange ich atme, werde ich dafür kämpfen, dass er nicht wieder zunichtegemacht wird."
Die Bewahrerin nickte. „Dann ist es wirklich erst der Anfang."

Maria stand auf und atmete tief ein. Der Horizont vor ihr war noch immer von Rissen durchzogen, und die Leere zog sich in die dunkleren Ecken der Welt zurück, aber sie wusste, dass sie sie nicht besiegen konnte. Sie musste lernen, mit ihr zu leben und sie zu beherrschen. Nur so konnte das Gleichgewicht bestehen.
Und das Abenteuer, das vor ihr lag, hatte gerade erst begonnen.

Maria stand am Rand der leeren Stadt, die nun langsam zu einem neuen Beginn erwachte, und betrachtete die Veränderungen, die sie angestoßen hatte. Der Boden unter ihren Füßen fühlte sich fester an, und die Luft, die noch vor kurzem von der Leere erdrückt worden war, atmete jetzt wieder Leben. Doch die Schatten der Vergangenheit blieben in den Ecken der Welt unsichtbar, aber immer noch spürbar.
„Wir haben etwas erreicht", sagte Adelaide, die neben ihr stand und die wieder wachsenden Formen betrachtete.

„Aber es wird nicht lange dauern, bis andere von dieser...
Veränderung erfahren Die Leere ist nicht die einzige
Bedrohung."
Maria nickte, auch wenn sie wusste, dass dies. erst der
Anfang war. Sie konnte nicht einfach in diesem Moment
verweilen und den Sieg feiern. Es gab noch so viele Fragen,
die beantwortet werden mussten. Und viele, die sie selbst
noch nicht kannte.

„Du hast die Leere zurückgedrängt", sagte die Bewahrerin.
„Aber was, wenn etwas anderes kommt, das noch mächtiger
ist? Was, wenn wir in eine neue Ära eintreten, in der das
Gleichgewicht wirklich herausgefordert wird?"
Maria schloss die Augen und atmete tief durch. Sie spürte die
unsichtbaren Wellen von Energie, die noch immer durch die
Welt strömten, als wollten sie sich auf die neue Ordnung
einstellen. Sie wusste, dass ihr Sieg über die Leere nicht
endgültig war. Doch sie hatte das Gleichgewicht in sich und
das war die Grundlage für alles Weitere.

„Dann müssen wir es schützen", sagte sie fest. „Es gibt immer
Kräfte, die das Gleichgewicht herausfordern werden. Aber
solange wir es verstehen, können wir uns ihm stellen."
„Und was, wenn wir scheitern?" fragte die Bewahrerin. Ihre
Stimme war leise, aber voll von einer ernsten Bedeutung. „Die
Welt könnte zerbrechen, wenn wir es nicht schaffen, dieses
neue Gleichgewicht zu bewahren."

„Dann werden wir wieder aufstehen", antwortete Maria. „Denn
dieses Gleichgewicht ist kein Ziel, sondern eine Reise.
Solange wir nicht aufhören, dafür zu kämpfen, wird es immer
einen Weg geben."

Mit einem letzten Blick auf die sich neuformierende Stadt, in der Risse langsam verschlossen wurden und die ersten schwachen Lichter des Lebens wieder zu glimmen begannen, wusste Maria, dass sie einen langen Weg vor sich hatte. Doch sie war nicht allein.

„Ich werde an diesem Gleichgewicht arbeiten", sagte sie zu den beiden Frauen, die hinter ihr standen. „Und ich werde nicht zulassen, dass die Dunkelheit es wieder zerstört."

Die Wächter nickten. Es war noch viel zu tun. Die Welt war groß, und das Gleichgewicht in ihr ein zerbrechlicher Faden. Doch gemeinsam hatten sie bereits das Undenkbare erreicht. Die erste Barriere war gefallen.

„Dann lass uns den nächsten Schritt wagen", sagte Adelaide. „Wir sind bereit", fügte die Bewahrerin hinzu. „Die Reise hat erst begonnen."

Und so machten sie sich auf den Weg, immer tiefer in die Welt, die sie zu retten geschworen hatten. Maria wusste, dass sie dabei nicht nur gegen äußere Mächte kämpfte, sondern auch gegen die Unruhe und den Zweifel in sich selbst. Aber sie war bereit. Denn sie war nicht länger nur eine Auserwählte. Sie war das Gleichgewicht. Und dieses Gleichgewicht war die einzige Waffe, die die Welt noch brauchte.

Die Reise führte sie durch zerklüftete Gebirgspfade und dichte Wälder, durch stille Dörfer und verlassene Städte, in denen die Risse des Gleichgewichts noch immer sichtbar waren. Maria fühlte sich der Verantwortung bewusst, die auf ihren Schultern lastete, aber auch die stetige Veränderung in der Luft. Es war, als ob die Welt selbst auf den nächsten Schritt wartete, als ob sie gespannt darauf war, wie das Gleichgewicht, das sie erschaffen hatte, sich weiter entfalten würde.

Adelaide und die Bewahrerin begleiteten sie, und jede von ihnen trug ihre eigenen Ängste und Hoffnungen. Doch Maria spürte auch, dass ihre Begleiterinnen zunehmend Vertrauen in sie setzten. Ihre Anwesenheit war nicht nur ein Zeichen der Stärke, sondern auch der Verbundenheit. Und Maria wusste, dass sie nicht allein war, auch wenn das, was vor ihnen lag, die schwerste Prüfung aller war.

„Maria", begann Adelaide eines Abends, als sie um das Feuer saßen und die Schatten der Bäume lange über den Boden warfen, „du hast gesagt, dass du das Gleichgewicht bewahren willst. Aber wie soll das funktionieren, wenn die Welt immer wieder in ihre alten Muster zurückfällt? Was, wenn die Dunkelheit, die Leere, wieder zu uns zurückkommt, stärker als je zuvor?"

Maria sah in die Flammen, die das Dunkel durchbrachen, und dachte über Adelaides Worte nach. „Die Dunkelheit wird nie ganz verschwinden. Sie ist ein Teil der Welt, wie das Licht. Aber der Unterschied ist: Wir können lernen, mit ihr zu leben. Wir können lernen, sie zu verstehen, anstatt uns vor ihr zu fürchten." Sie atmete tief ein. „Und je mehr wir im Gleichgewicht sind, desto mehr können wir die Dunkelheit nicht nur aushalten, sondern auch die Weisheit darin finden."

Die Bewahrerin nickte nachdenklich. „Es ist ein schwerer Weg. Du sprichst von etwas, das über die bloße Macht hinausgeht. Es geht um Weisheit. Wissen, das tief im Inneren der Welt vergraben ist."

„Und was, wenn wir dieses Wissen nicht finden?" fragte Adelaide, ihre Stimme unsicher. „Was, wenn wir es nicht verstehen können?"

„Dann müssen wir es lernen", sagte Maria mit fester Überzeugung.

„Es gibt keine Antwort, die sofort kommt. Aber wir werden auf dem Weg Antworten finden. Jeder Schritt wird uns mehr darüber lehren, was dieses Gleichgewicht wirklich bedeutet." An diesem Abend setzten sie ihre Reise fort, und je näher sie dem nächsten Ziel kamen einer alten Bibliothek, die von den Wächtern des Wissens bewacht wurde, desto mehr spürte Maria, dass die wahre Herausforderung nicht nur darin bestand, das Gleichgewicht in der Welt zu bewahren. Sie musste auch das Gleichgewicht in sich selbst finden, die ständige Balance zwischen Licht und Dunkelheit, zwischen Hoffnung und Verzweiflung.

Die Bibliothek lag tief in einem abgelegenen Tal, umgeben von hohen Bergen und dichten Nebeln. Ihre Mauern waren aus uralten Steinen erbaut, deren Inschriften in einer vergessenen Sprache grenzten. „Hier", sagte die Bewahrerin, „wurde das Wissen über das Gleichgewicht gesammelt. Hier könnten wir Antworten finden, die uns auf unserem Weg weiterhelfen."
Doch als sie die hohen, steinernen Türen erreichten, zögerte Maria einen Moment. Es war, als würde die Luft selbst schwerer werden. Irgendetwas an diesem Ort schien sie zu beobachten, und die Schatten der Vergangenheit hingen in den Ritzen der Wände.
„Bereit?" fragte Adelaide, ihre Stimme ruhig, aber mit einem Hauch von Nervosität.
Maria nickte. „Ja. Wir haben keine Wahl. Wir müssen hineingehen"
Langsam schoben sie die schweren Türen auf, und der Raum dahinter öffnete sich in die Dunkelheit. Der erste Schritt in die Bibliothek war wie der Eintritt in eine andere Welt - eine, die zwischen den Schatten und dem Licht schwebte, voller vergessener Geheimnisse und ungelöster Fragen

„Was ist hier wirklich verborgen?" fragte die Bewahrerin, ihre Augen suchend.

„Das Wissen, das uns helfen kann, das Gleichgewicht zu verstehen. Und die Wahrheit, die wir suchen müssen, um zu wissen, wie wir der Welt den Frieden geben können, den sie braucht." Maria trat weiter voran. „Wir haben die Dunkelheit nicht besiegt. Wir haben nur einen Moment der Stille erschaffen. Aber um das Gleichgewicht zu bewahren, müssen wir tief genug in die Schatten blicken, um sie zu begreifen." Der Raum vor ihnen war mit Regalen voller alter Bücher und Schriften überflutet. Doch es gab keine offensichtliche Ordnung. Nur das Gefühl von etwas Altem, das auf sie wartete.

„Wir müssen nach dem ältesten Wissen suchen", sagte Maria, und sie wusste, dass der Weg sie noch weiter herausfordern würde, als alles, was sie bisher durchlebt hatte. Aber mit jeder Entscheidung, mit jedem Schritt, den sie auf diesem Weg machte, wuchs ihre Entschlossenheit, die Leere und die Dunkelheit zu verstehen und zu einem Teil des Gleichgewichts zu machen.

Maria ließ ihren Blick über die staubigen Regale schweifen. Jedes Buch, jede Schriftrolle schien von einer unsichtbaren Geschichte durchdrungen, die darauf wartete, offenbart zu werden. Sie streckte die Hand aus und zog ein altes, in Leder gebundenes Buch hervor. Der Einband war rissig, und der Titel kaum noch lesbar. Doch als ihre Finger das Material berührten, durchzuckte sie ein Gefühl eine Mischung aus Ehrfurcht und einer fremden, fast vergessenen Erinnerung. „Was steht darin?" fragte Adelaide, die neben ihr stand und über ihre Schulter blickte.

Maria schlug das Buch vorsichtig auf. Die Seiten waren brüchig, und die Tinte schien an manchen Stellen verblasst. Doch einige Worte leuchteten ihr entgegen, als hätten sie darauf gewartet, gelesen zu werden:
"Das Gleichgewicht ist nicht die Abwesenheit von Dunkelheit, sondern das Wissen um ihre Natur. Nur wer den Schatten kennt, kann das Licht in sich selbst bewahren.
Dunkelheit, sondern das Wissen um ihre Natur. Nur wer den Schatten kennt, kann das Licht in sich selbst bewahren."

Sie las die Worte laut vor. Eine schwere Stille legte sich über den Raum. Es war, als hätte das Buch auf sie gewartet.
„Das bedeutet..." begann Adelaide, doch Maria beendete den Satz für sie:
„...dass wir die Dunkelheit nicht zerstören können. Wir müssen sie verstehen, um sie zu kontrollieren."
Adelaide sah sie mit einem ernsten Blick an. „Und was, wenn sie uns verschlingt, bevor wir sie verstehen?"

Maria schloss das Buch mit Bedacht und hielt es fest an sich gedrückt. „Dann müssen wir lernen, stärker zu sein als die Angst, die sie in uns weckt."
Ein leises Geräusch ließ sie beide zusammenfahren. Es kam aus der Tiefe der Bibliothek, als hätte sich dort etwas bewegt. Oder als hätte jemand ihre Worte gehört.

Maria und Adelaide wechselten einen Blick. Sie wussten beide: Das Wissen, das sie suchten, würde sie auf eine gefährliche Reise führen. Aber es gab kein Zurück mehr.
„Komm", sagte Maria leise. „Wir sind nicht allein hier."

Kapitel 14 Tiefsinnige Begegnungen

Maria spürte Adelaides Blick auf sich, als sie das alte Buch an sich drückte. Die Worte, die sie gerade gelesen hatte, hallten in ihr nach. Das Gleichgewicht war keine einfache Lösung, keine klare Trennung von Gut und Böse. Es war ein tiefes Verstehen, ein Akzeptieren und das machte es so gefährlich. Adelaide trat neben sie und ließ ihre Finger über den Rand eines anderen Buches gleiten. Ihr dunkles Haar fiel über ihre Schulter, während ihre Augen aufmerksam den Raum durchsuchten.

„Was auch immer hier verborgen liegt", sagte sie leise, es will gefunden werden. Aber nicht von jedem."

Maria nickte langsam. Sie konnte es fühlen. Ein unsichtbarer Widerstand lag in der Luft, als ob die Bibliothek selbst prüfen wollte, ob sie bereit waren.

Dann kam das Geräusch wieder. Diesmal näher. Ein leises, kratzendes Scharren.

Adelaide spannte sich an. „Du hast recht, Wir sind nicht allein."

Maria schloss für einen Moment die Augen und konzentrierte sich. Sie spürte es nicht nur eine Bewegung, sondern eine Präsenz. Kein reines Dunkel, kein bloßes Böse. Etwas Altes. Etwas Wartendes.

„Was auch immer es ist", flüsterte sie, „es beobachtet uns."

Adelaide zog unbewusst die Schultern zusammen. „Dann sollten wir vielleicht endlich herausfinden, was es hier beschützt."

Maria blickte auf das Buch in ihren Händen. Dann auf die unzähligen Regale um sie herum.

Irgendwo hier lag die Wahrheit.

Sie mussten nur mutig genug sein, sie zu lesen.

Maria schlug das Buch vorsichtig auf, während Adelaide sich umblickte, die Schultern angespannt, bereit für das, was auch immer sich in den Schatten verbarg. Die Seiten knisterten unter Marias Fingerspitzen, und im schwachen Licht der alten Bibliothek schienen die Worte auf dem vergilbten Papier zu flimmern.

„Das Wissen um das Gleichgewicht ist ein Pfad, der nur denen offenbart wird, die bereit sind, die Wahrheit zu tragen. Denn wer in die Dunkelheit blickt, muss darauf gefasst sein, dass sie zurückblickt."

Maria las die Worte laut vor, und für einen Moment schien der ganze Raum den Atem anzuhalten. Dann ein leises Echo, wie ein Flüstern, das von den Regalen zurückgeworfen wurde. Adelaide trat näher. „Das klingt nicht nach einer einfachen Antwort."

Maria schüttelte den Kopf. „Es ist eine Warnung."

Adelaide seufzte. „Natürlich ist es das."

Sie ließ ihre Finger über den Rücken eines weiteren Buches wandern. Anders als die anderen war es nicht staubig, sondern wirkte, als wäre es erst kürzlich berührt worden. Ihre Augen verengten sich. „Maria... jemand war hier vor uns."

Maria drehte sich abrupt um. „Bist du sicher?"

Adelaide zog das Buch heraus ein schmales, dunkles Werk mit einem Symbol auf dem Einband, das Maria bekannt vorkam. Ein Kreis, geteilt in eine helle und eine dunkle Hälfte, doch nicht wie das bekannte Yin und Yang hier war die Trennung nicht sanft, sondern kantig, als wäre das Gleichgewicht nie stabil, sondern Immer im Wandel.

Maria berührte vorsichtig das Symbol, und in dem Moment...
Ein Zittern lief durch den Boden. Die Bücherregale knackten,
und ein kalter Luftzug ließ die Kerzen in der Bibliothek
flackern. Irgendetwas war erwacht.

Adelaide zog Maria einen Schritt zurück. „Was haben wir
getan?"

Maria hielt das Buch fest. Sie wusste es nicht genau. Aber sie
wusste, dass es keinen Weg zurückgab.

Die Kerzen flackerten, und für einen Moment war Maria
sicher, dass die Schatten zwischen den Regalen sich
bewegten. Nicht nur durch das flackernde Licht, sondern aus
eigenem Willen.

Adelaide hielt das Buch noch immer in der Hand, ihre Finger
um den dunklen Einband gekrallt. Ihre Augen huschten durch
den Raum, suchten nach einer Bedrohung, die sich noch
nicht ganz gezeigt hatte.

Dann kam es wieder. Das Geräusch. Ein leises Scharren,
irgendwo zwischen den Regalen, gefolgt von einem dumpfen
Pochen, als ob etwas gegen Holz schlug.

Maria spürte, wie sich ihr Atem beschleunigte. „Wir haben
etwas geweckt."

Adelaide nickte knapp. „Dann sollten wir herausfinden, was es
ist, bevor es uns findet."

Maria öffnete das Buch vorsichtig, als könnte jede Bewegung
die Dunkelheit um sie herum weiter aufrütteln. Die Seiten
waren seltsam kalt, und die Schrift darin war anders als in den
anderen Büchern keine fließende, alte Handschrift, sondern
kantige Zeichen, die wie eingeritzt wirkten.

„Gleichgewicht ist eine Lüge."

Maria runzelte die Stirn. Die Worte schienen. direkt an sie
gerichtet.

„Es gibt keinen Frieden ohne Opfer. Keine Ordnung ohne Chaos. Wer den Schatten verstehen will, muss bereit sein, Teil von ihm zu werden."

Ein kalter Hauch streifte ihre Wange. Maria fuhr herum, doch da war niemand.

Adelaide hatte es ebenfalls gespürt. „Wir müssen hier raus."

Maria wollte nicken, doch dann ein weiteres Geräusch. Diesmal näher. Direkt hinter einem der Regale.

Und dann kam die Stimme. Tief, fremd, als würde sie von den Seiten der Bücher selbst sprechen.

„Zu spät."

Das Regal neben ihnen bebte, Bücher fielen zu Boden, und aus der Dunkelheit trat eine Gestalt. Schwarz wie die Nacht, ihre Konturen unscharf, als bestehe sie aus purem Schatten. Und doch ihre Augen glühten.

Maria schluckte hart. Was auch immer sie geweckt hatten es war kein einfaches Wissen.

Es war eine Macht, die nicht vergessen werden wollte.

Adelaide griff nach Marias Hand, zog sie zurück, doch ihre Beine fühlten sich an, als hätten unsichtbare Fäden sie an den Boden geheftet. Die Luft knisterte, als hätte jemand. eine unsichtbare Grenze überschritten.

„Lauft..." Die Stimme war jetzt näher, vibrierte in ihren Knochen. Oder hatte sie das Wort in ihrem Kopf gehört? Maria konnte es nicht sagen.

Das Wesen bewegte sich nicht, aber die Dunkelheit um es herum dehnte sich aus, als würde die Bibliothek selbst von ihr verschlungen. Bücherseiten flatterten, als wehrten sie sich gegen eine unsichtbare Kraft, während ein leises Wispern durch den Raum zog ein Chor vergessener Worte, verlorener Geschichten.

Adelaide fasste sich als Erste. „Wir müssen-"
Doch bevor sie den Satz beenden konnte, zuckte ein
Schattenarm aus der Dunkelheit hervor und streifte sie an der
Schulter. Sie schrie auf, stolperte zurück, und Maria sah
entsetzt, wie schwarze Linien sich über Adelaides Haut
ausbreiteten, wie Risse in Glas.

„Adelaide!" Marias Stimme war ein erstickter. Laut. Sie wollte
sie festhalten, doch eine unsichtbare Kraft drückte sie zurück.
„Ihr... habt... das Falsche gelesen", raunte die Stimme aus der
Finsternis.
Maria spürte, wie sich die Dunkelheit um sie schloss. Sie
wusste, dass sie nur einen Moment hatte, um zu handeln,
aber was konnte sie tun?

Maria zwang sich, nicht in Panik zu verfallen. Adelaide
keuchte, kämpfte gegen die schwarzen Risse, die sich über
ihren Arm zogen. Ihre Augen waren weit aufgerissen, doch
sie gab keinen Laut von sich, als hätte die Dunkelheit ihr die
Stimme genommen.
Maria wirbelte herum, suchte fieberhaft nach etwas,
irgendetwas, das sie nutzen konnte. Bücher. Regale.
Schatten. Und dann fiel ihr Blick auf den Boden.
Die Seiten der Bücher, die von den Regalen gefallen waren,
zuckten, als würden sie atmen. Einige waren aufgeschlagen
und in ihnen bewegten sich die Worte. Nicht einfach
geschrieben, sondern lebendig, sich windend, als könnten sie
entkommen wollen.
Ein Gedanke schoss ihr durch den Kopf.
Wissen hatte sie hierhergeführt. Vielleicht konnte Wissen sie
auch retten.
Mit einem schnellen Schritt riss sie das nächstgelegene Buch
auf.

Die Worte tanzten. über das Papier, und Maria erkannte eine Sprache, die sie nicht lesen, aber fühlen konnte. Sie war alt. Mächtig.

„Sag es nicht", röchelte Adelaide, ihre Stimme kaum mehr als ein Hauch. Die Schatten krochen weiter über ihren Körper. Doch die Stimme aus der Dunkelheit lachte leise. „Zu spät", flüsterte sie erneut - doch diesmal klang sie fast... amüsiert.

Maria ignorierte die Warnung. Sie tat das Einzige, was sie tun konnte. Sie las.

Das Wort brannte auf ihrer Zunge. Die Luft zitterte.

Dann explodierte das Licht.

Ein gleißender Blitz durchzuckte den Raum, als hätte jemand die Dunkelheit selbst entzündet. Die Schatten wanden sich, schrien nicht mit einer Stimme, sondern mit hundert flüsternden Stimmen zugleich.

Kapitel 15 Silbernes Licht

Maria wurde zurückgeschleudert. Ihr Kopf schlug hart auf den Boden, Sterne tanzten vor Ihren Augen. Das Buch in ihrer Hand brannte nicht mit Feuer, sondern mit reinem Licht, das aus den Seiten strömte.
Adelaide keuchte auf. Die schwarzen Risse an ihrem Arm leuchteten plötzlich silbern auf, als würde das Licht aus ihrem Inneren zurückschlagen. Die Dunkelheit, die sich um sie gewickelt hatte, löste sich auf.

Das Wesen vor ihnen zuckte zurück. Seine Konturen flackerten, als würde es jeden Moment zerfallen. Doch es war noch nicht vorbei.
„Dummes Kind", zischte die Stimme. „Du weißt nicht, was du tust."
Maria zwang sich hoch. Ihre Hände zitterten, aber sie ließ das Buch nicht los. Die Worte auf den Seiten bewegten sich weiterhin, als würden. sie sich verändern, um sie zu führen.
Ein letztes Wort formte sich vor ihren Augen, klar und scharf. Ein Name.
Nicht der Name des Wesens. Sondern der Name der Macht, die es gefangen halten konnte.

Maria atmete tief durch. Sie sah zu Adelaide, deren Blick jetzt klarer war, fester.
„Gemeinsam" sagte Adelaide mit rauer Stimme.
Maria nickte. Und dann sprachen sie den Namen.
Die Dunkelheit schrie…
Der Name hallte durch die Bibliothek wie ein Donnerhall. Die Wände bebten, die Regale erzitterten, und das Wesen krümmte sich, als hätte das Wort selbst es getroffen.

Die Schatten um es herum rissen auf, zogen sich zurück wie Rauch im Wind. Ein ohrenbetäubender Laut erfüllte den Raum - kein Schrei, sondern das Geräusch von etwas, das zerbrach, als hätte das Wesen aus mehr als nur Fleisch und Knochen bestanden.

Maria und Adelaide hielten sich aneinander fest. als ein Strudel aus Licht und Dunkelheit sie umgab. Das Buch in Marias Hand warf ein letztes Mal einen gleißenden Schein aus, dann fiel es zu Bodenregungslos, als wäre seine Magie erschöpft.

Und mit ihm verschwand das Wesen.
Die Dunkelheit zerfiel in nichts. Zurück blieb nur Stille.
Maria keuchte, ihr Herz hämmerte gegen ihre Rippen.
Adelaide sank auf die Knie, hielt ihren Arm, der noch immer von feinen silbernen Linien durchzogen war.
„Ist es weg?" flüsterte Maria.
Adelaide hob den Blick. Ihre Augen wanderten durch den Raum, als könnte sie die Luft selbst prüfen.
„Es ist gebannt", sagte sie schließlich. „Aber nicht zerstört."
Maria spürte, wie eine Gänsehaut über ihre Haut kroch.
Dann fiel ihr Blick auf das Buch. Es lag offen da, doch die Seiten waren leer. Die Worte waren verschwunden.
„Was bedeutet das?" fragte sie leise.
Adelaide antwortete nicht sofort. Dann sagte sie mit rauer Stimme:
„Es bedeutet, dass jemand es irgendwann wiederfinden wird."

Maria spürte, wie sich ein Knoten in ihrem Magen zusammenzog. Sie starrte auf das Buch, auf die leeren Seiten, die jetzt unschuldig wirkten, als wäre nichts geschehen. Aber sie wusste es besser.

„Wir können es nicht hierlassen", sagte sie und griff nach dem Einband. Kaum berührten ihre Finger das alte Leder, durchzuckte sie ein Frösteln.

Adelaide schüttelte den Kopf. „Es gehört hierher. Und es bleibt hier."
Maria wollte widersprechen, doch dann hörte sie es. Ein leises, fast unmerkliches Flüstern.
Nicht aus der Dunkelheit. Nicht aus der Luft.
Aus den Wänden.
Sie tauschten einen Blick.
Die Bibliothek war nicht nur ein Ort des Wissens. Sie war ein Käfig. Und was auch immer sie heute Nacht geweckt hatten, es war nicht das Einzige, das hier verborgen lag.
Adelaide stand auf, streckte vorsichtig ihren Arm aus, die silbernen Linien auf ihrer Haut verblassten langsam, aber sie waren noch da. Eine Erinnerung. Ein Zeichen.

„Lass uns gehen", sagte sie leise.
Maria nickte und trat zurück. Doch als sie sich umdrehten, fiel ihr Blick auf den Eingang der Bibliothek.
Die Tür stand offen.
Sie war sich sicher, dass sie sie geschlossen hatten.
Der kalte Luftzug, der ihnen entgegenwehte, roch nach alten Seiten, nach vergessenen Geschichten. Und irgendwo in der Ferne, tief in den dunklen Gängen der Bibliothek, hörte Maria ein weiteres Wispern.
Leise. Wartend.
Es war noch nicht vorbei.
Adelaide und Maria hielten einen Moment inne. Die Dunkelheit hinter der Tür wirkte tiefer als zuvor, als hätte sich die Bibliothek verändert oder als hätte sie ihnen etwas gezeigt, dass sie vorher nicht sehen konnten.

„Wir sollten einfach gehen", flüsterte Maria, obwohl sie wusste, dass es nicht so einfach war.

Adelaide nickte langsam, doch ihr Blick glitt noch einmal zu den Regalen. „Glaubst du, es beobachtet uns noch?"

Maria schluckte. Sie wollte Nein sagen, wollte sich einreden, dass sie gewonnen hatten. Aber das Wispern in der Ferne ließ sie daran zweifeln.

Sie gingen zur Tür, vorsichtig, Schritt für Schritt, als könnte jede Bewegung etwas in den Schatten wecken. Die Bibliothek schien still, doch Maria spürte es eine Veränderung in der Luft, ein unsichtbares Auge, das auf ihnen ruhte.

Gerade als sie die Schwelle überschritten, erstarrte Adelaide.

„Was ist?" Maria folgte ihrem Blick- und ihr Herz setzte einen Schlag aus.

Auf dem Boden, direkt vor der Tür, lag ein anderes Buch, Nicht das, das Maria gehalten hatte. Dieses war kleiner, in dunkles Leder gebunden, mit einem Titel, der in vergoldeten Buchstaben eingraviert war.

Maria las die Worte lautlos. Ihr Nacken prickelte, ihre Finger kribbelten, als wollte das Buch, dass sie es aufhob.

Adelaide trat einen Schritt zurück. „Fass es nicht an."

Maria wollte ihr gehorchen. Doch das Buch lag da, als hätte es auf sie gewartet.

Und dann bevor sie es aufhalten konnte, drehte sich eine Seite von selbst um.

Die Worte darauf formten sich aus dem Nichts.

„Ihr habt es geöffnet. Nun müsst ihr es zu Ende lesen."

Maria spürte, wie sich die Luft um sie herum veränderte dichter wurde, als würde sie in eine andere Realität gezogen.

Ihre Hände zitterten, aber sie widerstand dem Drang, nach dem Buch zu greifen.

Adelaide packte ihren Arm. „Lass es. Wir gehen jetzt".

Doch das Buch gab sie nicht frei.

Die Worte auf der aufgeschlagenen Seite flimmerten, als wären sie lebendig, tanzten kurz, bevor sie sich neu formten.

„Zu spät."

Maria riss den Blick davon los, aber etwas stimmte nicht. Die Bibliothek hinter ihnen... war nicht mehr dieselbe.

Die Regale waren verschwunden. Die Wände fort.

Stattdessen standen sie in einem endlosen Raum aus Dunkelheit und schwebenden Seiten. Worte flogen wie Staub in der Luft, manche verblassten, andere erschienen neu.

„Adelaide...?" Marias Stimme war kaum mehr als ein Hauch.

Adelaide sah sich um, ihre Augen weit vor Furcht. „Das ist nicht echt."

Doch es fühlte sich echt an. Zu echt. Und dann hörten sie es wieder.

Nicht das Wispern. Etwas anderes.

Ein langsames, hallendes Klopfen.

Eins. Zwei. Drei.

Maria drehte sich ruckartig um. In der Ferne oder vielleicht direkt neben ihnen, ohne dass sie es sehen konnten, formte sich eine Gestalt aus den schwebenden Seiten. Keine reine Dunkelheit wie zuvor.

Dieses Mal bestand sie aus Worten.

Unzählige Worte, die sich zu einem Körper zusammensetzten, ständig in Bewegung, ein endloser Fluss von Geschichten, Namen, Wissen.

Und doch hatte es ein Gesicht.

Eine Form, die sich für einen Moment stabilisierte.

Und dann sprach es.

„Ihr habt mich gelesen."

Maria wusste das es keine Flucht mehr gab.

Sie spürte, wie sich die Worte der Gestalt in Ihr Bewusstsein brannten, als wären sie nicht nur gesprochen, sondern direkt in ihre Gedanken geschrieben.

Adelaide atmete flach, ihr Blick war starr auf das Wesen gerichtet. Ihre Hand krallte sich in Marias Ärmel. „Was willst du?" fragte sie leise.

Die Gestalt neigte den Kopf. Worte rieselten von ihr herab, zerfielen zu Staub, bevor sie den Boden berührten. Neue entstanden an ihrer Stelle.

„Ich will, dass ihr lest."

Maria schüttelte hastig den Kopf. „Nein. Wir haben genug gelesen. Wir haben etwas entfesselt, das wir nicht verstehen. Wir-"

„Ihr habt begonnen. Nun müsst ihr es beenden."

Mit einer langsamen Bewegung hob die Gestalt eine Hand. Die Luft zwischen ihnen vibrierte, und das Buch, das noch immer vor der Tür lag, begann sich von selbst zu blättern. Seite um Seite flog umher, aber es waren keine normalen Seiten.

Jede enthielt ein Bild.

Und Maria erkannte sich selbst darauf.

Szenen, die gerade erst geschehen waren, sie und Adelaide, wie sie die Bibliothek betraten, das erste Wispern hörten, die Schatten sahen.

Die nächste Seite zeigte sie, wie sie den Namen aussprachen, das Wesen verbannten.

Aber dann kam die Seite danach. Eine Seite, die noch nicht passiert war.

Marias Kehle wurde trocken. Sie sah sich selbst darauf allein. Stehend in völliger Dunkelheit.

Adelaide war nirgends zu sehen. Und vor ihr, größer als je zuvor, war die Gestalt aus Worten.

„Nein", flüsterte sie.

Adelaide folgte ihrem Blick und schnappte nach Luft. „Das... das ist eine Lüge. Es muss eine Lüge sein."

„Es ist geschrieben." Die Gestalt trat einen Schritt näher. „Und was geschrieben ist... geschieht."

Maria wollte nicht glauben, dass sie keine Wahl hatten. Doch tief in ihrem Inneren wusste sie, dass Geschichten eine eigene Macht hatten.

Und sie standen mitten in einer.

Maria rang nach Atem. Die Seiten des Buches flatterten weiter, als würde eine unsichtbare Hand sie umblättern, ein Schicksal enthüllend, das bereits feststand.

Aber nein. Nein.

„Geschichten können umgeschrieben werden", sagte sie leise, mehr zu sich selbst als zu der Gestalt.

Adelaide sah sie an, ein Funken Hoffnung in ihren Augen. „Ja. Ja, das können sie."

Doch das Wesen aus Worten lachte ein lautloses, aber eindringliches Beben in der Luft. Die Worte, aus denen es bestand, formten sich neu, verschmolzen zu einer einzigen, unumstößlichen Wahrheit:

„Nicht diese."

Ein Ruck ging durch die Bibliothek - oder was immer dieser Ort jetzt war. Die schwebenden Seiten wirbelten schneller, die Dunkelheit zog sich enger um sie zusammen. Die nächste Seite des Buches wurde aufgeschlagen, und Maria spürte eine unsichtbare Kraft an ihr ziehen.

Sie erkannte jetzt, was hier geschah.
Das Buch schrieb ihre Geschichte nicht nur es zwang sie,
sich zu erfüllen.
„Lass uns nicht täuschen", murmelte Adelaide. „Wenn es
geschrieben ist, dann müssen wir es neu schreiben."

Maria nickte, ihr Verstand arbeitete fieberhaft.
Wenn das Buch eine Geschichte erzählte, die bereits
vorherbestimmt war, dann mussten sie eine neue erschaffen,
eine, die das Buch nicht voraussehen konnte.

Kapitel 16 Die Umschreibung

„Wir dürfen nicht tun, was es erwartet."
Adelaide verstand sofort. Sie ergriff Marias Hand, und anstatt
vor dem Wesen zurückzuweichen wie es auf der nächsten
Seite des Buches standtraten sie nach vorn.
Die Gestalt zuckte. Die Worte, aus denen sie bestand,
flackerten, als wären sie für einen Moment nicht sicher, was
sie tun sollten.
Maria nutzte die Gelegenheit. Sie hob die Hand, streckte die
Finger aus und berührte die Seiten, aus denen das Wesen
bestand.

Ein Blitz aus Licht und Tinte explodierte zwischen ihnen.
Maria spürte, wie Worte sich in ihre Haut brannten, durch ihre
Adern strömten. Tausende Geschichten, vergessene Namen,
unausgesprochene Wahrheiten.
Aber in diesem Chaos fand sie es eine Lücke.
Ein ungeschriebenes Ende.
Das Wesen zischte, seine Form begann zu zerfallen, die
Worte lösten sich auf.
„Schnell!", rief Adelaide. „Schreib es um!"

Maria griff nach der Leere, nach dem ungeschriebenen
Raum, und in diesem Moment verstand sie:
Nicht das Buch entschied. Nicht die Geschichte selbst. Sie
entschied.
Und sie setzte das erste neue Wort.
Marias Finger kribbelten, als das erste neue Wort in die Luft
geschrieben wurde. Es war kein gesprochenes Wort, kein
Gedanke, sondern reine Absicht eine Entscheidung, die sich
gegen das vorherbestimmte Schicksal stemmte.

„Frei."

Das Wesen aus Worten erzitterte. Seine Struktur geriet ins Wanken, als hätte Maria einen Riss in seine Existenz geschlagen. Die einzelnen Buchstaben, die seinen Körper formten, begannen auseinanderzubrechen, als könnten sie sich nicht mehr halten.

Doch es kämpfte.

„Ihr könnt es nicht ändern." Die Worte erschienen und verschwanden wieder, als würden sie gegen sich selbst ankämpfen.

„Geschrieben ist geschrieben."

Maria schüttelte den Kopf. Sie wusste jetzt, dass das eine Lüge war.

„Nein", sagte sie fest. „Geschrieben kann auch umgeschrieben werden."

Sie hob die Hand erneut, und mit jedem neuen Wort, das sie formte, veränderte sich die Welt um sie herum.

„Das Buch bindet uns nicht. Die Geschichte ist nicht beendet. Und wir... sind nicht verloren."

Das Wesen schrie oder zumindest vibrierte es in einer Art lautlosem Protest. Die Dunkelheit riss auf, als hätte jemand eine Seite aus der Realität selbst herausgerissen.

Adelaide keuchte und klammerte sich an Marias Arm. „Es funktioniert!"

Maria wusste, dass sie weitermachen musste, bevor es zu spät war.

„Wir sind nicht die Figuren dieser Geschichte."

Mit diesen Worten begannen die Buchseiten, die um sie herum schwebten, zu zerfallen. Der Boden vibrierte, die Luft flackerte wie eine flammende Kerze im Wind.

Das Wesen streckte sich nach ihnen aus, doch seine Finger bestanden nur noch aus zerfallenden Sätzen.

Maria sah das Buch am Boden das ursprüngliche Buch, das alles begonnen hatte. Seine Seiten wurden leer.
Sie sah zu Adelaide. „Halten wir es zu Ende. fest."
Adelaide nickte und gemeinsam sprachen sie die letzten Worte, die sie befreien sollten.
„Dies ist unsere Geschichte. Und wir beenden sie."

Ein letztes Mal erbebte alles um sie herum dann wurde die Welt weiß.
Ein Gefühl der Schwerelosigkeit durchströmte Maria, als wäre sie eine Seite, die von einem Windstoß davongetragen wurde.
Dann: Stille.
Ein Herzschlag.
Und als Maria blinzelte, fand sie sich wieder in der Bibliothek.
Die Regale standen still. Kein Wispern in der Luft. Keine lebendigen Schatten.

Adelaide war neben ihr, atmete schwer, aber sie war da.
Das Buch lag vor ihnen geschlossen. Unscheinbar. Als wäre nichts geschehen.
Maria spürte einen Moment lang Angst, es könnte sich wieder öffnen, könnte sie erneut hineinziehen.
Aber als sie es ansah, wusste sie, dass die Geschichte vorbei war.
Adelaide trat einen Schritt zurück. „Lass es hier", sagte sie leise.
Maria nickte.
Dann drehten sie sich um und verließen die Bibliothek.
Hinter ihnen lag das Buch. Unberührt. Ungeöffnet.

Und doch als die Tür ins Schloss fiel, drehte sich eine einzelne Seite von selbst um.

Worte erschienen, ganz am Ende.

„Jede Geschichte hat ein Ende. Aber manche Geschichten... warten nur auf den nächsten Leser."

Maria und Adelaide standen auf der Schwelle der Bibliothek. Die Tür schloss sich hinter ihnen, und für einen Moment war es, als ob der Raum in völlige Stille gehüllt war. Doch trotz der scheinbaren Ruhe, die sie nun umgab, war da etwas, das sich wie ein schweres Geheimnis anfühlte. Etwas, das nicht vollständig verschwunden war.

„Denkst du, es ist vorbei?" Adelaide flüsterte, als hätten die Worte selbst die Luft um sie herum zu zerreißen begonnen.

„Es fühlt sich nicht so an", antwortete Maria. Ihre Stimme war rau, als hätte sie gerade den letzten Rest ihrer Energie verbraucht. Aber tief in ihrem Inneren wusste sie, dass sie erst am Anfang standen.

Die Welt um sie herum schien sich verändert zu haben. Sie hatten die Bibliothek verlassen, aber sie konnte das Gefühl nicht abschütteln, dass sie nicht wirklich fort waren.

Der Raum, in dem sie sich jetzt befanden, ein Flur, der sie durch unzählige Türen führte war nicht der Flur, den sie betreten hatten.

„Das ist nicht der Eingang", sagte Adelaide und trat vorsichtig auf den alten, knarrenden Boden. Ihre Augen scannten die Wände, die sich in düsteren, grauen Tönen hinzogen. „Wo sind wir?" Maria drehte sich langsam um, ein Gefühl der Verwirrung in ihr aufsteigend. Der Raum hinter ihnen hatte sich verändert. Die Bibliothek war nicht länger die freundliche, unheimliche Stätte voller Geheimnisse, die sie gekannt hatten.

Es war mehr wie... ein Labyrinth.

„Ich weiß es nicht", sagte sie, ihre Stimme jetzt von einer besorgten Schärfe durchzogen. „Aber das hier... fühlt sich wie ein Ort an, der vergessen wurde."

„Ein Ort, der darauf wartet, gefunden zu werden", flüsterte Adelaide. Ihre Augen schimmerten mit einer Mischung aus Entschlossenheit und Angst.
Sie gingen weiter, schoben sich durch den engen Gang.
Türen standen offen, doch jede von ihnen war ein Rätsel, das sie noch nicht lösen konnten. Es war, als wäre die Realität selbst in diesem Raum aus den Fugen geraten.
„Vielleicht...", begann Maria, „sind wir immer noch in der Bibliothek. Aber auf einer anderen Ebene. Oder in einer anderen Geschichte."

Adelaide sah sie an, als würde sie die Worte abwägen. „Du denkst, die Bibliothek ist mehr als nur ein Gebäude?"
„Ich denke, es ist ein Ort des Übergangs", sagte Maria. „Es kann uns an jeden Punkt bringen, an dem wir es wünschen. Oder es kann uns an einen Ort bringen, an dem wir keine Wahl mehr haben."

Adelaide nickte nachdenklich, doch ihre Augen blieben an den Türen hängen, die an ihnen vorbeizogen. Dann hörte sie es. Ein leises Rascheln, fast wie flüsternde Stimmen. Die gleiche Melodie von vorhin, als sie die Bibliothek betreten hatten. „Nicht noch einmal", murmelte Adelaide.
Doch Maria spürte, dass es etwas anderes war, nicht die vertrauten, alten Worte der Bibliothek, sondern etwas anderes. Etwas, das sie noch nie gehört hatten.
„Das ist kein normales Wispern", sagte sie und blieb stehen. Sie hörte genau hin. „Das kommt.... aus der nächsten Tür."

Adelaide trat vorsichtig einen Schritt zurück. „Es fühlt sich an, als ob wir wieder etwas aufdecken, das wir nicht aufdecken sollten."

Vielleicht müssen wir es diesmal tun", flüsterte Maria.

„Vielleicht müssen wir verstehen, was wirklich hier ist, bevor wir wirklich entkommen können."

Mit einem entschlossenen Blick öffnete sie die nächste Tür.

Und als sie hindurchtrat, wusste sie nicht, ob sie bereit war, die Wahrheit zu erfahren.

Kapitel 17 Die nächste Welt

Die Tür schloss sich leise hinter ihnen, doch anstatt in die
Dunkelheit zu treten, fanden sie sich in einem Raum wieder,
der in goldenes Licht getaucht war.
„Das ist nicht wie der andere Raum", flüsterte Adelaide, als
sie sich umsah.
Der Raum war wunderschön - wie eine Mischung aus einem
vergessenen Tempel und einer heiligen Stätte. Die Wände
waren mit leuchtenden Runen bedeckt, und der Boden war
mit feinen goldenen Mustern durchzogen. Doch trotz der
Schönheit war da etwas Unheimliches in der Luft.
„Wir sind nicht mehr in der Bibliothek", murmelte Maria, als sie
das seltsame Gefühl. der Veränderung spürte. „Ich glaube,
wir sind an einem anderen Ort, der uns aufruft."
Adelaide trat auf das Zentrum des Raums zu. „Ein Ort des
Wissens. Aber auch ein Ort des Verborgenen."

„Was willst du damit sagen?" Maria trat ebenfalls vor, die
Leere um sie hin abtastend.
„Jeder Ort hier", erklärte Adelaide, „hat seine eigene
Geschichte. Aber auch seine eigene.... Prüfung."
Plötzlich fielen die goldenen Runen an der Wand auf. Sie
begannen zu leuchten, und das Licht flimmerte, als ob es
durch die Dimension selbst zog.
Ein sanfter Wind wehte, und vor ihnen bildete sich eine große,
goldene Tür. Doch diese Tür war nicht wie jede andere. Sie
war mehr als nur ein einfacher Eingang. Sie war ein Symbol.
Ein Schlüssel.

„Das ist der Ort", sagte Maria, ihre Augen glänzten vor
Erkenntnis. „Der Schlüssel zu allem, was hier passiert ist."

„Was denkst du, was wir tun sollen?" fragte Adelaide.
Maria ging einen Schritt nach vorn. „Ich denke, wir müssen
diese Tür öffnen. Aber wir dürfen. nicht vergessen, was uns
erwartet."
Und mit einem tiefen Atemzug legte sie ihre Hand auf den
goldenen Griff der Tür.

Maria spürte, wie die Kälte der Tür in ihre Handflächen drang,
als würde sie eine Verbindung zu einem längst vergessenen
Ort herstellen. Der Griff war glatt, aber auch merkwürdig
lebendig, als ob er pulsierte. Sie zögerte einen Moment,
spürte die unheimliche Macht, die von der Tür ausging, und
drehte sich dann zu Adelaide um.

„Bist du sicher, dass wir das tun sollten?" Adelaides Stimme
war gedämpft, aber die Entschlossenheit darin war
unverkennbar.
„Es gibt keinen anderen Weg", antwortete Maria, ihre Finger
fest um den Griff schließend. „Wenn wir verstehen wollen,
was wirklich hier geschieht, müssen wir weitergehen. Der
Raum, in dem wir uns befinden, ist mehr als nur ein Raum. Es
ist ein Übergang. Wir haben die Grenzen der Bibliothek
überschritten, aber was hier kommt, gehört nicht mehr nur zu
ihr."
Adelaide nickte, auch wenn die Angst noch in ihren Augen
lag. „Ich vertraue dir. Wir gehen weiter."
Mit einem tiefen Atemzug zog Maria die Tür auf.
Ein grelles Licht stürzte auf sie ein, blendete sie für einen
Moment, und als ihre Augen sich an das Helle gewöhnt
hatten, fanden sie sich in einer völlig anderen Welt wieder.
Der Raum, der sich vor ihnen ausbreitete, war
atemberaubend.

Alles schimmerte in einem surrealen Goldton, als ob der Raum selbst in einem endlosen Sonnenaufgang gefangen war.

Doch obwohl der Ort so wunderschön war, konnte Maria das dumpfe Gefühl nicht abschütteln, dass hier etwas nicht stimmte. Es war, als wäre dieser Ort zu perfekt - eine glänzende Fassade, die ihre dunklen Geheimnisse verbarg.

„Wo sind wir?" fragte Adelaide und trat vorsichtig vor, ihre Hand nach den schwebenden, leuchtenden Symbolen ausstreckend, die in der Luft hingen.

Maria trat neben sie. „Ich weiß es nicht. Aber ich habe das Gefühl, dass wir nicht die Ersten sind, die diesen Ort betreten."

Das Gold, das den Raum durchzog, war fast wie ein Netz aus unzähligen Fäden, die miteinander verwoben waren und sich über den Boden und die Wände spannte. In der Mitte des Raumes erhob sich ein großer, heller Kristall, dessen Spitze in den Himmel ragte. Es war der einzige Teil des Raumes, der sich von der endlosen Schönheit abzuheben schien, seine Oberfläche war rau, fast lebendig, als würde er atmen.

„Dieser Kristall." begann Maria, „er fühlt sich so an, als ob er mehr ist als nur ein Kunstwerk."

„Er sieht aus wie der Kern dieses Ortes", sagte Adelaide und trat noch einen Schritt näher.

Der Kristall war von einer unsichtbaren Kraft umgeben, die die Luft zu komprimieren schien. Als Adelaide näherkam, konnte Maria sehen,

wie die Wände um sie begannen, sich zu verändern. Sie begannen zu flimmern, zu verzerren, als ob der Raum selbst ihre Bewegungen beobachtete.

„Ich habe das Gefühl, dass wir beobachtet. werden", flüsterte Maria, ihre Augen suchend. „Aber von wem?"
„Vielleicht von dem, was hier lebt", sagte Adelaide mit einem ernsten Ton. „Vielleicht von dem, was uns hergeführt hat."
Gerade in dem Moment, als Maria sich umsehen wollte, hörten sie es ein leises, fast unhörbares Knistern. Dann ein Rauschen, das die Luft erfüllte, und eine Stimme, die aus den Wänden selbst zu kommen schien.
„Ihr habt den Pfad betreten", sagte die Stimme, tief und mächtig, als wäre sie in allen Ecken des Raumes gleichzeitig präsent. „Jetzt müsst ihr die Wahl treffen."

Maria drehte sich um, doch sie konnte niemanden sehen. Nur das leuchtende Netz aus Fäden, das sich immer weiter auszudehnen schien.
„Welche Wahl? Was wollen Sie von uns?" rief sie, ihre Stimme hallte in der Stille des Raums wider.

Die Antwort kam schnell, ein Hauch von ironischer Kälte. „Ihr habt das Buch geöffnet. Ihr habt eine Geschichte begonnen. Und nun gehört ihr zu ihr. Ihr könnt den Raum verlassen... oder ihr könnt tief in das Wissen eintauchen, das er verbirgt. Doch seid gewarnt: Jeder Schritt vorwärts ist ein Schritt, der euch für immer verändert."
„Verändert?" Adelaide trat einen Schritt zurück, ihre Stirn in Falten gelegt. „Was bedeutet das? Was für ein Wissen?"

„Das Wissen über die wahre Natur der Bibliothek", sagte die Stimme, jetzt näher, als ob sie direkt hinter ihnen stand. „Über die Wesen, die in ihren Seiten wohnen. Über die Geschichten, die nie erzählt wurden. Und über das Geheimnis, das sich hinter der goldenen Wand verbirgt."

Der Raum selbst schien zu atmen, das Licht flimmerte, als wäre es lebendig. Maria konnte spüren, dass die Entscheidung schwerwiegender war, als sie es sich je hätten vorstellen können. Sie mussten mehr erfahren, aber zu welchem Preis?

„Und wenn wir das Wissen erlangen, was passiert dann?" fragte Maria, ihre Stimme von einer Mischung aus Furcht und Neugierde geprägt.

„Ihr werdet die Hüter des Wissens werden", antwortete die Stimme. „Ihr werdet über das Schicksal der Geschichten entscheiden. Doch wisset, der Preis ist hoch. Das Wissen fordert immer etwas zurück."

Maria und Adelaide standen schweigend da, die Worte hallten in ihren Köpfen wider. Das Wissen war verlockend, aber es fühlte sich gefährlich an. Was, wenn sie etwas entdeckten, das nicht nur ihre Realität veränderte, sondern auch sie selbst?

„Und was passiert, wenn wir uns entscheiden, zu gehen?" fragte Adelaide, die immer noch zögerte.

„Dann werdet ihr für immer in der Bibliothek gefangen bleiben", sagte die Stimme, ihre Worte unheimlich ruhig. „Doch eure Erinnerungen werden verschwimmen. Ihr werdet zu einem Teil der Geschichten, die ihr nicht mehr begreifen könnt. Ihr werdet nicht mehr wissen, wer ihr wart."

Maria konnte die Schwere der Entscheidung fast körperlich spüren. Der Raum fühlte sich plötzlich enger an, der Kristall schien auf sie zu warten, als würde er sie rufen, sie zu einer Entscheidung zwingen.

„Was denkst du?" fragte Maria schließlich Adelaide.

Adelaide blickte auf den Kristall, dann zurück zu Maria. „Ich weiß es nicht. Aber eines weiß ich: Wir können nicht einfach weglaufen. Wenn wir hier sind, dann aus einem Grund. Vielleicht müssen wir dieses Wissen erlangen, um den Weg zu finden, der uns wirklich befreit."

Maria nickte langsam. „Dann gehen wir weiter. Aber wir müssen vorsichtig sein. Wir wissen nicht, was wir uns einlassen."

Mit einem letzten Blick auf den goldenen Kristall trat Maria vor. Und als sie ihre Hand auf die kühle Oberfläche legte, spürte sie, wie der Raum um sie herum erschauerte, als würde er atmen. Und dann, wie von einer unsichtbaren Hand gelenkt begann der Kristall zu leuchten, stärker, heller, bis alles um sie herum in Licht tauchte.

Doch das war nur der Anfang.

Das Licht flutete über sie, ein blendendes Strahlen, das alle Schatten verbannt und die Luft selbst zum Vibrieren brachte. Maria spürte, wie ihre Haut prickelte, als ob sie mit jeder Sekunde mehr und mehr in den Kristall selbst eintauchte. Ihre Hand schien die Oberfläche zu verschmelzen, als würde sie von einer unsichtbaren Macht angezogen, als wäre der Kristall selbst ein Tor zu einer anderen Dimension.

„Maria, pass auf!" Adelaide rief aus, doch ihre Stimme wurde vom Licht verschluckt, das sich wie ein unsichtbares Band um sie legte.

Doch es war zu spät. Das Licht nahm sie vollständig auf. Alles um sie herum verschwamm in einem Wirbel aus Farben, der die Realität selbst verzerrte. Sie war nicht mehr in der goldenen Halle. Sie war in einem endlosen Tunnel, der aus Licht und Schatten bestand, die sich endlos ineinander verwebten.

Ein unheimliches Gefühl der Schwerelosigkeit ergriff sie, als sie durch den Tunnel trieb. Es war, als würde die Zeit selbst hier keine Rolle spielen. Der Raum dehnte sich aus und zog sich zusammen, als wäre er lebendig. Die Wände waren durchzogen von flimmernden Silhouetten, die sich zu bewegen schienen, doch jedes Mal, wenn Maria versuchte, sie zu erfassen, verschwanden sie wieder in der Dunkelheit. „Adelaide?" Maria rief nach ihr, doch ihre Stimme schien in diesem Raum aus nichts und allem zu zerbrechen. Sie konnte nichts anderes hören als das sanfte Rauschen des Lichts um sie herum.

Plötzlich tauchte vor ihr eine Gestalt auf. Zunächst nur ein Schatten, der sich dann mehr und mehr verdichtete. Ein Mann, gekleidet in dunkle Roben, die das Licht um ihn herum zu absorbieren schienen. Er trat aus der Dunkelheit und trat langsam auf sie zu. Seine Augen waren. schwarz, wie zwei leere Hohlräume, und doch blitzte in ihnen etwas ein Wissen, so alt wie das Universum selbst.

„Du bist gekommen", sagte die Gestalt mit einer Stimme, die gleichzeitig tief und hohl war, als würde sie aus den Tiefen der Erde selbst kommen. „Du hast den ersten Schritt getan." Maria fühlte, wie ihr Herz schneller schlug. Etwas an diesem Mann war... nicht richtig. Er war keine einfache Erscheinung. Er war mehr als das. Er war ein Teil von dem, was hier existierte ein Teil dieses Ortes, dieses Wissens.
„Wer bist du?" fragte Maria, ihre Stimme zitterte ein wenig, doch sie versuchte, standhaft zu bleiben.
„Ich bin der Wächter des Wissens", antwortete der Mann, und seine Stimme hallte in der Leere. „Ich bin der, der alle Fragen kennt. Und der, der alle Antworten verbirgt."

„Antworten?", wiederholte Maria. Sie konnte nicht anders, als sich zu fragen, ob sie zu viel wusste oder ob sie überhaupt bereit war, das Wissen zu empfangen.

„Du hast den Kristall berührt", sagte der Wächter. „Du hast dich entschieden, den Weg des Wissens zu gehen. Und nun musst du erkennen, dass Wissen niemals ohne Preis kommt. Du hast den Schlüssel zu etwas Größerem gefunden. Doch dieser Ort verlangt etwas von dir."
Maria fühlte ein unbehagliches Gefühl in ihrer Brust. „Was verlangt er von mir?"
„Es verlangt, dass du die Wahrheit über dich selbst erkennst", sagte der Wächter. „Du wirst sehen, wer du wirklich bist. Deine wahre Essenz. Und du wirst entscheiden, ob du bereit bist, diesen Teil von dir anzunehmen."
„Und was, wenn ich es nicht will?" fragte Maria, plötzlich unsicher.

Der Wächter lächelte, ein Lächeln, das nichts Menschliches an sich hatte. „Es gibt keine Wahl, Maria. Du bist bereits auf diesem Weg. Und du wirst weitergehen. Es ist nicht der Weg des Wissens, den du fürchtest, sondern der Weg der Wahrheit. Und dieser Weg kann schmerzhafter sein als jedes Buch, das du jemals gelesen hast."

„Die Wahrheit..." Maria flüsterte. Sie hatte das Gefühl, als ob der Wächter mehr wusste, als er ihr sagte, aber sie konnte nicht anders, als sich diesem Wissen zu stellen.
„Folge mir", sagte der Wächter und drehte sich um. „Es gibt noch viel zu entdecken."
Maria zögerte keinen Moment. Sie wusste, dass sie keine Wahl hatte, aber auch, dass sie sich dieser Herausforderung stellen musste.

Sie musste verstehen, was hier wirklich geschah, und warum sie und Adelaide ein Teil dieser Geschichte waren.

Mit jedem Schritt, den sie tat, verschwanden die flimmernden Lichter um sie herum. Der Tunnel, in dem sie sich befanden, zog sich zusammen, bis sie das Gefühl hatte, in einem Raum zu stehen, der nicht von dieser Welt war. Es war eine weite, leere Fläche, die sich in alle Richtungen ausdehnte, ohne Anfang und Ende. Der Boden war aus glänzendem ockerfarbenem Stein, und in der Ferne sah Maria eine goldene Pforte, die den Raum durchbrach.

„Das ist der Raum, der alle Geheimnisse enthält", sagte der Wächter, als er vor der Pforte stehen blieb. „Die Pforte, die den Zugang zu den verlorenen Geschichten und vergessenen Wahrheiten bietet."

Maria trat vor und betrachtete die Tür. Sie war alt, aber die Zeichen darauf waren frisch, fast lebendig. Es war, als würde die Tür selbst atmen. Und hinter ihr? Ein Raum, von dem sie sich nicht einmal vorzustellen wagte, was er enthalten könnte.

„Was erwartet uns dahinter?" fragte sie.

Der Wächter sah sie mit einer Mischung aus Mangel an Bedauern und tiefer Einsicht an. „Die wahre Geschichte. Deine Geschichte. Und die Antwort auf deine Frage: Warum bist du hier?"

Der Raum um sie herum schien sich zu dehnen, als ob sich alles in diesem Moment um sie sammelte, als ob sie am Rande von etwas standen, das mehr war als sie sich jemals hätten vorstellen können.

Und dann, als sie die Hand auf die goldene Pforte legte, wusste sie: Der wahre Beginn hatte gerade erst begonnen.

Maria atmete tief ein, als ihre Hand die goldene Pforte berührte.

Ein Strom aus Energie durchzuckte sie, der sich wie ein Kribbeln in ihrem ganzen Körper ausbreitete. Die Tür schien zu reagieren, als hätte sie auf ihre Berührung gewartet, und mit einem leisen, fast unhörbaren Zischen öffnete sie sich langsam. Ein dunkles, aber zugleich faszinierendes Licht strömte durch den Spalt, als ob der Raum dahinter ein eigenes Leben hatte lebendig, pulsierend.

Der Wächter trat einen Schritt zurück und beobachtete sie mit seinen tiefen, schwarzen Augen. „Du hast den ersten Schritt getan", sagte er, seine Stimme wieder tief und gleichzeitig voll von Bedeutung. „Aber der wahre Test beginnt jetzt. Was du hinter dieser Tür findest, wird deine Vorstellungskraft herausfordern. Bist du bereit, Maria?"

Maria zögerte nicht. Sie wusste, dass der Moment gekommen war, sich der Wahrheit zu stellen, ganz gleich, wie entsetzlich oder erlösend sie auch sein mochte. Sie trat vor und durchschritt den Spalt in der goldenen Pforte.
Was sie jenseits der Tür sah, ließ ihren Atem stocken.
Der Raum war riesig, seine Dimensionen schienen keine Grenzen zu haben. Es war kein gewöhnlicher Raum es war vielmehr ein Spiegel der Vergangenheit, der Gegenwart und der Zukunft zugleich. Vor ihr erstreckte sich eine unendliche Ebene aus Licht, Schatten und flimmernden Bildern, Alles war miteinander verwoben, die Zeiten verschmolzen zu einer einzigen, sich ständig verändernden Landschaft.

„Willkommen in der Bibliothek der verlorenen Geschichten", hörte sie die Stimme des Wächters in ihrem Kopf, noch bevor sie ihn wieder sehen konnte.

„Dieser Ort birgt mehr, als du dir je hättest vorstellen können. Hier sind alle Erzählungen gespeichert, die jemals geschrieben wurden und diejenigen, die nie das Licht der Welt erblickt haben. Und du, Maria, bist dazu bestimmt, diese Geschichten zu lesen."

Maria blickte sich um. Überall, wo sie hinsah, schwebten Bücher in der Luft. Sie waren nicht wie die Bücher, die sie in der realen Welt kannte. Diese hier waren lebendig sie flimmerten, als ob sie in einem endlosen, rätselhaften Tanz miteinander verbanden. Die Seiten blätterten von selbst, und aus den offenen Seiten flossen Töne, die sich zu unsichtbaren Melodien verbanden.
„Das sind die Geschichten", flüsterte Maria, als sie sich langsam umdrehte. Ihre Stimme war ungläubig, als sie versuchte, das Unvorstellbare zu begreifen. „Die verlorenen Geschichten..."

„Ja, antwortete der Wächter, der nun hinter ihr stand. Jede dieser Geschichten trägt einen Teil von etwas, das verloren oder nie erzählt wurde. Ein Fragment der Wahrheit, das durch Zeit und Raum gesponnen wurde."
„Und was hat das mit mir zu tun?", fragte Maria, ihre Stimme eine Mischung aus Neugier und Besorgnis.

Der Wächter trat näher. „Du bist mehr als nur ein Leser, Maria. Du bist eine von wenigen, die in der Lage sind, das Wissen dieser Geschichten zu verstehen. Du hast das Tor zu etwas geöffnet, das für die meisten unerreichbar bleibt. Aber dieser Zugang ist nicht ohne Konsequenzen. Jedes Wissen, das du erlangst, verändert dich und die Welt, in der du lebst."
„Verändert mich?", wiederholte sie, unbehaglich. „Wie?"

„Du wirst beginnen, die Wahrheit über deine eigene Existenz zu sehen", sagte der Wächter. „Die Geschichten hier sind nicht nur Erzählungen. Sie sind Erinnerungen. Erinnerungen an Dinge, die noch nicht passiert sind, an Ereignisse, die nie hätten stattfinden sollen, an Entscheidungen, die nie getroffen wurden. Und sie alle haben ihren Ursprung in dir."

Maria starrte ihn an. „In mir? Aber ich... ich bin doch nur eine von vielen. Was bedeutet das?"

„Es gibt mehr von dir, als du je begreifen kannst", antwortete der Wächter.

„Du bist Teil der größten Geschichte, die je erzählt wurde und du wirst mehr darüber erfahren, als du dir jemals gewünscht hättest. Die Fragen, die du dir stellst, sind nur ein Bruchteil dessen, was auf dich zukommt."

Maria fühlte ein Zittern in sich aufsteigen. „Was soll ich tun?"

Der Wächter sah sie mit einer Mischung aus Mitleid und Ernst an. „Du musst dich entscheiden, Maria. Du hast das Wissen in deinen Händen, aber du musst wissen, dass nicht jede Antwort, die du erhältst, ein Geschenk ist. Manche Antworten können dich in die Dunkelheit führen. Und wenn du den Pfad weitergehst, gibt es kein Zurück."

„Aber was ist die Wahl?", fragte sie. „Was ist die andere Möglichkeit?"

„Du kannst alles vergessen", sagte der Wächter leise. „Du kannst den Raum verlassen und nie wieder an diese Türen klopfen. Du wirst dann ein Leben führen, wie es viele tun unbewusst und in Frieden, ohne die Last des Wissens. Doch der Preis dafür ist hoch. Denn du wirst für immer ein Teil der Geschichten bleiben, ohne sie zu verstehen."

Maria schloss die Augen, das Gewicht seiner Worte drang in ihre Brust. Die Gedanken rasten, während sie versuchte, alles zu begreifen, was sie in diesem Moment hörte. Was hatte sie hier wirklich gesucht? Wissen? Macht? Oder war sie einfach auf der Suche nach einer Antwort, die sie in ihrer Welt niemals finden konnte?

„Ich möchte wissen", sagte sie schließlich, ihre Stimme fest. „Ich möchte die Wahrheit verstehen. Ganz gleich, was sie mit mir macht."

Der Wächter nickte und trat einen Schritt zurück. „So sei es. Du bist bereit, weiterzugehen."

„Was passiert jetzt?" fragte Maria.

„Nun" sagte der Wächter mit einem düsteren Lächeln, „jetzt beginnt der wahre Test. Es gibt viele Türen hier, und jede Tür verbirgt eine andere Wahrheit. Du musst entscheiden, welche du öffnen willst."

Vor ihr tauchten plötzlich viele Türen auf jede mit einer anderen Farbe, mit unterschiedlichen Mustern und Symbolen. Jede Tür schien eine andere Zeit, ein anderes Geheimnis zu verbergen. Doch Maria wusste, dass nur eine davon sie näher zur Antwort bringen konnte, die sie suchte.

Sie atmete tief ein und trat entschlossen vor die erste Tür. „Jede Entscheidung, die du triffst, hat ihren Preis", rief der Wächter hinter ihr, aber Maria hörte nicht auf ihn. Sie wusste, dass es jetzt keine Rückkehr mehr gab.

Mit einem tiefen Gefühl der Bestimmung griff sie nach dem Griff der ersten Tür.

Mit einem leisen Quietschen öffnete sich die Tür unter Marias Hand. Als sie hindurchtrat, umfing sie eine Welle aus kühlem, dichtem Nebel, der den Raum vor ihr wie ein Schleier verhüllte.

Der Boden unter ihren Füßen fühlte sich weich an, als würde er sich der Bewegung nachgeben.
Der Raum war in Dunkelheit gehüllt, und nur schwache, geisterhafte Lichter tauchten die Umgebung in ein fahles Glühen.

Maria blinzelte, als sich ihre Augen an das Dunkel gewöhnten, und sie bemerkte die flimmernden Figuren, die sich im Nebel bewegten. Diese Gestalten waren nicht wie gewöhnliche Schatten. Sie schienen lebendig, doch gleichzeitig weit entfernt, als würden sie von einer anderen Welt stammen.

Kapitel 18 Die richtige Tür

„Willkommen", erklang eine leise, melodische Stimme, die aus der Dunkelheit zu kommen schien. „Du hast die Tür der verlorenen Erinnerungen geöffnet. Was du hier siehst, sind Fragmente von denen, die vor dir waren. Die verlorenen Seelen, deren Geschichten nie erzählt wurden."

Maria spürte, wie eine kalte Welle der Unruhe durch ihren Körper fuhr. Die Schatten, die sich um sie herumbewegten, waren wie Erinnerungen an verlorene Zeiten, die zu lange im Dunkeln verweilt hatten. Sie konnte hören, wie ihre Stimmen flüsternd aus der Dunkelheit hervordrangen, doch ihre Worte blieben unverständlich, wie ein undefinierbarer Strom aus Gefühlen und Bildern.
„Wer seid ihr?" fragte Maria, die Worte zitterten auf ihren Lippen. „Was wollt ihr von mir?"

„Wir sind die Stimmen der Geschichte", antwortete die Stimme erneut, doch dieses Mal war sie viel näher. „Wir sind die, die nie gehört wurden. Die, die vergessen sind. Die, deren Geschichten nie den Weg in die Welt fanden."
Eine der Figuren trat aus dem Nebel hervor, ein schimmerndes, geisterhaftes Wesen, das wie ein Mensch aussah, doch der Körper war nur schemenhaft, ein flimmerndes Bild aus Licht und Dunkelheit. „Du bist gekommen, um uns zu finden", sagte die Erscheinung mit einer Stimme, die gleichzeitig sanft und erschütternd war. „Aber nicht jeder ist dazu bereit. Nicht jeder kann die Wahrheit ertragen."

„Welche Wahrheit?" Maria fühlte, wie sich ein Schauer über ihren Rücken zog. „Was soll ich hier erfahren?"
Die Erscheinung lächelte traurig. „Du hast die erste Tür geöffnet, Maria. Und nun wirst du gezwungen sein, die Geschichten zu sehen, die niemals ihre Form angenommen haben. Die Geschichten derer, die sich selbst verloren haben die, die sich nicht erinnern können."

Plötzlich begannen die flimmernden Figuren sich zu verändern. Sie lösten sich auf und formten sich zu Bildern, die wie in einem Spiegel vor Maria auftauchten, Szenen aus einer anderen Zeit. Eine junge Frau, die in einem endlosen Raum von Bücherregalen stand, ihre Hände zittern vor Angst. Ein Mann, der vor einer verschlossenen Tür kniete und verzweifelt nach einem Schlüssel suchte. Ein Kind, das in einem Wald voller Schatten auf der Suche nach etwas zu sein schien, das ihm immer entglitt.

„Was sind das für Bilder?" fragte Maria, ihre Stimme kaum mehr als ein Flüstern.
„Das sind die Erinnerungen der Verlorenen", antwortete die Erscheinung. „Die, die vor dir gekommen sind, aber nicht weitermachten. Sie haben das Wissen gesucht, aber nie verstanden, was es für sie bedeutete."
Die Bilder begannen sich zu verzerren, die Umrisse der Gestalten verwischten und nahmen wieder andere Formen an, die Maria keine Ruhe ließen. Diese Seelen waren nicht nur gestorben, sie waren gefangen, eingefroren in der Zeit. Ihre Geschichten waren nicht zu Ende erzählt worden, und nun hingen sie in dieser Dunkelheit fest, als verlorene Fragmente, die nie den Raum der Welt betreten durften.

„Was ist mit ihnen passiert?" fragte Maria, ein Gefühl der Beklommenheit überkam sie. „Warum sind sie hier?"
„Sie sind gescheitert", erklärte die Erscheinung. „Sie haben den Preis des Wissens nicht getragen. Die Wahrheit hat sie zerbrochen. Sie wollten alles wissen, doch sie konnten den Schock nicht ertragen. Sie wussten nicht, dass man nicht alles wissen sollte."
„Und ich?" fragte Maria, ihre Augen suchten die Dunkelheit, als ob sie die Wahrheit in ihr selbst finden konnte. „Was wird mit mir passieren?"

Die Erscheinung trat einen Schritt näher und ihre Augen, die wie leere Sterne funkelten, blickten tief in Maria. „Du hast das Tor geöffnet. Du hast dir erlaubt, das Wissen zu sehen. Doch du bist noch nicht sicher. Du hast die Wahl, Maria. Du kannst weitersehen weiter durch die Geschichten reisen und das Wissen erlangen, dass du suchst. Doch der Preis, den du bezahlen wirst, wird dir immer deutlicher werden. Du musst dich entscheiden: Willst du wissen, was du zu wissen glaubst?"
Die Worte der Erscheinung waren wie ein leiser, unaufhörlicher Tropfen, der sich in Marias Geist festsetzte. Sie konnte fühlen, wie der Raum sich um sie veränderte, wie die Dunkelheit dichter wurde. Ihre Gedanken begannen, sich zu überschlagen. Was war der wahre Preis? Und wie weit würde sie gehen?
„Ich... ich will wissen", flüsterte Maria. „Ich will verstehen, warum ich hier bin. Warum ich dieses Wissen erlangen muss."

„Du wirst die Antwort finden", sagte die Erscheinung mit einer Stimme, die nun weich, fast zärtlich war.

„Aber sei gewarnt, Maria. Was du hier findest, wird nicht leicht zu tragen sein. Du wirst dich selbst erkennen und das ist der schwierigste Teil"

Plötzlich begann der Raum zu vibrieren. Die Bilder, die sich um sie herum formierten, begannen zu flimmern und zu brechen, als ob der Raum selbst in einem endlosen Strom von Energie versank. Der Nebel zog sich zusammen, und das Licht wurde intensiver, bis Maria in einem Wirbel aus grellen Farben und Schatten verloren ging. Die Stimmen der Verlorenen verschwanden, aber die Erinnerung an ihren Schmerz, an ihre Geschichten, blieb in Maria zurück.
Und dann war alles still.

Vor ihr tauchte eine neue Tür auf, die sich von der vorherigen unterschied. Sie war von schwarzem Marmor, mit seltsamen Symbolen verziert, die in goldenen Linien pulsieren. Sie fühlte, dass dies die letzte Schwelle war die. Tür, die sie zu dem endgültigen Wissen führen würde.
Mit zitternder Hand griff sie nach dem Griff. Und als sie die Tür öffnete, wusste sie, dass sie die Antwort finden würde.
Aber auch, dass sie sich niemals mehr in der Welt bewegen würde, die sie einst kannte.
Die Tür öffnete sich mit einem leisen, nahezu unhörbaren Klicken.

Der Raum dahinter war nicht nur dunkel, sondern schien mit einer drückenden Stille gefüllt zu sein, die beinahe greifbar war. Maria trat vorsichtig ein und fand sich in einem schier endlosen Raum wieder. Überall, wohin ihr Blick fiel, waren leere Bücherregale, die in der Dunkelheit verschwanden, als ob sie die Unendlichkeit selbst beherbergten. Doch der Raum war nicht nur leer er war lebendig. Etwas schwebte in der Luft, eine unbestimmte Präsenz, die in den Tiefen der Dunkelheit lauerte, als ob der Raum selbst ein gewaltiges, wachsendes Atemholen war.

Der Boden unter ihren Füßen war aus glänzendem schwarzem Stein, der die wenigen Lichtquellen, die im Raum verstreut waren, widerspiegelte. Maria konnte fast das Prickeln auf ihrer Haut spüren, als sie einen Schritt nach. dem anderen setzte, die Augen stets nach vorne gerichtet.

„Es gibt keine Rückkehr mehr", hörte sie die Stimme des Wächters in ihrem Kopf, doch seine Worte kamen nicht wie zuvor aus der Ferne. Sie fühlten sich jetzt an wie ein Flüstern, das direkt in ihrem Inneren widerhallte.

Sie schüttelte den Kopf und drückte die Unsicherheit, die in ihr aufstieg, beiseite. Diese Reise, dieser Raum, war das, was sie gesucht hatte, oder zumindest das, was sie sich immer erhofft hatte. Doch nun, da sie hier war, war es schwer, die endlosen Fragen abzustellen, die in ihrem Kopf zu einem unaufhörlichen Rauschen verschmolzen.
Plötzlich, ohne Vorwarnung, begann der Raum um sie herum zu vibrieren. Die Regale zu ihren Seiten bebten, und aus den dunkelsten Winkeln begannen Lichtpunkte aufzuleuchten. Sie kamen näher und versammelten sich in der Mitte des Raumes, wo sich langsam eine Figur manifestierte.

Sie war fast genauso schattenhaft wie der Wächter, doch diese Gestalt schien mehr Form anzunehmen, ein gewaltiges, bedrohliches Etwas, das sich in einer anderen Dimension gleichzeitig zu befinden schien.

„Du bist gekommen, Maria", sagte die Figur in einer tiefen, durchdringenden Stimme, die wie das Echo eines längst vergessenen Aufschrei klang. „Du hast die Wahrheit gesucht. Doch jetzt musst du sehen, was du hervorgelockt hast."

Maria trat zurück, aber ihre Beine blieben fest, als ob der Boden sie zurückhielt. „Wer... wer bist du?" fragte sie, obwohl sie die Antwort schon kannte. Die Präsenz vor ihr war das, was die Dunkelheit am meisten fürchtete das, was alle Geschichten zusammenhielt, aber niemals erzählt werden durfte.

„Ich bin der Hüter des Vergessens", sagte die Gestalt, deren Gesicht nun im flimmernden Licht der Sterne sichtbar wurde. Es war keine klare Gestalt, sondern eine schattenhafte Mischung aus Gesichtern, die sich in unaufhörlichem Wandel befanden, als wären sie die Essenz all der verlorenen Erinnerungen und unterdrückten Wahrheiten. „Ich bin der, der über all das wacht, was niemals ans Licht darf."
„Was willst du von mir?", fragte Maria, ihre Stimme war fest, aber in ihrem Inneren tobte ein Sturm aus Furcht und Verlangen. Sie wusste, dass sie sich mit dieser Entität auseinandersetzen musste, um weiterzukommen.

„Du hast das Tor geöffnet", antwortete der Hüter des Vergessens. „Du hast die Geschichten durch die Pforte gelassen. Du hast dem Wissen den Raum gegeben, sich zu entfalten, und jetzt wird das, was du beginnst, eine unausweichliche Wahrheit aufdecken. Aber du wirst es nicht mögen, Maria. Du wirst nicht der gleiche Mensch bleiben, nachdem du gesehen hast, was hier verborgen ist."

„Ich habe die Wahrheit gesucht", sagte Maria, ein Zittern in ihrer Stimme, doch ihre Entschlossenheit war stärker als je zuvor. „Und ich werde nicht vor ihr zurückschrecken."
„Sehr gut", flüsterte die Gestalt, als sich ihre Form verdichtete und ein scharfes, klares Bild annahm. Sie sah aus wie eine Mischung aus vielen verschiedenen Gesichtern - vertraute, aber gleichzeitig fremde Züge. „Du wirst sehen, was du zu lange nicht gesehen hast."

Mit einem langsamen Schritt streckte die Gestalt eine Hand aus, und im gleichen Moment veränderte sich der Raum um Maria herum. Der Boden unter ihr begann zu vibrieren, und die Bücherregale öffneten sich wie Flügel eines geflügelten Wesens. Aus den Regalen sprangen die Geschichten, die in der Dunkelheit geschlummert hatten, in die Luft. Die Seiten dieser Bücher wehten wie flimmernde Schatten, die die Luft durchbrachen und sich über den Raum verteilten.
Maria spürte, wie sich die Seiten der Bücher in ihrem Inneren manifestierten, als ob sie direkt in ihrem Geist abgebildet wurden. Bilder, Töne und Worte fluteten durch ihren Kopf, so schnell und in so vielen Dimensionen, dass sie den Eindruck hatte, in ein neues Universum eingetaucht zu sein. Sie sah Momente aus der Geschichte, die sie nie erlebt hatte, aber die sich gleichzeitig so real anfühlten, als wären sie Teil von ihr.

„Sieh und verstehe, Maria", hörte sie die Stimme des Hüters erneut. „Dies sind die Geschichten derer, die vor dir gekommen sind. Deine Geschichte ist eine von vielen. Aber um zu verstehen, warum du hier bist, musst du begreifen, dass du nicht die erste bist, die diesen Weg geht. Du bist Teil eines Musters, eines Kreises, der immer weiterwächst."

Die Bilder begannen sich zu ordnen und formten sich zu einer Szene, die Maria sofort erkannte: eine Welt, die sie kannte, aber anders war - ihre eigene, in einer anderen Zeit, einer anderen Realität. Sie sah sich selbst, ein anderes Selbst, dass eine Entscheidung traf, die sie niemals getroffen hatte, eine Entscheidung, die alles veränderte. Sie sah sich selbst, wie sie das Wissen suchte und sich in den Raum der Vergessenen begab, um die Wahrheit zu erfahren. Aber es war nicht nur sie. Es war auch die andere Maria. Ihre Freunde, ihre Familie,

„Was ist das?" fragte sie, ihre Stimme war kaum mehr als ein Flüstern, als sie die Bedeutung dieser Vision begriff.
„Es ist der Beginn deines wahren Wissens", sagte der Hüter.
„Du bist Teil eines Zyklus, der sich immer wiederholt. Aber du kannst ihn ändern. Du hast die Macht, deine Geschichte neu zu schreiben. Doch sei dir bewusst, dass jede Entscheidung, die du triffst, alles verändern wird."
Maria fühlte, wie ihre Beine schwankten, als der Raum um sie herum in einen Wirbel aus Licht und Dunkelheit zerbrach. Die Stimmen der Geschichten, die aus den Bücherregalen strömten, füllten ihren Geist.
Und sie wusste, dass sie am Wendepunkt ihrer Reise stand der Punkt, an dem die Wahrheit sie entweder befreien oder zerstören würde.
„Du bist bereit", sagte der Hüter

„Wähle weise, Maria. Die letzte Entscheidung liegt bei dir."
Maria fühlte den Druck in ihrem Inneren, die Entscheidung zu
treffen, die alles verändern konnte. Aber sie war nicht allein.
Adelaide stand an ihrer Seite, ihr Blick genauso fest wie der
ihre. Sie konnte die Unsicherheit in Adelaides Augen sehen,
aber auch die Entschlossenheit, die ihre Freundin ebenfalls
ergriff. Beide hatten einen langen Weg zurückgelegt, und
gemeinsam hatten sie unzählige Gefahren überstanden. Doch
jetzt, in diesem Moment, war der Kampf noch weit entfernt
von seinem Ende.
„Adelaide...", flüsterte Maria, ihre Stimme zitterte leicht. „Ich
weiß nicht, ob ich stark. genug bin, das zu ertragen. Was,
wenn das, was wir sehen, alles zerstört? Was, wenn es uns in
etwas verwandelt, das wir nicht mehr erkennen können?"

Adelaide legte eine Hand auf Marias Schulter, ihre Berührung
fest und beruhigend. „Du bist nicht allein", sagte sie leise. „Wir
stehen das gemeinsam durch. Egal, was kommt, ich werde
bei dir sein."
Maria nickte, ein Anflug von Trost in ihrem Herzen. Sie
wusste, dass Adelaide an ihrer Seite das Fundament war, auf
dem sie stand. Die Entscheidung war ihre, aber sie würde sie
nicht allein treffen müssen.

Die Visionen in ihrem Kopf wirbelten weiter, Bilder, die sich
überschlagen, Geschichten, die wie Scherben durch den
Raum flogen. Die Dunkelheit pulsierte, als ob die Geschichten
selbst lebendig wurden und sich zu etwas Größerem
vereinten. Der Hüter des Vergessens stand immer noch vor
ihnen, seine Augen oder das, was von ihnen übrig war -
blickten tief in ihre Seelen.
„Ihr steht nun am Ende und Anfang zugleich", sagte er mit
einer Stimme, die die Wände des Raumes widerhallen ließ.

„Diese Schwelle ist die Grenze, jenseits derer nichts mehr ist, wie es war. Die Frage ist nicht nur, was ihr lernen wollt, sondern auch, was ihr bereit seid, aufzugeben."
„Aufzugeben?" Maria konnte sich nicht zurückhalten. „Was meinst du damit? Was sollen wir aufgeben?"

Der Hüter zog eine lange, knochige Hand nach oben, und der Raum um sie herum flimmerte. Eine neue Vision nahm Gestalt an. Diese war nicht wie die vorherigen, die flimmernden Bilder von Erinnerungen und verlorenen Geschichten. Diesmal sahen sie eine strahlende Zukunft, die von Maria und Adelaide selbst erschaffen wurde. Sie sahen sich in einer Welt, die sich aus der Dunkelheit befreite, in einer Welt, in der die alten Geheimnisse nicht mehr verborgen waren.
Doch dann verzerrte sich das Bild und zeigte, was sie dafür opfern mussten: eine Welt, die in Flammen stand, die von den Schatten der Vergangenheit heimgesucht wurde, die nicht entkommen konnten.
„Was wir hier sehen", sagte der Hüter, „sind die Konsequenzen eurer Wahl. Ihr könnt das Wissen haben, die Wahrheit, die euch zu diesen Orten geführt hat. Doch diese Wahrheit wird eine Kettenreaktion auslösen. Eine Kette, die sowohl euch als auch jene, die euch nahestehen, in den Strudel zieht."
Adelaide zog Maria einen Schritt näher zu sich. „Wir haben keine Wahl, Maria. Wenn wir diese Wahrheit nicht annehmen, wird die Dunkelheit nie enden. Diese Welt, die wir gesehen haben, ist keine Vision der Zukunft, sondern eine der Gegenwart sie ist schon da, wir haben nur nicht bemerkt, wie tief die Schatten bereits in unsere Welt eingedrungen sind. Wir müssen uns entscheiden, ob wir die Wahrheit sehen und handeln oder uns weiterhin in einem dämmernden Traum verlieren."

Maria spürte, wie sich ihre Gedanken in einem schnellen Wirbel verstrickten. Sie wusste, was sie zu verlieren hatte Adelaide, die Menschen, die sie liebte, das Leben, das sie sich erkämpft hatten. Aber sie wusste auch, dass der Preis, den sie für das Wissen zahlen mussten, weit über das hinausging, was sie sich je hätte vorstellen können. Wenn sie sich dafür entschieden, die Wahrheit zu suchen, musste sie bereit sein, alle Konsequenzen zu tragen, die damit einhergingen. Und das bedeutete nicht nur, sich selbst zu erkennen, sondern auch, mit den Schatten ihrer eigenen Geschichte zu kämpfen.

„Aber ist es nicht besser, die Wahrheit zu wissen?" fragte sie, ihre Stimme fest, obwohl der Zweifel noch immer in ihr nagte. „Selbst wenn der Preis hoch ist... ist es nicht der einzige Weg, die Dunkelheit zu besiegen?"

Der Hüter des Vergessens lächelte schmerzlich, eine seltsame Melancholie in seinem Blick. „Das Wissen ist eine scharfe Waffe, Maria. Du wirst es nicht nur in dir tragen, sondern auch an dir selbst spüren. Du kannst die Dunkelheit besiegen, aber du wirst dabei nicht unversehrt bleiben. Jede Entscheidung, jede Wahrheit hat ihren Preis."

Adelaide trat einen Schritt vor, ihre Hand ergriff Marias Arm. „Wir sind hier, weil wir uns entschieden haben, den Weg zu gehen, der uns zeigt, wie tief diese Dunkelheit reicht. Und jetzt müssen wir entscheiden, was wir mit diesem Wissen anfangen. Werden wir es nutzen, um die Wahrheit zu befreien? Oder werden wir es weiter verbergen, um uns selbst zu schützen?"

Die Luft um sie begann zu flimmern, und der Raum schien sich zu dehnen, als würde er die Schwere ihrer Wahl in sich aufnehmen. Der Hüter trat zurück und ließ die Luft still werden. „Eure Wahl ist nicht ohne Konsequenzen. Was ihr hier entscheidet, wird nicht nur eure eigene Welt betreffen, sondern alle, die von der Dunkelheit berührt wurden."

Maria und Adelaide sahen sich an. Ihre Blicke trafen sich, und in diesem Moment wussten sie, dass sie diese Entscheidung gemeinsam treffen mussten. Sie hatten keine andere Wahl, als sich der Wahrheit zu stellen, egal, wie schmerzhaft sie auch sein mochte. Denn sie hatten sich nicht auf diese Reise begeben, um sich zu verstecken. Sie waren hier, um die Dunkelheit zu vertreiben und das bedeutete, sich selbst zu opfern, um das Licht zu erlangen.

„Wir sind bereit", sagte Maria leise, ihre Stimme voller Entschlossenheit. „Wir nehmen die Wahrheit an. Alles, was wir brauchen, ist der Mut, sie zu tragen."
Der Hüter des Vergessens nickte. „So sei es", sagte er, und ein tiefes, schwarzes Loch öffnete sich vor ihnen, als die Dunkelheit den Raum verschlang.

„Dann wird der wahre Weg beginnen."
Maria spürte, wie die Kälte der Dunkelheit an ihr zog, als das schwarze Loch sich vor ihnen auftat. Ein Sog ergriff sie, doch Adelaide griff fest nach ihrer Hand. Gemeinsam traten sie vorwärts, und in dem Moment, als sie das Dunkel berührten, wurden sie von einer unsichtbaren Kraft fortgerissen.

Die Welt um sie herum verzerrte sich. Geräusche wurden dumpf, Farben verschwanden, und für einen Moment glaubte Maria, in völliger Leere zu schweben

Doch dann ein Lichtstrahl. Erst schwach, dann stärker.

Sie fanden sich auf einer weiten Ebene wieder, unter einem Himmel, der zwischen Tag und Nacht zu schwanken schien. Vor ihnen stand eine Gestalt, in einem Mantel aus Schatten gehüllt. Ihre Augen funkelten silbern, als sie sprach.
„Ihr habt die Wahrheit gewählt, doch seid gewarnt: Wahrheit ist keine Erlösung. Wahrheit Ist eine Last."
Maria spürte, wie sich etwas in ihr regte ein Wissen, das tief in ihrem Inneren verborgen gewesen war. Bilder flackerten in ihrem Geist auf: eine Welt, die in Flammen stand, Wesen aus Schatten, die nach den Seelen der Menschen griffen, und inmitten all dessen sie selbst.

„Was bedeutet das?" fragte sie, ihre Stimme fester, als sie sich fühlte.
Die Gestalt trat näher, und als das Licht auf ihr Gesicht fiel, stockte Adelaide der Atem.
„Maria... sie sieht aus wie du."
Maria starrte in ihr eigenes Gesicht, nur dass die andere Version von ihr älter wirkte. Gezeichnet von Narben, mit Augen, in denen tiefe Traurigkeit lag.
„Ich bin du", sagte die andere Maria leise. „Die Version, die versagt hat."
Ein eisiger Schauer lief Maria über den Rücken.

„Dann bist du... aus der Zukunft?"
Die andere Maria nickte. „Ich bin aus einer Zukunft, in der du die falsche Wahl getroffen hast. Eine Zukunft, in der die Dunkelheit gesiegt hat."
Maria fühlte, wie ihr Herz raste. „Warum bist du hier?"

„Um dich zu warnen", sagte ihr anderes Ich. „Und um dir zu helfen, das Schicksal zu ändern."

Adelaide trat einen Schritt nach vorne. „Aber wie? Wenn das hier die Wahrheit ist... können. wir sie überhaupt ändern?"

Die andere Maria sah sie ernst an. „Das könnt nur ihr entscheiden."

Maria ballte die Fäuste. Sie wusste, dass dies der Moment war, auf den alles hinausgelaufen war. Die Dunkelheit konnte nicht einfach besiegt werden sie musste verstanden werden. „Dann zeig mir", sagte sie entschlossen. „Zeig mir, was ich wissen muss."

Die ältere Version von ihr nickte. Dann hob sie die Hand und die Welt brach auseinander.

Maria fühlte, wie die Realität um sie herum zersplitterte. Der Himmel zerbrach in tausend leuchtende Scherben, der Boden unter ihren Füßen löste sich auf. Ein Sog ergriff sie, und plötzlich wurde sie in eine neue Welt geworfen - oder vielleicht in eine Erinnerung.

Als sie sich umsah, erkannte sie den Ort sofort. Es war die Stadt, in der sie aufgewachsen war. Doch etwas stimmte nicht. Die Straßen waren leer, der Himmel unnatürlich düster, als würde eine unsichtbare Macht jedes Licht verschlingen. Dann hörte sie es ein leises Flüstern in der Luft, Stimmen, die nach ihr riefen.

Neben ihr erschien die ältere Version von ihr erneut.

„Das ist der Moment, an dem alles begann". sagte sie. „Die Nacht, in der du die Dunkelheit zum ersten Mal gespürt hast."

Maria runzelte die Stirn. Ihre Erinnerungen an diese Nacht waren vage, als wären sie in Nebel gehüllt. Sie erinnerte sich an einen Sturm, an flackernde Lichter und an eine Angst, die so tief ging, dass sie sie nie hinterfragt hatte.

„Warum kann ich mich nicht erinnern?" fragte sie.

„Weil du die Wahrheit verdrängt hast", antwortete ihr älteres Ich. „Aber jetzt musst du sie sehen."

Plötzlich tauchte ein Schatten am Ende der Straße auf. Maria spürte, wie ihr Herz schneller schlug. Sie erkannte die Gestalt eine dunkle, geisterhafte Erscheinung, die langsam auf sie zuschritt.

„Wer ist das?" fragte Adelaide leise.

Maria öffnete den Mund, um zu antworten, doch dann traf sie die Erkenntnis wie ein Schlag.

„Das bin ich."

Der Schatten kam näher, und Maria sah sich selbst oder eine dunklere Version von sich. Die Gestalt hatte ihre Züge, aber ihre Augen waren leer, ihre Bewegungen fremdartig. Eine verzerrte, gebrochene Version ihrer selbst

„Das ist die Dunkelheit, die in dir gewachsen ist", erklärte ihr älteres Ich. „Die Wahl, die du nie getroffen hast. Die Angst, die du nie überwunden hast."

Maria schluckte. Sie hatte gegen viele Gegner gekämpft, doch nie gegen sich selbst.

„Was muss ich tun?" fragte sie.

Die ältere Maria trat zurück. „Nur du kannst es wissen."

Die dunkle Maria hob die Hand und mit einem einzigen Blick wurde Maria in eine neue Erinnerung gezogen.

Sie war wieder ein Kind, saß in ihrem Zimmer und weinte. Draußen tobte ein Sturm, und eine fremde Stimme flüsterte in der Dunkelheit. Eine Stimme, die ihr etwas anbot, etwas das sie damals nicht verstand.

Jetzt aber wusste sie es.

Es war der Moment, in dem sie Angst über Mut gewählt hatte. Der Moment, in dem sie der Dunkelheit erlaubte, in ihr zu wachsen.

Maria atmete tief ein. Dieses Mal würde sie eine andere Wahl treffen. Dieses Mal würde sie nicht weglaufen.

Sie drehte sich zu der dunklen Version von sich selbst um und machte den ersten Schritt auf sie zu.

Maria spürte, wie ihre Beine schwer wurden, je näher sie ihrer dunklen Version kam. Die Luft um sie herum schien dicker zu werden, als würde die Dunkelheit versuchen, sie zurückzuhalten. Doch sie ließ sich nicht aufhalten.

Die dunkle Maria stand regungslos da, ihr Gesicht leer, ihre Augen schwarz wie ein bodenloser Abgrund. Doch je näher Maria ihr kam, desto deutlicher erkannte sie etwas in diesen Augen nicht nur Leere, sondern Schmerz.

„Ich kenne dich", sagte Maria leise.

Die dunkle Gestalt neigte leicht den Kopf, als hätte sie nicht erwartet, dass Maria mit ihr sprach.

„Ich habe dich so lange verdrängt", fuhr Maria fort. „Aber du bist ein Teil von mir. Meine Angst, meine Zweifel, meine Fehler."

Die dunkle Maria verzog das Gesicht, als würde sie kämpfen mit sich selbst, mit Maria, mit den Worten, die sie hörte.

„Du hast mich erschaffen", flüsterte die dunkle Gestalt. Ihre Stimme klang wie ein Echo, verzerrt, aber dennoch vertraut. „Du hast mich hiergelassen."

Maria schluckte. Sie verstand jetzt.

Jedes Mal, wenn sie ihre Ängste ignoriert hatte, wenn sie sich selbst eingeredet hatte, dass sie stark sein musste, ohne ihre Schwächen anzunehmen, hatte sie die Dunkelheit genährt.
„Es tut mir leid", sagte sie ehrlich.
Die dunkle Maria blinzelte. Zum ersten Mal schien sie nicht nur eine bloße Schattenversion. von Maria zu sein, sondern ein echtes Wesen mit eigenen Gefühlen.

„Es tut dir... leid?"
Maria nickte. „Ich habe dich weggesperrt, anstatt dich zu verstehen. Aber ich will dich nicht länger fürchten."
Die dunkle Maria zitterte. Risse bildeten sich auf ihrer Haut, aus denen nicht Dunkelheit, sondern Licht drang.

Adelaide, die die ganze Zeit schweigend zugesehen hatte, trat vorsichtig näher. „Maria... was passiert mit ihr?"
Maria wusste es nicht genau, aber sie spürte, dass sie sich nicht wehren durfte. Stattdessen hob sie langsam die Hand und legte sie auf die Schulter ihres dunklen Ichs.
Ein heller Blitz erstrahlte.

Maria spürte einen Sog, als wäre sie mitten in einen Strudel aus Erinnerungen gezogen. Plötzlich sah sie sich selbst in jedem Moment ihres Lebens, in dem sie Angst gehabt hatte, gezweifelt hatte, sich klein und machtlos gefühlt hatte. Doch anstatt diese Momente abzulehnen, nahm sie sie jetzt an.
Die Dunkelheit schrie auf und dann... war sie fort.
Maria öffnete die Augen. Sie stand wieder in der leeren Stadt, doch diesmal war der Himmel nicht mehr düster. Sanftes Licht durchbrach die Wolken, und warme Sonnenstrahlen fielen auf ihre Haut.

Ihr älteres Ich trat wieder neben sie. Doch sie sah nicht mehr gezeichnet und erschöpft aus. Ihre Augen wirkten klarer, ihre Haltung aufrechter.

„Du hast es verstanden", sagte sie mit einem sanften Lächeln. „Die Dunkelheit kann nicht zerstört werden. Sie kann nur angenommen werden."

Maria atmete tief durch. Sie fühlte sich... ganz.

Adelaide legte eine Hand auf ihre Schulter. „Und was jetzt?"

Maria drehte sich zu ihr um, ein Lächeln auf den Lippen.

„Jetzt retten wir die Welt."

Ein tiefer Windstoß fegte durch die Straßen der Stadt, als Maria diese Worte sprach. Zum ersten Mal seit Beginn ihrer Reise fühlte sie sich wirklich bereit. Die Dunkelheit in ihr war nicht verschwunden, aber sie war nicht länger ihr Feind. Sie war ein Teil von ihr und das bedeutete, dass sie sie kontrollieren konnte.

Adelaide sah sie mit neuem Respekt an. „Also, wo fangen wir an?"

Maria blickte in den Himmel, wo sich das Licht langsam durch die letzten Schatten kämpfte. „Wir müssen herausfinden, wo die Dunkelheit Ihren Ursprung hat. Sie breitet sich nicht einfach von selbst aus. Jemand oder etwas muss sie nähren."

Ihr älteres Ich trat neben sie. „Du hast recht. Die Dunkelheit existiert nicht ohne Grund sie wird geschaffen, genährt und gelenkt. Und ich weiß, wo ihr anfangen müsst."

Maria und Adelaide tauschten einen Blick. „Sag es uns", forderte Maria.

Die ältere Maria zeigte auf den Horizont, wo sich in der Ferne eine Silhouette abzeichnete -ein riesiger, zerklüfteter Turm, der wie eine klaffende Wunde im Licht stand.

„Das ist die Quelle", sagte sie leise. „Die Festung des Vergessens. Dort, wo alle Ängste, alle Zweifel und alle verlorenen Hoffnungen gesammelt werden. Dort, wo die Dunkelheit ihre Macht zieht."
Maria spürte ein Kribbeln im Nacken. „Und wer herrscht dort?"
Ihr älteres Ich seufzte schwer. „Der Hüter des Vergessens. Derjenige, der entschieden hat, dass manche Wahrheiten zu schmerzhaft sind, um sie zu tragen. Er hat die Menschen dazu gebracht, ihre Ängste zu verdrängen, anstatt sich ihnen zu stellen und genau das hat die Dunkelheit gestärkt."

Adelaide schnaubte. „Dann sollten wir diesem Hüter einen Besuch abstatten."
Maria nickte, doch in ihrem Inneren spürte sie eine leise Unruhe. Der Hüter des Vergessens....
Warum kam ihr dieser Name so bekannt vor?

Ohne eine Antwort darauf zu haben, richtete sie den Blick entschlossen auf den Turm. Sie hatten einen langen Weg vor sich, aber sie wussten nun, wohin sie gehen mussten.
„Dann lasst uns keine Zeit verlieren", sagte sie und machte den ersten Schritt.
Adelaide folgte ihr und mit ihr begann der wahre Kampf um das Schicksal der Welt.
Der Weg zur Festung des Vergessens war lang und voller Schatten. Je näher Maria und Adelaide der dunklen Silhouette am Horizont kamen, desto schwerer wurde die Luft.

Es war, als würde die Dunkelheit selbst gegen sie ankämpfen, versuchen, sie zum Umkehren zu zwingen. Doch Maria ließ sich nicht beirren.
Mit jedem Schritt fühlte sie, wie die Schatten in ihrem Inneren mitschwingen.

Doch anstatt sich davon einschüchtern zu lassen, nahm sie ihre eigene Dunkelheit an und genau das machte sie stärker.

Nach Stunden des Marsches erreichten sie das Tal vor der Festung. Ein gewaltiger Graben trennte sie von dem gigantischen Turm, der in den Himmel ragte. Brücken gab es keine, nur eine tiefe, endlose Schlucht.
Adelaide seufzte und stemmte die Hände in die Hüften. „Tja, das ist ein Problem."

Maria betrachtete die Schlucht nachdenklich. Dann fiel ihr Blick auf eine alte Statue am Rand des Abgrunds. Sie stellte eine Frau dar, die ihre Hände nach vorne streckte, als würde sie auf etwas Unsichtbares deuten.
Plötzlich flüsterte eine Stimme in ihrem Kopf:
„Der Weg über das Vergessen führt durch das Erinnern."
Maria erstarrte. Die Worte waren nicht einfach nur ein Echo aus der Dunkelheit sie kamen aus ihr selbst.

Sie legte eine Hand auf die Statue, und augenblicklich flammte Licht auf. Die Luft begann zu vibrieren, und langsam bildete sich ein schimmernder Pfad aus goldenem Staub über den Abgrund.
Adelaide trat einen Schritt zurück. „Okay... das ist neu."
Maria drehte sich zu ihr um. „Erinnerung ist der Schlüssel. Der Hüter des Vergessens will, dass wir alles verlieren, was uns antreibt. Aber wenn wir uns erinnern, wenn wir die Wahrheit akzeptieren, verlieren wir nicht wir gewinnen."

Adelaide nickte und trat vorsichtig auf den Pfad. Er hielt.
„Dann lass uns gehen", sagte sie mit einem leichten Lächeln.
Maria folgte ihr, und gemeinsam überquerten sie die Schlucht.

Doch kaum hatten sie die andere Seite erreicht, spürten sie eine Veränderung in der Luft. Die Festung war jetzt ganz nah, und ihre dunklen Mauern schienen lebendig zu pulsieren.

Plötzlich erklang eine tiefe, hallende Stimme. „Ihr habt euch also bis hierhergewagt."
Vor ihnen materialisierte sich eine Gestalt. Ein hoher Mantel aus schwarzen Federn, ein Gesicht verborgen hinter einer silbernen Maske. In seinen Händen hielt er einen langen Stab, an dessen Spitze ein dunkles, pulsierendes Licht schwebte.

Der Hüter des Vergessens.
Maria spürte, wie ihr Herz schneller schlug. Dieser Moment war unausweichlich gewesen.
„Wir sind hier, um die Dunkelheit zu beenden", sagte sie fest.
Der Hüter lachte leise. „Ihr versteht nicht... Dunkelheit kann nicht enden. Denn ohne Dunkelheit gibt es kein Licht."
Er hob die Hand und die Schatten um sie herum begannen, sich zu bewegen.
Der Kampf hatte begonnen.

Die Dunkelheit erhob sich um sie wie eine lebendige Flut. Schattenarme griffen nach Ihnen, die Luft wurde kälter, und die Welt schien sich zu verengen, als würde die Realität selbst unter der Macht des Hüters zerbrechen.
Maria spürte, wie ihre Knie schwer wurden, doch sie kämpfte gegen das Gefühl an. Sie hatte die Dunkelheit in sich akzeptiert das bedeutete, dass sie sich nicht mehr fürchten musste.
„Bleib bei mir", sagte sie zu Adelaide, während sie die Hände hob. Sie konnte spüren, wie die Dunkelheit versuchte, sie zu überwältigen, aber sie konnte sie lenken.

Der Hüter des Vergessens neigte leicht den Kopf, als würde er Maria beobachten, ein Hauch von Neugier in seiner Haltung. „Interessant" murmelte er. „Du fürchtest die Dunkelheit nicht mehr... doch das wird dich nicht retten."

Mit einer plötzlichen Bewegung schlug er seinen Stab auf den Boden, und augenblicklich raste eine Welle aus purer Finsternis auf sie zu.
Maria riss instinktiv die Arme hoch doch anstatt zurückzuweichen, öffnete sie sich der Dunkelheit. Sie ließ sie durch sich hindurchfließen, ohne Angst, ohne Widerstand.
Und dann geschah es.

Anstatt von der Dunkelheit verschlungen zu werden, wandelte sie sich. Die Schatten um Maria begannen zu leuchten, ihr Körper vibrierte vor Energie, als sie erkannte, was sie tun musste.
„Adelaide! Vertrau mir!" rief sie, bevor sie sich nach vorne stürzte.

Adelaide, die bisher mit ihrem eigenen Kampf gegen die Schatten beschäftigt war, nickte und folgte Maria.
Maria hob eine Hand, und zum ersten Mal in der Unmögliches: Die Dunkelheit gehorchte ihr.
Sie lenkte sie, formte sie und verwandelte sie in Licht.
Der Hüter des Vergessens trat einen Schritt zurück. „Nein... das kann nicht sein."
Maria ging weiter auf ihn zu, ihre Augen leuchteten jetzt mit einer Kraft, die sowohl Licht als auch Schatten vereinte.
„Dunkelheit und Licht sind keine Feinde", sagte sie ruhig. „Sie existieren zusammen. Und du hast all die Jahre versucht, das Gleichgewicht zu zerstören."

Die Schatten um den Hüter begannen zu zittern, sich aufzulösen. Seine Maske zeigte feine Risse.

„Du... verstehst es wirklich", murmelte er.

Maria blieb stehen, nur noch eine Armlänge von ihm entfernt.

„Lass es los", sagte sie sanft.

Der Hüter schien zu kämpfen mit sich selbst, mit der Wahrheit, die Maria ihm vor Augen führte. Dann... ließ er den Stab fallen.

Augenblicklich erlosch die Dunkelheit, und die Welt wurde still.

Maria atmete tief ein.

Der Kampf war vorbei. Doch die wahre Veränderung begann erst jetzt.

Kapitel 19 Wer die Dunkelheit fürchtet

Ein tiefer, hallender Atemzug entwich dem Hüter des Vergessens, als er den Stab fallen ließ. Das dunkle Licht an seiner Spitze erlosch, und mit ihm schien die ganze Festung zu erzittern. Die Schatten, die einst lebendig um sie herumtanzten, begannen sich aufzulösen, als würde ein unsichtbarer Nebel sie davontragen.

Maria betrachtete den Hüter aufmerksam. Seine Maske, die zuvor makellos und furchteinflößend gewesen war, hatte nun tiefe Risse, durch die fahles Licht drang.
„Was... passiert mit mir?" fragte er, seine Stimme schwach und brüchig.
Maria trat näher. „Du wirst frei."

Der Hüter zuckte zusammen, als hätte das Wort ihn verletzt. Doch dann, langsam, löste er seine zitternden Finger von der Maske. Stück für Stück fiel sie zu Boden, bis schließlich ein Gesicht zum Vorschein kam.
Maria keuchte leise.
Vor ihr stand kein fremdes Wesen. Kein Dämon, kein Monster.

Vor ihr stand ein Mann mit müden, dunklen Augen, Augen die ihr seltsam vertraut vorkamen.
Adelaide trat neben Maria und flüsterte: „Kennst du ihn?"
Maria wollte den Kopf schütteln, wollte sagen, dass sie ihn noch nie gesehen hatte - doch dann flammten Erinnerungen in ihr auf.

Ein altes Buch. Eine Geschichte, die sie als Kind. gehört hatte. Ein Name, der in den Schatten der Vergangenheit verloren gegangen war.

„Du bist... der Erste", sagte sie leise.

Der Mann nickte langsam. „Der erste, der die Dunkelheit zu fürchten begann. Der erste, der entschied, dass manche Erinnerungen zu schmerzhaft sind, um sie zu bewahren."

Maria schluckte. „Du hast all das Erschaffen? Die Dunkelheit? Das Vergessen?"

„Ich wollte die Welt beschützen", murmelte er. „Ich dachte, wenn ich die Menschen ihre schlimmsten Erinnerungen vergessen lasse, könnte ich sie retten. Aber stattdessen... habe ich sie schwach gemacht."

Adelaide atmete scharf ein. „Das bedeutet."

Maria nickte. „Die Dunkelheit kam nicht von irgendwoher. Sie kam von uns. Von unserer Angst vor Schmerz, vor Wahrheit, vor Erinnerungen, die uns verfolgen."

Der Hüter sah zu Boden. „Ich war ein Narr."

Maria betrachtete ihn lange, dann legte sie eine Hand auf seine Schulter. „Du hast Fehler gemacht. Große Fehler. Aber jetzt hast du die Chance, es anders zu machen."

Er hob den Blick, suchte in ihren Augen nach etwas Vergebung? Hoffnung?

Schließlich atmete er tief ein und sagte: „Wie?"

Maria lächelte sanft. „Indem du dich erinnerst."

Ein Zittern ging durch die Festung. Die Mauern, die aus vergessenen Ängsten und verlorenen Träumen bestanden hatten, begannen zu bröckeln. Licht brach durch die Ritzen, als würde die Welt selbst aufatmen.

Der Hüter trat einen Schritt zurück, hob die Hände und schloss die Augen.

Und dann... ließ er los.
Ein gewaltiger, goldener Lichtstrahl brach aus ihm hervor,
raste in den Himmel und breitete sich in alle Richtungen aus.
Maria und Adelaide mussten die Augen schließen, als eine
Welle aus purer Energie über sie hinwegfegte.

Als Maria ihre Augen wieder öffnete, war die Festung
verschwunden.
Sie standen auf einer weiten, offenen Ebene unter einem
klaren Himmel. Die Luft war warm, das Licht sanft und zum
ersten Mal seit langer Zeit fühlte sich die Welt... ganz an.
Adelaide blinzelte. „Haben wir... gewonnen?"
Maria sah in den Himmel, atmete tief durch. Sie spürte keine
Dunkelheit mehr. Keine drohende Gefahr.

Sie lächelte.
„Nein", sagte sie. „Wir haben geheilt."
Ein sanfter Wind wehte über die weite Ebene, und Maria
schloss für einen Moment die Augen. Alles fühlte sich so
anders an leichter, freier. Die Dunkelheit war nicht besiegt
worden, sondern erlöst.
Adelaide drehte sich langsam im Kreis und betrachtete die
neue Welt um sie herum. „Ist es wirklich vorbei?"

Maria nickte. „Die Dunkelheit, die aus Angst und Vergessen
entstanden ist, gibt es nicht mehr. Aber das bedeutet nicht,
dass es keine Herausforderungen mehr gibt. Wir werden
immer mit Licht und Schatten leben müssen. Doch jetzt
wissen wir, wie wir das Gleichgewicht bewahren können."
Adelaide grinste und stemmte die Hände in die Hüften. „Also
kein Weltuntergang mehr? Keine riesigen Schattenmonster,
die uns jagen?"
Maria lachte. „Zumindest nicht heute."

In diesem Moment bemerkte sie den Hüter des Vergessens- oder den Mann, der er einst war. Er stand ein Stück entfernt, blickte auf seine Hände, als würde er sich selbst zum ersten Mal wirklich sehen. Seine einst dunkle Robe war verschwunden, ersetzt durch schlichte, helle Gewänder. Maria trat neben ihn. „Und was wirst du jetzt tun?"

Er sah sie an, und in seinen Augen lag eine Ruhe, die vorher nicht da gewesen war. „Ich weiß es nicht. Zum ersten Mal seit Jahrhunderten bin ich nicht mehr an die Dunkelheit gebunden. Ich bin frei."
Maria nickte. „Dann hast du die gleiche Wahl wie alle anderen. Erinnern oder vergessen. Leben oder fliehen."
Er atmete tief ein. Dann hob er den Blick zum Himmel und sagte: „Ich denke... ich werde mich erinnern."

Ein warmes Gefühl breitete sich in Marias Brust aus.
Plötzlich begann der Himmel über ihnen sich zu verändern. Farben tanzten über die Wolken, als würde die Welt selbst neu geschrieben werden. Maria spürte, dass etwas zu Ende ging- und gleichzeitig etwas Neues begann.
Adelaide zog eine Augenbraue hoch. „Ähm was passiert da gerade?"
Maria schloss die Augen und lauschte.

Ein leises Summen vibrierte in der Luft. Ein Gefühl, als würde die Realität selbst auf sie reagieren.
Und dann verstand sie.
„Unsere Reise endet hier", sagte sie leise.
Adelaide riss die Augen auf. „Wie bitte? Und was passiert mit uns?"

Maria lächelte. „Wir haben getan, was wir tun mussten. Die Welt verändert sich. Und mit ihr.... wir auch."

Ein Licht begann um sie herum zu flimmern. Ein sanftes, beruhigendes Glühen, das sich langsam über ihre Körper legte.
Adelaide fluchte leise. „Ich hasse magische Übergänge..."
Maria lachte. „Dann wird das hier bestimmt. lustig."
Das Licht wurde heller und in einem einzigen, leuchtenden Moment wurden sie von der neuen Welt umarmt.

Ein Neubeginn. Ein Gleichgewicht. Und eine Zukunft, die sie selbst gestalten konnten.
Nun lächelte Adelaide auch. Sie sah Maria an und ihre Augen waren mit Tränen gefüllt.
„Maria ich muss nun gehen, es ist Zeit für mich".
Maria schaute sie mit großen Augen an. „Aber wo willst du denn hin, Adelaide? Du kannst doch jetzt nicht gehen, was ist mit Karl deinem Enkel, er vermisst dich so sehr. Und es ist sein recht die Wahrheit zu erfahren."

Adelaide schaute zu Boden und holte einen Briefumschlag aus ihrer Rocktasche.
„Hier, gib Karl bitte diesen Brief. Darin steht alles, was er wissen muss, um zu verstehen."
Traurig nahm Maria den Brief entgegen. „Gibt es denn wirklich keine Möglichkeit das du hierbleiben kannst, ich meine du hast doch so viel verpasst hier."
„Nein, ich muss zurück, ich gehöre nicht mehr in diese Welt. Mein Leben ist hier beendet. Aber dank dir habe ich nun die Erlösung gefunden und werde nun meinen Frieden finden, und auf die andere Seite gehen können".

Adelaide lächelte und ging einen Schritt auf Maria zu, sie nahm sie in den Arm und drückte sie feste an sich. „Du bist etwas Besonderes Maria, vergiss das nicht. Dank dir ist die Welt nun so wie sie jetzt ist. Irgendwann wirst auch du das Licht finden, und dann sehen wir uns wieder".

Maria nickte, und versuchte ihre Tränen zurückzuhalten. Sie löste sich aus der Umarmung und flüsterte noch ein letztes Wort. „Danke".

Dann war Adelaide plötzlich verschwunden, und Maria stand mitten im Wald auf einer Lichtung. Wie ein innerer Instinkt ging sie Richtung Osten.

Ala sie vor ihrer Haustür stand, blickte sie hinüber zu dem alten Haus in der Nachbarschaft, da wo alles begonnen hatte.

Das Haus sah nun nach einem gewöhnlichen unbewohnten Haus aus. Ganz harmlos, und in keiner Weise Bedrohlich. Nun ja, schon verrückt wie sich Dinge in so kurzer Zeit ändern können. Das Abenteuer beginnt meistens da wo man es am wenigsten erwartet.

Sie öffnete ihre Haustür und ging hinein. Die Tür schloss sich hinter Maria.

Kapitel 20 Ein neuer Abgrund

Maria trat in den Flur und schloss die Tür hinter sich.
Sie traute ihren Augen nicht. Mitten im Flur klaffte ein großes
Loch im Fußboden.
Und gab den Blick auf einen endlosen Tunnel frei.
Maria spürte, wie ihr Herz raste. Hatte sie nicht gerade erst
alles überstanden? Der Hüter der Erinnerung, des Wissens
und des Vergessens war besiegt, das Licht war zurückgekehrt
-doch nun öffnete sich vor ihr ein neuer Abgrund.

Vorsichtig trat sie näher. Der Tunnel, der sich dort auftat,
schien endlos in die Tiefe zu führen. Kalte Luft strömte aus
der Dunkelheit empor, ein leiser Hauch von etwas Uraltem,
fast Vergessenem. Ein Zittern lief ihr über den Rücken.
Plötzlich hörte sie ein Geräusch. Schritte nicht ihre eigenen.
Sie drehte sich ruckartig um, aber der Flur war leer. „Ist da
jemand?" Ihre Stimme hallte in der Stille. Keine Antwort.

Maria blickte erneut in den Tunnel. Sie wusste, dass sie nur
eine Wahl hatte: Sie musste hinabsteigen. Was auch immer
auf sie wartete, es war noch nicht vorbei. Sie seufzte, zündete
eine der alten Öllampen an, die an der Wand hingen, und
setzte vorsichtig einen Fuß auf die erste Stufe.
Der Abstieg begann.
Die Wände des Tunnels waren rau, feucht, bedeckt mit
uralten Schriftzeichen, die ihr unbekannt waren. Irgendwo in
der Ferne hörte sie Wasser tropfen. Mit jedem Schritt wurde
die Luft dichter, und ein leises Summen lag in ihr - als würde
etwas tief in der Erde schlummern und nur darauf warten,
geweckt zu werden.

Nach einer Weile öffnete sich der Tunnel zu einer riesigen Höhle. Maria hielt den Atem an. Vor ihr erstreckte sich eine verborgene Stadt, erleuchtet von schwebenden Kristallen, die ein sanftes, silbernes Licht ausstrahlten, Gebäude aus schwarzem Stein ragten in den Himmel, manche halb verfallen, andere mit merkwürdigen Mustern überzogen. Und dann sah sie ihn.

Inmitten der Stadt, auf einem erhöhten Platz, stand eine Gestalt in einem langen, dunkelvioletten Mantel. Sein Gesicht war von einer Kapuze verborgen, aber als er den Kopf hob, spürte Maria seinen Blick.
„Du bist also endlich hier", sagte er mit tiefer, ruhiger Stimme.

Maria schluckte. „Wer bist du?"
Er lächelte ein Lächeln, das sowohl wissend als auch herausfordernd war. „Ich bin der Wächter der Schwelle. Und du stehst an der Grenze zwischen dem, was du zu wissen glaubst, und dem, was du niemals erfahren solltest."

Maria spürte, wie sich eine unsichtbare Macht um sie legte nicht feindselig, aber auch nicht freundlich. Der Wächter der Schwelle musterte sie aufmerksam, als wolle er ihr Innerstes lesen.
„Du hast das Licht zurückgebracht", sagte er schließlich. „Doch du verstehst nicht, was du damit entfesselt hast."
Marias Hände ballten sich zu Fäusten. „Ich habe gegen die Dunkelheit gekämpft. Ich habe den Hüter des Vergessens besiegt. Was könnte jetzt noch kommen?"

Der Wächter trat einen Schritt näher. „Die Dunkelheit war nur ein Teil des Gleichgewichts. Das Licht allein reicht nicht aus, um die Welt zu retten. Im Gegenteil..." Er machte eine bedeutungsvolle Pause. „Es könnte sie zerstören".

Maria spürte, wie ihr Magen sich verkrampfte. Das konnte nicht sein. Hatte sie nicht alles gegeben, um das Licht zurückzubringen? Hatte sie nicht gelitten, gekämpft, geopfert? Und nun behauptete dieser Fremde, dass sie möglicherweise den Untergang der Welt eingeleitet hatte?

„Ich glaube dir nicht", sagte sie, aber ihre Stimme klang unsicher.

Der Wächter hob eine Hand, und plötzlich begann der Boden unter ihnen zu beben. Die schwebenden Kristalle flackerten, als wären sie an ein unsichtbares Herzschlagmuster gebunden.

„Sieh selbst", flüsterte er.

Vor ihren Augen erschien eine Vision. Sie sah Städte, die im gleißenden Licht verbrannten, Menschen, die verängstigt schrien, während die Welt um sie herum zerfiel. Und inmitten all dessen stand eine Gestalt sie selbst, umhüllt von purem Licht, doch in ihren Augen lag kein Leben mehr, nur endlose Leere.

Maria stolperte zurück. „Das... das ist eine Lüge!"

„Es ist eine Möglichkeit", sagte der Wächter ruhig. „Aber noch ist nichts entschieden. Es gibt einen Weg, das Gleichgewicht wiederherzustellen. Doch er wird dich tiefer führen, als du jemals gegangen bist."

Maria atmete tief durch. Angst nagte an ihr, aber sie hatte keine Wahl. Sie musste wissen, was die Wahrheit war.

„Dann zeig mir den Weg."

Der Wächter nickte und drehte sich um. Vor ihnen öffnete sich ein neuer Pfad, der tiefer in die unterirdische Stadt führte. Das lange Abenteuer hatte begonnen.

Maria folgte dem Wächter der Schwelle durch die uralte Stadt. Ihre Schritte hallten auf dem steinernen Boden wider, während die schwebenden Kristalle über ihnen ein silbernes. Licht auf die fremdartigen Symbole an den Wänden warfen. Je weiter sie gingen, desto stärker spürte sie eine unsichtbare Präsenz -als würde die Stadt selbst sie beobachten. „Was ist das für ein Ort?" fragte sie schließlich.

Der Wächter blieb kurz stehen, legte eine Hand auf eine der alten Mauern und schloss die Augen. „Dies ist Ithrador die Stadt der Verlorenen. Sie existierte einst über der Erde, doch sie fiel, als das Gleichgewicht zwischen Licht und Dunkelheit zerbrach."
Maria runzelte die Stirn. „Aber warum? Was ist damals geschehen?"

Der Wächter drehte sich langsam zu ihr um. „Die Menschen... sie wollten nur das Licht. Sie dachten, sie könnten die Dunkelheit für immer verbannen. Doch ohne Dunkelheit gibt es kein Gleichgewicht, keine Schatten, keine Ruhe. Das Licht wurde zu einer brennenden Flamme, die alles verzehrte. Also wurde die Stadt hinabgestoßen, in die Tiefen der Erde, um das Gleichgewicht zu bewahren."

Maria spürte einen kalten Schauer. Hatte sie dasselbe getan, als sie das Licht zurückbrachte?
Sie gingen weiter, bis sie zu einer gewaltigen Tür kamen. Sie war aus schwarzem Metall gefertigt, in das sich feine goldene Linien wie ein lebendiges Netz schlängelten.

Im Zentrum prangte ein kreisförmiges Symbol ein Auge, das sie anzustarren schien.

„Hier beginnt deine wahre Prüfung", sagte der Wächter.

Maria schluckte. „Was erwartet mich dahinter?"

„Die Wahrheit."

Ohne eine weitere Erklärung legte der Wächter eine Hand auf das Symbol. Ein tiefer Ton vibrierte durch die Luft, und die Tür begann sich langsam zu öffnen. Dahinter lag eine Kammer, in deren Mitte ein riesiger, schimmernder Spiegel stand. Doch es war kein gewöhnlicher Spiegel. Sein Glas war schwarz wie die Nacht, und in seinem Inneren bewegten sich Schatten, die sich zu Bildern formten, als würden sie aus einer anderen Welt stammen.

Maria trat vorsichtig näher. Als sie in den Spiegel blickte, hielt sie den Atem an.

Sie sah sich selbst aber nicht so, wie sie war. Die Spiegel-Maria hatte Augen, die wie Sterne brannten, ihre Haut leuchtete wie flüssiges Gold. Um sie herum knieten Menschen, beteten sie an, während die Welt um sie herum in Flammen stand. Sie war keine Retterin. Sie war eine Göttin. Und sie zerstörte alles.

Maria stolperte zurück. „Nein... das kann nicht sein."

„Es ist eine Möglichkeit", sagte der Wächter erneut. „Aber nicht das, was sein muss. Die Zukunft ist noch nicht entschieden."

Maria ballte die Fäuste. Sie durfte nicht zulassen, dass diese Vision Wirklichkeit wurde. Aber wie konnte sie es verhindern?

„Was muss ich tun?" fragte sie mit fester Stimme.

Der Wächter zeigte auf den Spiegel. „Tritt hindurch. Finde die andere Seite des Lichts."

Maria atmete tief durch. Dann machte sie einen Schritt nach vorne und die Welt um sie herum zersplitterte.

Ein kalter Schauer lief Maria über den Rücken, als sie durch die Oberfläche des Spiegels trat. Für einen Moment fühlte es sich an, als würde sie in eisiges Wasser eintauchen, ihr Körper schwebte schwerelos in einer endlosen Dunkelheit. Dann, plötzlich, wurde sie nach vorne gerissen.

Sie fiel

Wind rauschte in ihren Ohren, Schatten wirbelten um sie herum, formten Gesichter, flüsterten Worte, die sie nicht verstand. Gerade als Panik in ihr aufstieg, durchbrach sie eine unsichtbare Barriere und landete hart auf festem Boden. Keuchend setzte sie sich auf. Sie war nicht mehr in der Kammer mit dem Spiegel. Stattdessen befand sie sich auf einer weiten, endlosen Ebene aus schwarzem Stein. Über ihr spannte sich ein Himmel ohne Sterne, erfüllt von einem tiefen, pulsierenden Rot.

„Wo... bin ich?" flüsterte sie.

„Am Rand der Wahrheit."

Maria fuhr herum. Eine Gestalt stand einige Schritte entfernt. Es war... sie selbst. Oder zumindest eine Version von ihr. Diese andere Maria trug dieselbe Kleidung, doch ihre Augen glühten golden, und ihre Bewegungen waren fast übernatürlich geschmeidig.

„Was bist du?" fragte Maria misstrauisch.

Die andere Maria lächelte ein Lächeln, das zugleich vertraut und fremd war. „Ich bin die Antwort auf deine Fragen. Ich bin das, was du sein könntest. Was du vielleicht schon bist."

Maria wich einen Schritt zurück. „Nein. Ich bin nicht wie du. Ich würde nie,"

„Zerstören? Herrschen?" Die andere Maria legte den Kopf schief. „Und doch hast du das Licht zurückgebracht, ohne zu wissen, welche Folgen zurückgebracht, ohne zu wissen, welche Folgen es hat. Du glaubst, du kämpfst für das Gute. Aber ist es wirklich so einfach?"

Maria presste die Lippen zusammen. „Wenn du wirklich ich bist, dann sag mir, wie ich das verhindern kann. Wie halte ich das Gleichgewicht?"

Die andere Maria trat näher. „Das ist die falsche Frage. Das Gleichgewicht ist keine Waage, die du einfach ins Lot bringst. Es ist ein ewiger Tanz zwischen Kräften, die niemals wirklich ruhen. Du kannst nicht einfach Dunkelheit und Licht trennen, Maria."

„Was soll ich dann tun?"

Die andere Maria streckte eine Hand aus. „Nimm an, was du bist. Akzeptiere beide Seiten das Licht und die Dunkelheit. Nur dann kannst du wirklich frei sein."

Maria zögerte. Die Worte klangen wahr, aber sie fühlte auch die Gefahr darin. War das die Lösung? Oder der Anfang ihres Untergangs?

Dann spürte sie es ein Beben unter ihren Füßen. Die Welt begann zu zerbrechen.

„Die Entscheidung fällt jetzt, Maria" rief ihre andere Version. Maria ballte die Fäuste. Sie musste wählen. Und sie wusste, dass es kein Zurück mehr gab.

Maria spürte, wie ihr Herz raste. Die Welt um sie herum splitterte, der schwarze Steinboden riss auf, und aus den Spalten drang ein glühendes Licht hervor nicht warm und sanft wie das, das sie einst gerettet hatte, sondern wild, chaotisch, unkontrollierbar,

Die andere Maria stand ruhig da, als ob sie wusste, dass dies geschehen würde. „Es liegt an dir, Maria. Willst du das Gleichgewicht oder die Kontrolle? Willst du das Licht bewahren oder es endlich verstehen?"

Maria zögerte. Sie hatte immer geglaubt, für das Gute zu kämpfen. Doch jetzt sah sie, dass sie nie die ganze Wahrheit kannte. War Licht wirklich immer gut? War Dunkelheit immer böse?
Das Beben wurde stärker. Schatten und Licht wirbelten um sie herum, verschmolzen, trennten sich wieder, als ob sie um die Vorherrschaft kämpften. Maria konnte spüren, dass dies der Moment war, in dem sich ihr Schicksal entschied.

Dann erinnerte sie sich an alles, was sie durchgemacht hatte. An den Hüter der Erinnerung, des Wissens und des Vergessens. An den Schmerz, den sie erlebt hatte, die Opfer, die sie gebracht hatte. An all die Menschen, die auf sie hofften.
Sie konnte nicht zulassen, dass ihre Reise umsonst war.

Mit einem tiefen Atemzug trat Maria auf ihre andere Version zu nicht mit Angst, nicht mit Wut, sondern mit Entschlossenheit.
„Ich werde nicht wählen", sagte sie.
Die andere Maria blinzelte. „Was?"

„Ich werde nicht das Licht wählen, nicht die Dunkelheit. Ich werde sie beide akzeptieren. Denn nur, wenn sie gemeinsam existieren, kann es ein wahres Gleichgewicht geben."
Ein Lächeln huschte über das Gesicht ihres Gegenübers.
„Dann hast du es endlich verstanden."

Plötzlich hörte das Beben auf. Die Risse im Boden schlossen sich, und das chaotische Licht beruhigte sich. Maria spürte, wie sich eine unbeschreibliche Kraft in ihr ausbreitete – nicht nur das Licht, das sie gerettet hatte, sondern auch die Dunkelheit, die sie immer gefürchtet hatte. Sie gehörten zusammen, und sie waren nun Teil von ihr.

Die andere Maria begann zu verblassen, ihr goldenes Leuchten wurde schwächer. „Du bist bereit. Aber dein Weg ist noch nicht zu Ende."

Maria nickte. Sie wusste es. Dies war ein Anfang.

Ein plötzlicher Sog zog sie nach hinten, und ehe sie sich versah, wurde sie aus dieser fremden Welt gerissen.

Als sie blinzelnd die Augen öffnete, stand sie wieder in der unterirdischen Kammer, direkt vor dem Spiegel. Der Wächter der Schwelle sah sie an, seine Augen voller Anerkennung. „Du hast überlebt."

Maria atmete tief durch. „Ja. Und jetzt weiß ich, was zu tun ist."

Der wahre Kampf hatte gerade erst begonnen.

Maria stand noch immer vor dem dunklen Spiegel, ihr Atem ging schwer. Die Erfahrung, die sie gerade gemacht hatte, fühlte sich nicht wie ein einfacher Traum an. Es war real gewesen so real wie der Boden unter ihren. Füßen.

Der Wächter der Schwelle beobachtete sie mit einem undeutbaren Ausdruck. „Du hast einen wichtigen Schritt getan. Aber du hast die Prüfung noch nicht bestanden."

Maria hob den Blick. „Was kommt als Nächstes?"

Er deutete auf die Tür hinter ihr, die nun offenstand. Dahinter führte ein langer Korridor in die Dunkelheit. „Du hast das Gleichgewicht in dir erkannt. Doch jetzt musst du es in der Welt wiederherstellen."
Ein Frösteln überlief Maria. „Und wie soll ich das tun?"
Der Wächter trat näher. „Das Licht, das du zurückgebracht hast, ist nicht so rein, wie du dachtest. Es brennt zu hell, es verdrängt die Schatten, die es braucht, um in Harmonie zu existieren. Wenn du nicht handelst, wird es alles verschlingen"

Maria schluckte. „Aber wie kann ich es aufhalten?"
„Es gibt einen Ort, an dem das wahre Gleichgewicht ruht, den Kern von Ithrador. Doch er wurde versiegelt, seit die Stadt fiel. Nur du kannst ihn wieder öffnen."
Maria spürte, wie sich eine neue Entschlossenheit in ihr regte. „Dann werde ich es tun."

Sie trat durch die Tür und betrat den Korridor. Die Luft war schwer, und die Dunkelheit schien fast lebendig. Ihre Schritte hallten in der Stille, und mit jedem Meter, den sie voranschritt, hatte sie das Gefühl, dass etwas oder jemand sie beobachtete.
Nach einer Weile kam sie an eine Weggabelung. Zwei Wege führten in entgegengesetzte Richtungen, und an den Wänden waren alte Inschriften zu sehen. Sie strich mit den Fingern darüber, spürte das raue Gestein unter ihrer Haut.

„Der linke Pfad führt zum Licht, der rechte zur Dunkelheit. Doch das Gleichgewicht liegt nicht in einer Richtung allein."
Maria zögerte. Sollte sie sich für eine Seite entscheiden? Oder gab es einen anderen Weg?

Sie betrachtete den Boden. Zwischen den beiden Wegen gab es eine schmale Spalte, die kaum auffiel, als wäre sie verborgen.

Ein Test

Ohne weiter nachzudenken, kniete sie sich hin und tastete die Spalte entlang. Plötzlich fühlte sie eine kleine Vertiefung, wie ein Hebel. Sie drückte ihn vorsichtig und mit einem leisen Rumpeln öffnete sich eine dritte Passage direkt vor ihr.

Ein versteckter Weg.

Maria stand auf und trat ein.

Die Luft war hier kühler, und leise, kaum hörbare Stimmen flüsterten in der Dunkelheit. Schatten tanzten an den Wänden, während das Licht von Kristallen sanft pulsierte. Plötzlich hörte sie Schritte hinter sich. Sie fuhr herum, doch niemand war da.

„Wer ist da?" rief sie.

Stille.

Dann, ganz leise, ein Wispern.

„Du suchst das Gleichgewicht... doch bist du bereit, es zu tragen?"

Maria spürte, wie sich ihr Herzschlag beschleunigte. „Zeig dich!"

Vor ihr materialisierte sich langsam eine Gestalt aus purem Schatten. Kein Gesicht, keine klaren Umrisse nur eine vage humanoide Form, umgeben von flackernder Dunkelheit.

„Du hast das Licht befreit", sprach die Gestalt mit einer Stimme, die wie der Nachhall vieler Stimmen klang. „Nun musst du entscheiden, was du damit tust."

Maria ballte die Fäuste. „Ich werde das Gleichgewicht wiederherstellen."

Die Schattenfigur neigte den Kopf. „Dann komm. Dein wahrer Test beginnt jetzt."
Ohne eine weitere Warnung stürzte sie sich auf Maria.
Maria wich aus, ihr Herz schlug wild. Sie wusste nicht, ob sie kämpfen oder fliehen sollte. Doch tief in ihrem Inneren wusste sie, dass es nur einen Weg gab, dies zu beenden.
Sie musste sich der Dunkelheit stellen.

Also blieb sie stehen. Sie schloss die Augen und ließ zu, dass die Schatten sie berührten. Kälte kroch durch ihre Adern, eine fremde Präsenz glitt in ihre Gedanken - aber sie kämpfte nicht dagegen an.
Stattdessen akzeptierte sie es.
Und in diesem Moment geschah etwas Erstaunliches.

Die Schatten verschmolzen mit dem Licht in ihr, wurden eins, und plötzlich konnte sie klarer sehen als je zuvor. Der Raum um sie herum war nicht nur Dunkelheit er war voller versteckter Pfade, verborgener Türen, Geheimnisse, die nur sichtbar wurden, wenn man beide Seiten kannte.

Die Schattenfigur trat zurück, und zum ersten Mal hatte Maria das Gefühl, dass sie lächelte.
„Du bist bereit."
Vor ihr öffnete sich ein neuer Weg und Maria wusste, dass sie ihn gehen musste.
Maria atmete tief durch. Etwas in ihr hatte sich verändert. Die Angst vor der Dunkelheit war verschwunden nicht, weil sie sie besiegt hatte, sondern weil sie sie verstanden hatte. Licht und Dunkelheit waren keine Feinde. Sie waren Teil derselben Wahrheit.
Mit entschlossenen Schritten folgte sie dem neuen Pfad.

Die Wände um sie herum begannen sich zu verändern das rohe Gestein wich glatten, polierten Oberflächen, auf denen uralte Symbole in schwachem Gold schimmerten. Es fühlte sich an, als würde sie tiefer in das Herz von Ithrador vordringen, in einen Ort, den seit Jahrhunderten niemand betreten hatte.

Nach einer Weile erreichte sie eine große steinerne Brücke, die sich über eine bodenlose Schlucht spannte. Auf der anderen Seite stand ein Tor riesig, verziert mit silbernen Mustern, die in einem pulsierenden Rhythmus leuchteten. Maria wollte gerade einen Schritt auf die Brücke setzen, als eine Stimme erklang:
„Nur jene, die das Gleichgewicht tragen, dürfen passieren."

Sie hielt inne. Die Stimme kam von nirgendwo und doch war sie überall. Tief, alt, fast ehrfürchtig.
„Ich trage das Gleichgewicht", antwortete Maria mit fester Stimme.
„Beweise es."
Plötzlich begann die Brücke zu zerfallen. Steine lösten sich auf, wurden zu Staub, und in der Mitte blieb nur ein schmales, wackeliges Stück übrig, das kaum breit genug für einen Fuß war.
Maria spürte, wie ihr Herzschlag sich beschleunigte. Sie durfte keine Angst haben. Das war eine Prüfung eine letzte Prüfung. Bevor sie das Tor erreichen konnte.
Sie schloss die Augen, atmete tief ein und öffnete sie wieder. Dann setzte sie vorsichtig einen Fuß auf das schmale Stück Brücke.
Sofort begann die Dunkelheit unter ihr zu pulsieren, und ein heftiger Wind kam auf, als wolle er sie hinabstoßen. Doch Maria ließ sich nicht beirren.

Sie erinnerte sich an das, was sie gelernt hatte. Licht und Dunkelheit waren keine Gegner. Sie existierten zusammen.

Und mit diesem Gedanken ließ sie ihre Angst los.
Plötzlich geschah etwas Magisches. Die Dunkelheit unter ihr hörte auf zu toben - stattdessen erhoben sich aus ihr leuchtende Schattenstränge, die sich wie schwebende Pfade um ihre Füße legten. Gleichzeitig funkelten Lichtpunkte in der Luft, die sich wie ein unsichtbares Netz um sie spannten.
Maria machte den nächsten Schritt.

Und dann den nächsten.
Jedes Mal, wenn sie voranschritt, bildeten sich Schatten und Licht gemeinsam zu einem sicheren Pfad unter ihr. Sie musste sich nicht mehr für eine Seite entscheiden beide trugen sie gleichermaßen.

Als sie schließlich das andere Ende erreichte, öffnete sich das gewaltige Tor wie von selbst. Dahinter lag eine riesige Kammer, in deren Zentrum ein schimmernder Kristall schwebte nicht golden, nicht schwarz, sondern von einem tiefen, silbernen Licht durchdrungen.
Maria wusste sofort, dass sie es gefunden hatte.
Den Kern von Ithrador.

Doch bevor sie ihn erreichen konnte, trat eine neue Gestalt aus dem Schatten.
Ein Mann in einer dunklen Robe, mit silbernen Augen, die wie flüssiges Quecksilber glänzten.
„Du bist weitergekommen, als ich erwartet hätte", sagte er ruhig.

Maria spürte sofort, dass er mächtig war.

„Wer bist du?" fragte sie.

Ein leises Lächeln umspielte seine Lippen. „Ich bin derjenige, der das Gleichgewicht vor dir bewahrt hat. Und nun frage ich mich... bist du würdig, es zu tragen?"

Maria ballte die Fäuste. Sie hatte bereits so viele Prüfungen überstanden. Sie würde sich nicht aufhalten lassen.

„Dann teste mich", sagte sie.

Der Mann hob die Hand und mit einem Mal war die Luft voller Energie. Schatten und Licht wirbelten durcheinander. Bildeten Klingen, Stürme, Explosionen reiner Kraft.

Maria wusste, dass dies ihr größter Kampf sein würde.

Und sie war bereit.

Die Luft war plötzlich dick und schwer, als der Mann in der dunklen Robe die Schatten und das Licht zu einer gewaltigen Sturmwand formte, die sich direkt auf Maria zuschleuderte. Sie spürte die Wucht der angreifenden Kräfte, doch sie war nicht bereit, sich zu beugen.

Mit einem entschlossenen Ruck hob sie die Arme und schloss die Augen. Sie hatte sich immer wieder gefragt, wie sie das Gleichgewicht bewahren konnte. Und nun wusste sie, dass es nicht nur um Kontrolle ging. Es war auch um Vertrauen. Vertrauen in sich selbst, in das Licht und in die Dunkelheit gleichermaßen.

„Ich bin nicht allein!" flüsterte sie. „Ich trage beides in mir."

Die Worte veränderten etwas in ihr. Das Licht, das in ihr war, flammte auf nicht heller als zuvor, sondern mit einer neuen Intensität. Und die Dunkelheit, die sie immer gefürchtet hatte, floss sanft um sie, als wollte sie sie beruhigen, nicht zerstören.

Die Sturmwand des Mannes traf sie - doch anstatt sie zu zerreißen, wurde sie von den flimmernden Strängen von Licht und Dunkelheit absorbiert. Die Energie kollidierte mit einer unglaublichen Kraft, doch sie verflog, ohne María zu verletzen.

„Du... du kannst das nicht!" rief der Mann, seine Stimme ein rasendes Zischen.

„Doch, ich kann", antwortete Maria ruhig. „Weil ich das Gleichgewicht trage."

Mit einer sanften, aber kraftvollen Bewegung streckte sie die Hand aus. Das Licht und die Dunkelheit um sie herum formten sich zu einer neuen Energie, einem strahlenden, aber zugleich tiefen, stillen Strom, der die Kammer erfüllte. Der Mann in der dunklen Robe taumelte zurück, als die vereinte Kraft aus Licht und Dunkelheit ihn ergriff und in die Luft schickte.

Doch er ließ sich nicht so leicht besiegen. Mit einem Wutgebrüll entfaltete er seine eigene Macht. Dunkle Flügel erschienen an seinem Rücken, Schattenranken schossen hervor, und er stürzte sich auf Maria.

Maria wusste, dass sie ihn nicht mit Gewalt besiegen konnte das hatte sie gelernt. Aber sie konnte ihn vielleicht auf eine andere Weise besiegen. Sie schloss ihre Augen, ließ sich in das Gleichgewicht fallen und rief die Worte, die tief in ihr wohnten.

„Licht und Dunkelheit. Gemeinsam. In Frieden."

Plötzlich durchbrach ein mächtiger Lichtstrahl die Dunkelheit um sie herum und berührte den Mann direkt in der Brust. Doch es war nicht ein zerstörerischer Angriff. Der Lichtstrahl war sanft, heilend und gleichzeitig erdrückend, als der Mann begann, die Schattengestalt zu verlieren, die er sich erschaffen hatte.

„Du bist nichts ohne die Dunkelheit", flüsterte Maria. „Und du bist nichts ohne das Licht. Du kannst nicht einseitig existieren."

Mit einem letzten, verzweifelten Aufschrei begann der Mann zu zerfallen, als ob er von innen heraus aufgelöst wurde nicht durch Zerstörung, sondern durch das Aufeinandertreffen von Licht und Dunkelheit.

Schließlich war nichts mehr von ihm übrig, außer der Stille. Maria stand allein in der Kammer. Ihr Atem ging ruhig, ihr Herz aber schlug noch schnell. Sie hatte den letzten Test bestanden, aber sie wusste, dass der wahre Kampf noch bevorstand. Der Kristall in der Mitte des Raumes strahlte ein sanftes, silbernes Licht aus, doch seine Oberfläche war von Rissen durchzogen. Das Gleichgewicht war noch nicht wiederhergestellt.

Mit einem Schritt näher trat Maria an den Kristall heran. Ihre Hand schwebte knapp über ihm, und sie spürte die Energie, die von ihm ausging, eine Energie, die brannte, aber nicht erleuchtet war. Es war das fehlende Puzzleteil.

„Ich bin bereit," murmelte sie, die Worte leise, aber fest.

Langsam legte sie ihre Hand auf den Kristall. Als sie dies tat, spürte sie, wie sich alles um sie herum veränderte. Der Kristall begann zu vibrieren, und die Risse wuchsen, während sich die Luft um sie herum auflud. Die Dunkelheit und das Licht, die in ihr vereint waren, begannen sich zu bewegen, als wollten sie in den Kristall strömen, ihn heilen, ihn wieder zu seiner vollen Form bringen.

Ein grelles Licht füllte den Raum.

Maria blinzelte und dann, als das Licht sich wieder legte, stand sie in einer vollkommenen Stille. Der Kristall war vollständig, aber er war nicht mehr das, was er vorher gewesen war,

Statt eines klaren, glänzenden Objekts war er nun ein schwebendes, pulsierendes Zentrum von Energie, das sowohl Licht als auch Dunkelheit in perfektem Einklang verkörperte. Maria wusste, dass sie das Gleichgewicht wiederhergestellt hatte.

Doch der Moment der Ruhe war nur kurz, denn sie spürte eine neue Präsenz eine, die weit mächtiger war als alles, was sie zuvor erlebt hatte. Sie hatte die Dunkelheit und das Licht vereint, aber nun musste sie sich einer neuen Herausforderung stellen: Die Welt, die sie kannte, würde nicht einfach zurückkehren. Die Kräfte, die sie geweckt hatte, waren tief und alt. Und Maria wusste, dass die wahre Reise erst jetzt beginnen würde.

Die Dunkelheit und das Licht waren ihre Verbündeten, aber sie mussten auch lernen, mit den Kräften umzugehen, die sie entfesselt hatte.
Maria stand regungslos vor dem schwebenden Kristall, der nun in einem tiefen, silbernen Licht pulsierte. Der Raum um sie herum fühlte sich verändert an, als hätte er auf die Wiederherstellung des Gleichgewichts gewartet. Doch die Stille war trügerisch.
Ein tiefer, vibrierender Klang durchzog die Kammer, ließ den Boden erzittern und Marias Haut kribbeln. Etwas erwachte. Etwas Altes.

Plötzlich brach die Dunkelheit an den Wänden auf, und goldenes Licht sickerte hervor. Die Inschriften auf dem Boden begannen zu leuchten, bewegten sich, als würden sie neu geschrieben. Maria trat einen Schritt zurück, während sich der Raum selbst wandelte.
Dann hörte sie die Stimme.

„Du hast das Gleichgewicht wiederhergestellt, doch du hast mehr entfesselt, als du begreifen kannst."

Maria drehte sich ruckartig um, ihr Herz schlug schneller. Die Stimme war tief, allumfassend nicht bedrohlich, aber voller Macht.

Aus den Schatten trat eine Gestalt hervor.

Sie war in einen Umhang aus schimmerndem Grau gehüllt, weder ganz schwarz noch ganz weiß. Ihr Gesicht war von einer Kapuze verborgen, doch in den tiefen Schatten darunter glühten zwei silberne Augen, so alt wie die Zeit selbst.

Kapitel 21 Der Hüter des Gleichgewichts

„Wer bist du?" fragte Maria, ihre Stimme fester, als sie sich fühlte.

„Ich bin der Hüter des Gleichgewichts. Mein Name ist Veydras."

Maria spürte, dass dieser Name eine Bedeutung hatte. Er fühlte sich an, als würde er längst in den alten Geschichten von Ithrador existieren, als wäre er ein Teil der Welt, von dem niemand mehr wusste.

„Warum bist du hier?" fragte sie vorsichtig.

Veydras hob die Hand, und der Kristall begann stärker zu pulsieren. „Du hast das Gleichgewicht wiederhergestellt, aber du hast auch eine Tür geöffnet. Das Gleichgewicht war nicht nur zerstört. Es wurde seit Jahrhunderten gefangen gehalten, eingesperrt von denen, die es fürchteten. Doch nun... ist es frei."

Maria spürte eine Kälte in sich aufsteigen. „Was bedeutet das?"

Veydras trat näher, und mit ihm bewegte sich die Luft, als wäre er nicht nur eine Person, sondern eine Macht, die sich durch die Realität selbst zog.

„Es bedeutet, dass nicht nur das Gleichgewicht wiederhergestellt wurde, sondern auch diejenigen, die es einst herausgefordert haben. Die alten Mächte, die vor Äonen verbannt wurden, spüren die Veränderung. Sie erwachen."

Maria spürte, wie sich ihr Magen zusammenzog. Sie hatte gedacht, dass der Kampf hier enden würde. Dass die Welt wieder ins Gleichgewicht kommen würde.

Aber stattdessen hatte sie etwas geweckt.

„Wer sind diese Mächte?" fragte sie, und sie konnte ihre eigene Angst nicht ganz verbergen.

Veydras musterte sie mit seinen leuchtenden Augen. „Sie sind die wahren Gegner des Gleichgewichts. Die Archonten der Zerstörung, die einst die Welt in Licht und Dunkelheit spalten wollten nicht als zwei Seiten eines Ganzen, sondern als Waffen gegeneinander."

Er hob die Hand, und in der Luft erschienen Bilder Schemen, uralte Wesen, geformt aus reiner Macht. Einer von ihnen war in goldenes Licht gehüllt, sein Körper aus flammender Energie, seine Augen blendend wie die Sonne. Der andere bestand aus tiefstem Schatten, seine Form ständig in Bewegung, seine Präsenz eine bodenlose Kälte.

„Diese beiden waren die Anführer", sagte Veydras." Solmira, die Flamme der Reinheit. Und Noctyros, der Schatten der Leere. Sie kämpften einst um die Vorherrschaft, jeder wollte die Welt in eine einzige, absolute Wahrheit tauchen. Licht ohne Dunkelheit, und Dunkelheit ohne Licht."

Maria starrte auf die Vision. Sie konnte die rohe, ungezähmte Macht spüren, die von diesen Wesen ausging. Und jetzt... jetzt waren sie wieder da.

„Ich... habe sie befreit?" flüsterte sie.

Veydras nickte langsam. „Nicht absichtlich. Aber du hast die Siegel gelöst, die sie gefangen hielten. Das Gleichgewicht konnte nicht geheilt werden, ohne ihre Ketten zu brechen. Jetzt erwachen sie und sie werden versuchen, ihren alten Krieg fortzusetzen."

Maria ballte die Fäuste. Sie konnte nicht zulassen, dass die Welt erneut zerstört wurde.

„Dann muss ich sie aufhalten."

Veydras neigte leicht den Kopf. „Bist du bereit, diese Bürde zu tragen?"

Maria wusste, dass sie keine Wahl hatte. Sie hatte die Dunkelheit und das Licht in sich akzeptiert. Jetzt musste sie sich den Mächten stellen, die sie zerstören wollten.

„Ja", sagte sie mit fester Stimme.

Veydras beobachtete sie einen Moment lang, dann lächelte er leicht. „Dann beginnt deine wahre Reise jetzt."

Mit einem Ruck veränderte sich die Kammer erneut. Die Wände lösten sich in goldenem und schwarzem Licht auf, die Realität selbst begann zu flackern.

Und dann wurde Maria fortgerissen - in eine neue Welt, eine neue Ebene der Existenz.

Dort, irgendwo in der Ferne, erwachten Solmira und Noctyros. Und sie spürten ihre Ankunft.

Maria spürte, wie sie durch Raum und Zeit gezogen wurde. Ein endloser Strudel aus Licht und Schatten umgab sie, zerrte an ihr, als wollte er sie in alle Richtungen gleichzeitig auseinanderreißen. Doch sie hielt stand. Sie wusste nicht, wohin Veydras sie geschickt hatte, aber sie spürte, dass dies kein gewöhnlicher Ort war.

Plötzlich wurde alles still.

Maria landete auf festem Boden oder zumindest etwas, das sich wie Boden anfühlte. Sie stand in einer endlosen Weite aus schimmerndem Nebel, der in leichten Wellen über den Grund floss. Am Horizont wölbte sich der Himmel in merkwürdigen Farben – kein klares Blau, sondern ein stetiger Wechsel aus Dunkelviolett, Gold und tiefem Silber.

Ein Zwischenreich.

Sie hatte Geschichten über Orte gehört, die außerhalb der bekannten Welt lagen – Räume zwischen Realität und Traum, zwischen Vergangenheit und Zukunft. Orte, an denen die Gesetze der Welt nicht mehr galten.

Und dann spürte sie es.

Zwei gewaltige Präsenz, so mächtig, dass sie fast zu Boden sank.

Sie hob den Kopf und sah sie.

Solmira und Noctyros.

Solmira war ein Wesen aus reiner Flamme, ihre Gestalt kaum zu definieren, aber umgeben von einer Aura aus strahlendem Licht, das die Luft um sie herum zum Glühen brachte. Ihre Augen waren wie zwei Sonnen, und jedes Wort, das sie sprach, klang wie das Dröhnen von Glocken.

Noctyros hingegen war eine wandelnde Leere. Sein Körper war von schwärzester Dunkelheit durchzogen, als ob er das Licht selbst verschlucken würde. Seine Augen waren tief und endlos, als führten sie in eine andere Dimension. Sein Flüstern war leiser als der Wind, aber es hallte in Marias Verstand wider.

„Du bist es also", sagte Solmira, ihre Stimme warm und doch unnachgiebig. „Diejenige, die das Gleichgewicht zurückgebracht hat."

Noctyros verzog den Mund zu einem Schattenlächeln. „Und diejenige, die uns aus unserem Gefängnis befreit hat."

Maria spürte, wie ihr Puls raste, aber sie hielt den Blick standhaft.

„Ich weiß, wer ihr seid", sagte sie. „Ich weiß, was ihr wollt."

Solmira trat näher, ihre bloße Präsenz ließ die Luft um sie herum erzittern.

„Dann weißt du auch, dass dies nicht deine Entscheidung ist. Die Welt muss gereinigt werden. Das Chaos, das durch das Gleichgewicht entstanden ist, ist eine Krankheit."
Noctyros' Stimme war ein leises Echo, das sich um sie legte.
„Nein. Die Welt muss befreit werden. Licht ist eine Illusion, eine Kette, die alles bindet. Nur in der Dunkelheit gibt es wahre Freiheit."
Maria spürte, wie sie von beiden Seiten gleichzeitig umhüllt wurde Hitze auf der einen, Kälte auf der anderen.

Sie wusste, dass dies der Moment war, an dem sie eine Wahl treffen sollte.
Aber sie würde sich nicht entscheiden.
„Ihr versteht es beide nicht", sagte sie ruhig, aber bestimmt.
„Licht und Dunkelheit sind keine Gegensätze, die gegeneinander kämpfen müssen. Sie gehören zusammen."

Solmira hob eine feurige Augenbraue. „Du willst uns belehren?"
Noctyros lachte leise. „Ein sterbliches Wesen, glaubt, die Wahrheit zu kennen."
Maria schüttelte den Kopf. „Ich will euch nicht belehren. Ich will euch erinnern. Ihr wart nicht immer Feinde. Ihr wart einmal eins."

Die Luft um sie herum flackerte, als ob die Realität selbst auf ihre Worte reagierte.
Solmira und Noctyros tauschten einen kurzen Blick und in diesem Moment wusste Maria, dass sie einen Nerv getroffen hatte.
Aber dann, mit einem Mal, brach ein gewaltiger Sturm los.

Solmira hob die Hände, und Flammen peitschten durch die Luft, blendend und heiß wie eine Supernova. Noctyros antwortete mit einem Wellenbruch aus reiner Dunkelheit, die das Licht verschluckte und jedes Geräusch dämpfte. Maria stand genau zwischen ihnen.
Sie hatte keine Zeit zum Nachdenken, nur zum Handeln.

Sie schloss die Augen und ließ das Gleichgewicht in sich erwachen.
Licht und Dunkelheit strömten aus ihr hervor, nicht als Waffen, sondern als Wellen von Energie, die sich um sie legten, als ob sie sie beschützten.
Solmira und Noctyros griffen weiter an, aber Jedes Mal, wenn ihre Kräfte Maria erreichten, wurden sie nicht zerstört sie verschmolzen.

Hitze und Kälte. Helligkeit und Schatten.
Maria öffnete die Augen, die nun in tiefem Silber leuchteten.
„Ihr werdet mich nicht zwingen, euch zu wählen", sagte sie.
„Ich bin nicht nur Licht. Ich bin nicht nur Dunkelheit. Ich bin das Gleichgewicht."
Und mit diesen Worten brach etwas in der Welt.

Der Himmel über ihnen zerriss. Das Zwischenreich begann zu zittern, als würde es auseinanderfallen.
Und Solmira und Noctyros die uralten Mächte, die sich für unbesiegbar hielten - hielten inne.
Etwas in ihnen begann sich zu verändern.
Maria wusste, dass dies erst der Anfang war.
Der Moment der Stille dehnte sich aus, als ob die Zeit selbst den Atem anhielt. Maria spürte, wie das Gleichgewicht um sie herum immer stärker pulsierte, als wäre es ein lebendiges Wesen, das auf ihre Worte reagierte.

Solmira und Noctyros standen wie erstarrt, ihre gewaltigen Kräfte zogen sich zurück, als ob sie die Wahrheit in Marias Worten erkannten. Doch es war nicht das Ende, sondern nur ein weiterer Wendepunkt in einem viel größeren Spiel.

„Du hast uns erreicht", sagte Solmira, ihre Stimme jetzt weniger von Zorn und mehr von Neugier durchzogen. Ihre flimmernde Erscheinung veränderte sich, wurde weicher, als ob die Flammen um sie herum etwas von ihrer Aggression verloren hätten. „Du hast das Gleichgewicht wiederhergestellt, aber du hast auch die tiefsten Geheimnisse unserer Existenz freigelegt. Wir sind nicht nur Licht und Dunkelheit wir sind die Repräsentationen dessen, was die Welt uns auferlegt hat. Du hast uns nicht nur von den Ketten befreit, die uns banden, sondern auch von den Masken, die uns unsere Rollen auferlegten."

Maria spürte, wie sich die Energie um sie herum veränderte. Es war nicht mehr der schwere, lähmende Druck, den sie von den beiden uralten Mächten gewohnt war, sondern eine Veränderung, die sich beinahe heilsam anfühlte. Sie trat einen Schritt vor.

„Ich habe keine Macht über euch", sagte sie leise, „aber ich verstehe, dass ihr in einem Gefängnis lebt, das nicht von den Ketten der anderen gemacht wurde, sondern von denen, die sich selbst als unaufhaltsam erachteten."

Noctyros, dessen Gestalt sich nie ganz aus der Dunkelheit löste, neigte leicht den Kopf. „Du siehst es richtig. Wir sind nicht bloß Wesen der Zerstörung oder des Lichts. Wir sind das Produkt einer Welt, die das Gleichgewicht selbst nie verstanden hat. Sie hat uns in diese Rollen gedrängt, uns zu Gegnern gemacht, damit wir uns immer wieder bekämpfen – während die wahre Bedrohung im Schatten lauert."

Maria verstand nun, was er meinte. Die Welt hatte immer nur die Extreme gesehen – Licht und Dunkelheit, Leben und Tod, Gut und Böse - und dabei nie verstanden, dass diese Gegensätze sich nicht ausschließen, sondern zusammenwirken mussten, um das vollständige Bild der Existenz zu zeigen.

„Und was ist die wahre Bedrohung?" fragte Maria, ihre Stimme fest und ruhig.
Noctyros trat einen Schritt auf sie zu, und obwohl er von Dunkelheit durchzogen war, spürte Maria, dass er sie nicht angreifen würde. „Die wahre Bedrohung", sagte er, „ist die Leere, die sich in den Rissen zwischen den Welten ausbreitet. Sie hat unsere Schöpfung zerrissen, hat das Gleichgewicht in zwei Teile gerissen. Aber sie ist nicht das, was du denkst. Sie ist nicht einfach eine Dunkelheit sie ist das Nichts, das jegliche Form von Sinn auflöst. Sie ist das, was alles Leben zerstört, indem sie alles um sich herum auslöscht."

Solmira fuhr fort, „Die Leere ist nicht nur ein Abgrund. Sie ist eine Zerstörung von allem, was war und was sein könnte. Sie zieht die Welt in sich hinein, immer weiter, bis nichts mehr übrigbleibt. Und sie ist auf dem Weg, auch diese Welt zu erreichen."
Maria fühlte eine Kälte in sich aufsteigen, die sie selbst nicht zu kontrollieren vermochte. Die Dunkelheit in Noctyros war nicht nur das, was sie vermutet hatte. Sie war nicht nur ein Werkzeug oder eine Waffe. Sie war ein Nichts, das darauf wartete, die Welt zu verschlingen.

„Und was können wir dagegen tun?" fragte Maria, ihre Stimme noch fester als zuvor.

„Es gibt nur einen Weg, das zu verhindern", sagte Solmira, ihre flammende Präsenz jetzt ruhiger, als ob sie eine schwierige Wahrheit aussprach. „Du musst das wahre Gleichgewicht herstellen und das bedeutet, nicht nur uns beide zu vereinen, sondern auch die Leere zu konfrontieren. Du musst die Ketten brechen, die uns und die Welt an diese alten Wahrheiten binden."

Maria nickte langsam. Es war klar, dass die Reise noch lange nicht zu Ende war. Aber jetzt wusste sie, dass die Aufgabe noch größer war als sie jemals für möglich gehalten hatte. Es ging nicht nur um das Gleichgewicht zwischen Licht und Dunkelheit es ging um die Existenz selbst.
„Dann müssen wir gemeinsam handeln", sagte Maria mit fester Überzeugung. „Ich kann das nicht allein tun."
„Das ist der Weg", sagte Solmira. „Zusammen werden wir das Nichts besiegen."
„Aber der Weg wird nicht einfach sein", fügte Noctyros hinzu, seine dunklen Augen funkelten vor einer düsteren Weisheit. „Die Leere hat sich schon in den Rissen eurer Welt eingenistet. Sie wird euch testen, euch zwingen, in euren tiefsten Ängsten zu begegnen. Ihr werdet in die dunkelsten Orte reisen müssen, die jenseits der Wirklichkeit existieren, in die Dimensionen, die das Gleichgewicht verloren haben."

Maria wusste, dass das keine leeren Worte waren. Die Leere würde sie herausfordern. Sie würde alles von ihr verlangen. Aber sie hatte keinen Zweifel mehr, dass sie die richtige Wahl getroffen hatte. Sie hatte den Weg gefunden, den die Welt brauchte.
„Dann lassen wir uns nicht von der Dunkelheit verschlingen", sagte sie entschlossen. „Lasst uns die Leere herausfordern und alles, was sie mit sich bringt."

Solmira und Noctyros nickten, und zum ersten Mal seit langer Zeit fühlte Maria, dass die Mächte, die in ihrer Essenz so sehr gegensätzlich gewesen waren, einen gemeinsamen Zweck gefunden hatten.

„Wir gehen gemeinsam, Maria", sagte Solmira. „Und wir werden diese Welt retten."
Der Nebel um sie herum begann sich zu lösen. und die Dimensionen verschmolzen wieder. Maria konnte fühlen, wie die Reise sie weiter in unbekannte Weiten führte. Sie war bereit, das nächste Kapitel des Gleichgewichts zu schreiben.
Und in der Ferne, tief in der Dunkelheit, wartete die Leere, bereit, alles zu verschlingen, was sich ihr in den Weg stellte.
Aber Maria wusste eines: Sie würde nicht nachgeben. Die Welt würde nicht aufhören zu existieren, solange sie das Gleichgewicht trug.
Der Nebel lichtete sich, und Maria spürte, wie sich die Zeit um sie herum verlangsamte. Die Leere, von der Solmira und Noctyros gesprochen hatten, war nicht nur eine physische Dunkelheit, sondern ein Konzept, das tief in das Gewebe der Realität eingedrungen war.
Etwas, das sich nicht nur durch Raum, sondern auch durch Gedanken und Erinnerungen fraß. Es war eine Zerstörung von allem, was Bestand hatte. Aber in diesem Moment, inmitten der wabernden Energien, wusste Maria, dass sie nicht allein war.
Solmira und Noctyros standen an ihrer Seite, bereit, sich der größten Bedrohung zu stellen, die das Universum je gesehen hatte. Doch Maria konnte den wachsenden Widerstand in sich selbst spüren. Sie wusste, dass es eine weitere Prüfung geben würde nicht nur gegen die Dunkelheit, sondern auch gegen das, was in ihr selbst lag.

Denn das Gleichgewicht war nicht nur eine externe Herausforderung, sondern eine innere Reise.

„Der Weg zur Leere führt durch das Labyrinth der verlorenen Erinnerungen", sagte Solmira und ihre flammenden Augen blickten in die Ferne. Als ob sie eine unsichtbare Karte studierte. „Und jeder Schritt dorthin wird dich zwingen, dich mit dem auseinanderzusetzen, was du verloren hast."

Maria nickte, auch wenn ein unbestimmtes Gefühl der Unsicherheit in ihr aufstieg. Sie hatte nicht nur die Dunkelheit in der Welt bekämpft, sondern auch ihre eigene innere Dunkelheit. Doch sie wusste, dass sie diese Reise antreten musste nicht nur für die Welt, sondern auch für sich selbst.

„Was genau ist das Labyrinth der verlorenen Erinnerungen?" fragte Maria, als sie sich vorwärtsbewegte, die Schritte in den Nebel setzend.

Noctyros' dunkle Präsenz schien sich zu dehnen, als er antwortete: „Es ist ein Ort jenseits von Raum und Zeit. Ein Ort, an dem verlorene Seelen und vergessene Gedanken gefangen sind. Ein Ort, an dem die Wahrheit sich in ihre Schatten auflöst und du mit den Ängsten und Zweifeln konfrontiert wirst, die dich seit jeher plagen."

„Es ist der erste Schritt zur Leere", ergänzte Solmira. „Und du wirst nicht nur dich selbst sehen, sondern auch das, was du in den Tiefen deines Herzens verborgen hast."

Maria zog tief die Luft ein. Die Wahrheit. Der Gedanke, sich mit den Erinnerungen und den Teilen von sich selbst auseinanderzusetzen, die sie lieber vergessen wollte, war beängstigend. Aber sie wusste, dass der einzige Weg, sich der Dunkelheit zu stellen, darin bestand, zu akzeptieren, was sie in sich trug.

Die Umgebung um sie herum begann sich zu verändern. Der Nebel zog sich zurück und gab den Blick auf ein gewundenes, schier endloses Labyrinth frei. Es war nicht aus Stein oder Marmor gebaut, sondern aus Licht und Schatten, die sich wie ein pulsierendes Gewebe über den Raum zogen. Jeder Schritt ließ das Labyrinth lebendig wirken, als ob der Raum selbst atmete und sich mit jeder Bewegung veränderte.

„Du musst dich nicht fürchten, Maria", sagte Solmira. Ihre Stimme war jetzt sanft, fast tröstend, während sie sich neben Maria stellte. „Das Labyrinth ist nur ein Spiegel deiner eigenen Ängste. Deine Erinnerungen sind mächtige Wesen. Du musst dich ihnen stellen, damit du weitergehen kannst".
Noctyros fuhr fort, seine Worte wie ein dunkles Echo in der Luft: „Jeder von uns muss durch diesen Ort gehen. Um das Gleichgewicht wiederherzustellen, müssen wir alles verstehen die Schatten wie das Licht, die Dunkelheit wie die Erinnerung."
Maria nickte, aber sie konnte die Anspannung in sich spüren, als sie den ersten Schritt in das Labyrinth setzte. Das Licht und der Schatten verzerrten sich um sie herum, und schon bald war der Raum von dunklen Gängen und endlosen Wegen erfüllt.

„Wir werden bei dir sein", sagte Solmira und legte eine Hand auf Marias Schulter.
„Aber du wirst deinen eigenen Weg finden müssen", fügte Noctyros hinzu, seine Stimme ein ruhiger Hauch in der Dunkelheit.
Und dann, ohne Vorwarnung, begann das Labyrinth sich zu verändern. Der Boden unter Maria begann zu vibrieren, und plötzlich fand sie sich in einem Raum wieder, der wie ein gigantischer Spiegel wirkte.

Doch statt ihres eigenen Spiegelbildes sah sie eine andere Szene eine Szene aus ihrer eigenen Vergangenheit.

Es war der Tag, an dem sie das erste Mal in den Wald von Ithrador gegangen war. Das Bild war lebendig, fast greifbar, und sie konnte die Kühle der Luft und das Rascheln der Blätter hören. Aber etwas war anders. Die Szene war verschwommen, verzerrt, als ob die Erinnerung selbst aus den Fugen geraten wäre.

Sie trat näher, und das Bild verzerrte sich weiter. Plötzlich stand sie nicht mehr als Kind in diesem Wald, sondern als eine Version von sich selbst, die sie nie gekannt hatte eine, die mit einer Dunkelheit in den Augen und einem Entschluss in den Zügen durch den Wald schritt.

„Was ist das?" fragte sie erschrocken, ihre Stimme hallte in der Leere des Raumes wider.

„Es ist deine erste Wahl", sagte eine vertraute Stimme hinter ihr.

Maria drehte sich um und fand sich plötzlich vor einer anderen Erscheinung einer Person, die sie gut kannte: der alte Hüter des Wissens. „Du hast dich damals entschieden, den Wald zu betreten", fuhr er fort. „Aber wusstest du, was du damals wirklich gesucht hast? Hast du je darüber nachgedacht, was du alles aufgeben würdest, um hierher zu gelangen?"

Maria wusste, dass er nicht nur von der Reise sprach, sondern von allem, was sie geopfert hatte, um das Gleichgewicht zu finden. Ihre Freunde, ihre Erinnerungen an ein normales Leben, die Zeit, die sie nie zurückgewinnen konnte. All das hatte sie auf dem Weg verloren.

„Ich wusste es nicht", sagte sie leise. „Aber ich wusste, dass ich es tun musste."

„Und was wirst du tun, wenn das Gleichgewicht auch deine Seele fordert?" fragte der Hüter und seine Augen funkelten wie flimmernde Sterne. „Was, wenn das Labyrinth dir die wahre Bedeutung der Dunkelheit offenbart?"

Maria schloss die Augen. Sie wusste, dass sie sich nicht mehr vor dieser Reise zurückziehen konnte. Sie hatte das Gleichgewicht wiederhergestellt, aber das war nur der erste Schritt. Der wahre Kampf würde in den Tiefen ihres eigenen Herzens stattfinden.
„Ich werde nicht zurückweichen", sagte sie fest. „Ich werde alles tun, um die Welt zu retten und ich werde auch meine eigenen Dunkelheiten annehmen."

Der Hüter nickte und verschwand in einem Hauch von Licht. Das Labyrinth begann sich erneut zu verschieben.
„Du hast dich entschieden", sagte eine leise Stimme aus der Dunkelheit. „Der wahre Weg beginnt jetzt."
Und so trat Maria weiter in das Labyrinth der verlorenen Erinnerungen, bereit, sich selbst und ihre tiefsten Ängste zu konfrontieren, um die Dunkelheit zu besiegen und das Gleichgewicht endgültig zu retten.

Maria ging weiter, die Dämmerung des Labyrinths umhüllte sie wie ein Mantel aus schwerer, unsichtbarer Dunkelheit. Es war eine Dunkelheit, die nicht aus der Abwesenheit von Licht bestand, sondern aus etwas tieferem - einem Fehlen von Verständnis, von Bedeutung. Die Wände des Labyrinths pulsieren im Takt ihres eigenen Herzschlags, als ob der Ort selbst ein Wesen war, das sie beobachtete, prüfte und herausforderte.

Kapitel 22 Die mysteriöse Frau

Der Boden unter ihren Füßen fühlte sich weich und schwankend an, fast wie ein lebendiger Organismus, der mit jeder ihrer Bewegungen reagierte. Es war kein gewöhnlicher Ort; hier gab es keine Gesetze der Schwerkraft, keine klare Richtung. Die Wände, die sich an vielen Stellen wie aus silbernem Nebel zu verflüchtigen schienen, wanden sich, als ob sie selbst in einem Zustand der Transformation begriffen waren. Doch trotz dieser surrealen Umgebung blieb Maria fest entschlossen.
„Ich bin hier", flüsterte sie, „und ich werde nicht weichen."
Plötzlich hörte sie ein leises Rascheln wie von Schritten, die in der Dunkelheit des Labyrinths ertönten. Ihr Herz schlug schneller.

„Wer ist da?" rief sie, doch die Antwort kam nicht in Form von Worten. Stattdessen materialisierte sich eine Gestalt aus dem Schatten vor ihr. Die Silhouette einer Frau, groß und in ein dunkles, unklares Gewand gehüllt. Ihre Augen, leuchtend und wolkenverhangen, schienen alles zu sehen und zugleich nichts. Sie sprach mit einer Stimme, die weder alt noch jung war, sondern den Klang der Zeit selbst trug.

„Du bist gekommen, um zu lernen", sagte die mysteriöse Frau. „Doch die Wahrheit, die du suchst, ist wie ein scharfes Schwert. Wer sie in die Hand nimmt, wird gezwungen, das zu sehen, was am meisten in den Tiefen der Seele verborgen liegt."
„Ich bin bereit", antwortete Maria, obwohl sie den Stich der Angst in ihrem Inneren spürte. Die Worte der mysteriösen Frau trafen eine tiefe Seite in ihr.

Sie hatte vieles gesehen, aber die dunklen Ecken ihres eigenen Herzens, die Erinnerungen, die sie am liebsten vergessen wollte, lagen noch vor ihr. Sie wusste, dass dies der wahre Test war.

„Bereit?" Die Frau lachte leise, ein Lachen, das wie das Tosen eines fernen Sturms klang. „Du bist noch nicht bereit, Maria. Du kennst noch nicht das, was dich wirklich erwartet." Plötzlich veränderte sich die Atmosphäre. Der Boden begann sich zu verflüssigen, zu wabern und dann blitzte ein grelles Licht auf, das die Dunkelheit zerbrach. In diesem Moment sah Maria sich selbst aber nicht die Version, die sie kannte. Sie sah eine Version von sich, die in einem dunklen Raum saß, von Stille umgeben, die Augen leer, die Bewegungen starr und gequält. Es war eine Szene, die sie noch nie erlebt hatte, und doch war sie in einem tiefen, unbewussten Winkel ihrer Erinnerung verborgen. Sie fühlte es: Die Angst, das Gefühl der Einsamkeit und des Verlorenseins, dass sie in einer anderen Zeit erlebte.

„Das bist du, Maria", sagte die mysteriöse Frau, deren Stimme nun, wie ein Echo aus der Tiefe klang. „Die Angst, die du nie ausgesprochen hast, die Traurigkeit, die du in den Schatten verbannt hast. Du bist nicht unverwundbar, und du hast nie wirklich geheilt."
Maria hielt inne.
Diese Version von sich selbst sie war wie ein unberührter Teil ihrer Vergangenheit, ein Teil, den sie verdrängt hatte, ein Schatten, der sie bis tief in ihre Seele verfolgte. Sie fühlte den Schmerz, der mit dieser Erinnerung verbunden war, und doch konnte sie nicht fortlaufen. Nicht mehr. Es war, als würde die Erinnerung sie ergreifen, sie in sich aufnehmen wollen.

„Du hast dein Leben immer auf das Licht ausgerichtet", fuhr die mysteriöse Frau fort. „Doch du hast nie verstanden, dass das Licht nur dann leuchtet, wenn es die Dunkelheit umarmen kann. Du kannst die Dunkelheit nicht ignorieren, Maria. Sie ist ein Teil von dir, wie das Licht."
Mit einem Schritt näher trat die mysteriöse Frau vor Maria, und das Bild von der dunklen Version von Maria zerbrach, als wäre es ein zerbrochener Spiegel.

„Die Dunkelheit wird niemals verschwinden, solange du nicht verstehst, was du verloren hast", sagte die Frau. „Du musst dich erinnern, um zu heilen. Du musst dich der Dunkelheit stellen, um das Gleichgewicht zu finden."
Maria spürte, wie ihr Herz pochte, ihre Augen brannten vor unerklärlichen Schmerz. „Ich habe nie verstanden, warum ich all das ertragen musste", sagte sie leise, „warum ich all das in mir tragen muss „.

„Weil du es vergessen hast", antwortete die Frau sanft. „Aber du wirst es nun begreifen. Du musst nicht vor dir selbst fliehen. Du musst annehmen, was du warst, was du geworden bist, und was du noch werden kannst. Nur dann wirst du die Dunkelheit besiegen."
Mit diesen Worten löste sich die mysteriöse Frau auf, als ob sie ein Teil des Labyrinths selbst war. Die Wände begannen sich zu verflüssigen, und Maria fand sich wieder im Zentrum des Labyrinths, umgeben von flimmernden Lichtern und zerbrochenen Erinnerungen. Die Luft war dichter, schwerer. Doch sie wusste jetzt: Um das Gleichgewicht zu bewahren, musste sie sich selbst annehmen. Sie musste sich all dem stellen, was sie verloren und was sie aus den Augen verloren hatte.

„Ich werde nicht zurückweichen", flüsterte sie zu sich selbst, als sie weiterging. „Ich werde mich der Dunkelheit stellen und lernen, was sie wirklich bedeutet."

Und mit dieser Erkenntnis betrat Maria den nächsten Teil des Labyrinths ein Schritt näher an der endgültigen Konfrontation mit der Leere, die auf sie wartete. Doch diesmal war sie nicht mehr allein. Sie trug das Wissen in sich, dass die Dunkelheit nur dann besiegt werden konnte, wenn sie es wagte, sich ihr zu stellen.

Der Weg vor Maria war nicht mehr nur ein physischer Pfad, sondern ein innerer, der sich tief in ihre Seele bohrte. Das Labyrinth schien auf ihre Gedanken und Gefühle zu reagieren. Jeder Schritt, den sie tat, war wie ein Echo aus den Tiefen ihres Unterbewusstseins. Die Wände verschoben sich, und die Dunkelheit dehnte sich aus, doch sie fühlte sich nicht mehr von ihr erdrückt. Es war, als ob der Raum, in dem sie sich bewegte, mit jedem Moment lebendiger wurde, als ob ihre eigenen Ängste und Zweifel in den Wänden selbst eingraviert waren.

In der Ferne hörte sie das leise Rauschen eines Wassers, das immer näher zu kommen schien. Ein Fluss.
Vielleicht war es der Fluss der Zeit, der sie zu einer neuen Wahrheit führen würde.
Doch als sie dem Geräusch folgte, wurde der Boden unter ihren Füßen weicher und federnder. Die Dunkelheit nahm Formen an, die flimmernd und unklar waren, wie Schatten von etwas, das sie nicht ganz begreifen konnte.

Schließlich trat sie in einen Raum, der auf den ersten Blick wie ein Spiegelzimmer wirkte.

Tausende von Reflexionen, die sich in den Wänden breiteten, bis sie die Form einer riesigen, spiegelnden Kuppel bildeten, die den Raum über ihr wie eine zweite Haut umhüllte. In jedem Spiegel stand sie selbst, aber in einer anderen Form eine andere Maria, ein anderes Leben, eine andere Entscheidung. Einige ihrer Spiegelbilder sahen ruhig und ausgeglichen aus, andere wütend und verzweifelt. Aber alle trugen die Last ihrer eigenen Geschichte.

„Was ist das?" fragte Maria, als sie die unzähligen Spiegel betrachtete, deren Oberflächen sich in schillernden Mustern veränderten. Es war, als ob sie nicht nur in verschiedene Varianten ihrer selbst blickte, sondern auch in unzählige Leben, die sie in Parallelwelten hätte leben können. Leben, die sie vielleicht unbewusst gewählt oder verworfen hatte. „Dies sind deine möglichen Leben", sagte eine vertraute Stimme hinter ihr. Es war der Hüter des Wissens, den sie lange nicht gesehen hatte. „Alles, was du jemals in deinem Herzen gewollt hast, sind Wege, die du hättest einschlagen können. Sie sind die Schatten der Entscheidungen, die du nicht getroffen hast."

Maria drehte sich um. Der Hüter stand ruhig, eine ruhige Präsenz inmitten der Wirbel von Reflexionen. „Du hast dich für einen Weg. Entschieden", sagte er. „Aber was ist mit den anderen Wegen? Was ist mit dem, was du zurückgelassen hast?"

„Ich... ich weiß nicht, ob ich all das sehen möchte", antwortete Maria, ein Knoten bildete sich in ihrer Brust. Es war eine Art von Angst, die sie nicht erwartet hatte.

Ihre Spiegelbilder tanzten und verzerrten sich, als ob sie sie herausforderten, ihnen zu begegnen, die Teile ihrer selbst zu akzeptieren, die sie nicht verstand.

„Die Frage ist nicht, ob du es sehen willst", sagte der Hüter. „Die Frage ist, ob du die Wahrheit erkennen kannst, die du in diesen Leben findest. Du hast dich immer nach einem bestimmten Ziel gestrebt, aber hast du dich jemals gefragt, was du verloren hast, um dorthin zu gelangen?"

Maria trat näher an einen der Spiegel, der sich klarer zeigte als die anderen. Sie sah sich selbst, als junges Mädchen, das einen anderen Weg gewählt hatte. In diesem Leben hatte sie Ihre Familie nie verlassen, hatte nie die Reise angetreten, die sie nun in die tiefsten Ecken der Welt geführt hatte. Es war ein Leben, das in den stillen Winkeln ihres Herzens immer noch einen Platz hatte, ein Leben ohne all die Verantwortung und ohne die endlosen Kämpfe, die sie durchgestanden hatte. In dieser Erinnerung gab es nur Frieden, Sicherheit und Liebe.

„Ich habe all das hinter mir gelassen", flüsterte Maria, „und ich frage mich manchmal, ob ich den richtigen Weg gewählt habe."

„Jeder Weg ist der richtige, solange du zu dir selbst stehst", antwortete der Hüter sanft. „Doch der Weg, den du gewählt hast, war der Einzige, der dich hierhergeführt hat, zu diesem Moment, in dem du die Dunkelheit in dir selbst erkennst. Du kannst nicht vor dir selbst fliehen, Maria. Du musst all das annehmen, um das Gleichgewicht zu finden."

Maria schloss die Augen und atmete tief ein. In ihren Gedanken blitzte eine Erinnerung auf an ihre Mutter, an die Zeit, als sie noch klein war und die Welt voller Unschuld war.

Hätte sie sich für diesen Weg entschieden, den die Spiegelbilder ihr zeigten? Hätte sie ein Leben geführt, in dem sie nie gegen die Dunkelheit gekämpft hätte, aber auch nie das Licht gesehen hätte, das in den tiefsten Ecken des Universums flimmerte?

„Es ist nicht nur der Weg, den du gehst, sondern die Art, wie du ihn gehst, die dir Frieden bringt", sagte der Hüter. „Indem du dich der Dunkelheit und dem Licht stellst, indem du deine Ängste akzeptierst, wirst du die Wahrheit finden, die das Gleichgewicht wiederherstellt."

Maria nickte, die Worte des Hüters hallten in ihr nach. Sie musste akzeptieren, dass der Weg, den sie gewählt hatte, der richtige für sie war, auch wenn er so viele Opfer forderte. Der Schlüssel lag nicht darin, zu bereuen, was sie zurückgelassen hatte, sondern in der Fähigkeit, alles zu integrieren die Schatten wie das Licht.

„Ich habe immer geglaubt, dass das Licht die Dunkelheit vertreibt", sagte Maria schließlich. „Aber jetzt weiß ich, dass es das nicht kann. Es ist die Dunkelheit, die dem Licht seine. Bedeutung gibt."

Der Hüter lächelte leicht. „Das ist die wahre Erkenntnis. Nur in der Balance von beidem kann. Das Gleichgewicht bestehen. Und nur du kannst entscheiden, wie du mit dieser Erkenntnis umgehst."

Mit diesen Worten verschwand der Hüter, und das Labyrinth um sie herum begann sich zu verändern. Die Spiegelbilder zerbrachen, die Kuppel über ihr zerfiel, und der Raum öffnete sich zu einem gewundenen Tunnel, der tiefer in das Herz der Dunkelheit führte. Doch Maria fühlte keine Angst mehr. Sie hatte ihre innere Dunkelheit erkannt und angenommen.

Jetzt wusste sie, dass sie bereit war, den letzten Schritt zu machen.

Der Weg war noch nicht zu Ende. Doch sie war nicht mehr die, die sie einmal gewesen war. Sie war bereit, alles zu tun, um das Gleichgewicht wiederherzustellen. Und dieser Weg würde sie zu der Dunkelheit führen, die nicht nur die Welt bedrohte, sondern auch die tiefsten Teile ihrer eigenen Seele. Doch jetzt war sie nicht mehr allein sie hatte das Licht und die Dunkelheit in sich selbst akzeptiert. Und damit war sie stärker als je zuvor.

Maria trat in den Tunnel, der vor ihr lag, und der Übergang von der reflektierenden Welt des Labyrinths in diese tiefere, finstere Dunkelheit war greifbar. Es war, als ob sie in eine andere Dimension eintrat, wo die Zeit langsamer zu vergehen schien, fast wie in einem Traum.

Jeder Schritt, den sie tat, hallte laut in der stillen Welt des Tunnels, als ob er das Gleichgewicht der Welt selbst erschütterte.

Der Tunnel war nicht nur eine psychische Herausforderung, sondern auch eine Geistige.

Die Wände, die sie berührte, schienen zu atmen, als ob sie aus dem gleichen Stoff wie ihre Ängste und Erinnerungen gewebt wären.

Es war ein Ort, an dem die Dunkelheit selbst lebendig war, ein Ort, an dem jede Entscheidung, jede Erinnerung, die sie in ihrem Leben getroffen hatte, auf eine Weise präsent war, die sie nie zuvor gespürt hatte. Es war der letzte Test, den sie bestehen musste.

„Du bist gekommen, Maria", flüsterte eine Stimme, die gleichzeitig aus den Wänden, dem Boden und der Luft zu kommen schien.

Sie war weder freundlich noch feindlich – sie war einfach da, als ob sie das Alte, das Ungeformte, das Vergessene verkörperte. „Aber die Dunkelheit ist nicht nur ein Teil der Welt. Sie ist ein Teil von dir. Und du kannst sie nicht besiegen, solange du sie nicht verstehst."

„Ich verstehe es schon", sagte Maria, ihre Stimme ein ruhiger Klang in der drückenden Stille. Sie war sich sicherer als je zuvor. Sie hatte sich ihren Ängsten gestellt, ihren Schatten begegnet, und sie hatte begriffen, dass die Dunkelheit nicht ihr Feind war, sondern ein Teil von ihr selbst. Sie konnte sie nicht abweisen, sondern musste sie annehmen, um wirklich das Gleichgewicht zu finden.

„Bist du bereit, die wahre Dunkelheit zu sehen?" Die Stimme verstummte, und der Tunnel vor ihr begann zu flimmern. Das Licht in der Ferne schimmerte, schwand, und die Dunkelheit, die Maria umgab, schien sich zu verfestigen. "Hier gibt es keinen Rückweg. Hier wird alles, was du je geglaubt hast, auf den Prüfstand gestellt. Bist du wirklich bereit, die letzte Wahrheit zu erfahren?"
„Ja" flüsterte Maria, ihre Worte wie ein Versprechen an sich selbst. Sie wusste das es keinen anderen Weg gab. Wenn sie die Dunkelheit in der Welt besiegen wollte, musste sie die Dunkelheit in ihrem eigenen Herzen anerkennen und verstehen. Nur dann würde sie das Gleichgewicht wiederherstellen können.

Der Tunnel öffnete sich plötzlich, und vor ihr erschien eine riesige, schwarze Masse – ein schwarzes Loch, das in den unendlichen Raum hineinreichte. Doch statt von Angst erfasst zu werden, spürte Maria eine seltsame Ruhe.

Der Raum war leer und gleichzeitig voll von allen Dingen, die je gewesen waren, allen Dingen, die selbst wahr und sein könnten.

„Dies ist die Quelle der Dunkelheit", sagte die Stimme wieder. „Die Leere, von der du gehört hast. Der Ursprung von allem, was du suchst. Aber du wirst dich entscheiden müssen, ob du sie annimmst oder sie vernichten willst. Und dieser Schritt wird das Schicksal der Welt entscheiden."

Maria trat näher, der Boden unter ihren Füßen war von der Dunkelheit selbst aufgenommen. Sie war jetzt mitten im schwarzen Loch, der Raum um sie herum verzerrte sich und verschmolz mit ihren eigenen Erinnerungen. Szenen aus ihrer Vergangenheit flossen ineinander: das Gesicht ihrer Mutter, die sie verloren hatte, ihre missglückte Ehe mit Peter, die ersten Momente ihrer Reise, das Treffen mit Solmira und Noctyros. Doch dann tauchte etwas anderes auf – eine Szene, die sie lange verdrängt hatte.

Es war eine Erinnerung aus ihrer Kindheit. Sie sah sich selbst, ein kleines Mädchen, das an einem Fluss stand und in die weite Landschaft starrte. Es war ein friedlicher Moment, doch die Atmosphäre war trügerisch, als ob etwas im Verborgenen lauerte. Ein Schatten schlich sich von hinten an. Sie drehte sich um und erkannte die dunkle Gestalt, die sie immer wieder in ihren Albträumen gesehen hatte – die Dunkelheit, die sie vor langer Zeit verdrängt hatte, in der Hoffnung, sie würde nie wieder auftauchen.

„Ich habe dich immer gefürchtet", sagte Maria zu der Gestalt, die sie nun vor sich sah. „ich habe dich immer bekämpft. Aber ich weiß jetzt, dass ich dich nicht besiegen kann. Ich muss dich annehmen".

Die Dunkelheit, die zunächst bedrohlich und wild wirkte, begann sich zu verändern. Sie war nicht länger ein Schatten – sie nahm eine Form an, die vertraut und gleichzeitig fremd war.
Es war ein Teil von ihr, ein Teil ihrer selbst, den sie nie vollständig verstanden hatte. Sie hatte immer geglaubt, dass es nur ein Kampf war, dass das Licht das Dunkel besiegen musste. Aber nun erkannte sie, dass das Licht und die Dunkelheit zwei Seiten der gleichen Medaille waren.

„Ich habe dich nie verstanden", flüsterte Maria. „Aber jetzt weiß ich, dass ich dich brauche. Ohne dich gibt es kein Licht. Ohne Licht gibt es keine Dunkelheit."
Die Dunkelheit, die nun wie ein Spiegelbild von Maria selbst wirkte, nickte langsam, als ob sie verstanden wurde. Und in diesem Moment wusste Maria, das sie die letzte Wahrheit erkannt hatte. Die Dunkelheit war nicht das Ende. Sie war ein Teil des Anfangs, des Kreislaufs des Lebens. Sie war nicht das Böse, sondern der notwendige Schatten, der das Licht erst ermöglichte.

Der Raum um sie herum begann zu vibrieren, eine neue Energie, kräftig und rein, durchströmte sie. Maria spürte die Macht, die nun im perfekten Einklang floss. Sie hatte das Gleichgewicht gefunden.
„Du hast es geschafft, Maria", sagte die Stimme, die sie die ganze Zeit begleitet hatte. „Du hast das Gleichgewicht wieder hergestellt, nicht nur in der Welt, sondern auch in dir selbst. Die Dunkelheit und das Licht sind nun eins. Und mit dieser Erkenntnis wirst du die Welt verändern."

Maria blickte in die Tiefe des schwarzen Lochs, das nun nicht mehr bedrohlich wirkte, sondern zu einer Quelle der unendlichen Energie geworden war. Sie wusste das der Kampf nicht wirklich um das Besiegen der Dunkelheit ging. Es ging darum zu verstehen, dass sie nie hätte besiegt werden müssen. Und mit dieser Erkenntnis, die tief in ihrem Herzen verankert war, trat Maria in das Zentrum des schwarzen Lochs ein.

Der Tunnel verschwand, und die Welt um sie herum begann sich zu verändern. Es war der Beginn eines neuen Zeitalters. Das Gleichgewicht war wieder hergestellt, und die Dunkelheit hatte ihren Platz im Kreislauf des Lebens gefunden.

Und Maria wusste, dass ihre Reise noch lange nicht zu Ende war. Es war erst der Anfang eines viel größeren Abenteuers, eines Abenteuers, das die Welt für immer verändern würde.

Das Gefühl der Dunkelheit, die Maria in den letzten Stunden erlebte, war keineswegs die letzte Prüfung, die ihr bevorstand. Als sie in das Zentrum des schwarzen Lochs eintrat, spürte sie eine tiefe Schwingung in ihrem Inneren – eine Schwingung, die nichts mit der äußeren Welt zu tun hatte, sondern etwas, das in ihr selbst verborgen war, etwas, das sie stets verdrängt hatte. Die Dunkelheit war nicht nur ein äußeres Feindbild, das sie besiegen musste. Sie war ein Teil von ihr – ein Teil ihrer Geschichte, den sie mit allen Kräften abgelehnt hatte. Jetzt spürte sie, dass sie sich einer Wahrheit stellen musste, die ihr bisher immer unerträglich erschien.

Plötzlich öffnete sich der Raum um sie und verwandelte sich in eine verzerrte, schattenhafte Version ihrer Kindheit. Die Wände ihres Elternhauses, doch sie waren in dunkle Töne getaucht, als ob der Raum selbst in Erinnerung an das Unvorstellbare gerinnt.

Die Luft war schwer von einem unangenehmen Geruch, den sie sofort mit der Zeit der Unschuld in Verbindung brachte – einer Zeit, die nie wirklich unschuldig war. Sie hörte das leise Knarren von Holzböden, den Tropfen von Wasser irgendwo in der Ferne. Aber das, was sie nun vor sich sah, war nicht einfach nur ein Raum der Erinnerung. Es war der Raum, in dem sich die dunkelsten Ecken ihrer Seele verbergen sollten.

„Du hast dich bisher vor mir versteckt Maria", flüsterte eine Stimme aus der Dunkelheit. Die Stimme war vertraut, doch sie war von Schmerz durchzogen – eine kaltes, bösartiges Flüstern, das wie der Wind durch die Gitterstäbe eines Kerkers wehte.
„Du bist hier, weil du dich der letzten Wahrheit stellen musst", sagte die Stimme. Maria wusste wer sie war, noch bevor sie sich umdrehte. Ihr Vater.
Aber er war nicht der Vater, den sie aus den glücklichen Momenten ihrer Kindheit kannte – dieser Vater war eine dunkle, unheimliche Figur, die aus ihren schlimmsten Albträumen stammte.

Der Raum, in dem sie sich nun befand, war eine surreale Verzerrung ihrer Kindheit. Der Tisch in der Mitte des Raumes, an dem sie und ihr Vater früher gegessen hatten, war jetzt ein Ort der Bedrohung, als ob er zu einem Altar des Schmerzes geworden war. Die Erinnerungen begannen sich zu entfalten wie vergilbte Bilder aus der Vergangenheit – schmerzhafte Szenen, die sie nie hatte sehen wollen.

Maria sah sich selbst als kleines Mädchen in einer Ecke des Raumes stehen, ihren Kopf gesenkt, in sich gekehrt. Die war nicht mehr die selbstbewusste Frau, die sie heute war.

Hier, in diesem Raum, war sie nur ein wehrloses Kind, das von einem Elternteil missbraucht wurde. Jedes Detail der Erinnerung kam zurück – die Kälte seines Blicks, die unsägliche Angst, die sie in diesem Raum fühlte, die Hilfslosigkeit, die sie nie jemanden anvertraut hatte.

„Ich habe es nie erzählt", murmelte Maria, ihre Stimme brüchig. „Ich habe es nie jemandem gesagt. Es war, als ob ich nicht wusste, wie. Es war als ob ich." Sie brach ab, als sie sich die ganze Last dieser Jahre vor Augen führte. „Warum haben ich das nie gesagt? Warum habe ich nie etwas unternommen?"

„Weil du Angst hattest", antwortete eine andere weichere Stimme – ihre eigene. „Weil du dachtest, du wärst schuld. Du hast dich selbst in diese Dunkelheit gedrängt, hast dich in deinen Ängsten und Schweigen vergraben. Aber jetzt wirst du dich mir stellen Maria."

Maria schluckte, als der Raum um sie sich weiter verzerrte. Sie war jetzt wieder das kleine Mädchen, das in die Dunkelheit des Korridors lief, indem ihr Vater sie immer wieder zu sich rief. Der Schatten seines Körpers schien sie zu verfolgen, überall, wo sie hintrat. Doch dies war nicht der Punkt, an dem sie sich zurückziehen konnte. Diese Erinnerung war wie ein unsichtbarer Zwang, sie in diesem Pein zu stürzen, und sie musste sich ihr stellen.

„Ich war nicht schuld", sagte Maria plötzlich mit fester Stimme, als sie sich der Gestalt ihres Vaters näherte. „Ich war ein Kind. Ich habe niemandem geschadet. Aber du hast mir was genommen. Und ich habe nie den Mut gefunden, die Wahrheit zu sagen."

Der Raum flimmerte, und der Schatten ihres Vaters verzerrte sich, als er sich zu ihr hinabbeugte. „Die Wahrheit ist, dass du dich selbst gehasst hast, weil du diese Erinnerung nie loslassen konntest", sagte die dunkle verzerrte Version von ihm. „Du hast geglaubt, dass du schuldig bist, weil du immer versucht hast, es zu vergessen. Du hast dich gefangen gehalten, weil du nicht bereit warst, den Schmerz zu spüren."

„Das war nicht meine Schuld", flüsterte Maria jetzt, ihre Augen brannten von den Tränen, die sie jahrelang zurückgehalten hatte. „Es war nie meine Schuld."
Der Raum begann sich zu verändern. Die Dunkelheit, die sich über ihr ausgebreitet hatte, begann zu zerfließen, als ob sie die Mauern ihrer Angst niederreißen würde. Die Erinnerung an ihren Vater, die sie so lange beiseitegeschoben hatte, verloren ihren Halt.
Stattdessen umhüllte sie eine neue Erkenntnis – ein Gefühl der Befreiung, als ob die Dunkelheit endlich zurückweichen würde, weil sie nicht mehr in ihr verborgen bleiben konnte.

„Du hast dich selbst gefangen gehalten", sagte die weiche Stimme von ihr selbst, die nun mit Liebe und Stärke in ihr durchbrach. „Aber es war nie deine Last, Maria. Es war die Last von jemand anderem. Und du hast das Recht deine Geschichte zu erzählen."
„Ich bin nicht das kleine Mädchen, das in dieser Dunkelheit erstickt", sagte Maria mit festem Blick. „Ich bin die, die heute hier steht. Und ich werde mich nicht mehr verstecken. Ich werde die Dunkelheit annehmen und der Welt mein wahres Gesicht zeigen."
Die Dunkelheit, die den Raum um sie herum gehüllt hatte, zog sich langsam zurück. Die Wände zerbrachen wie aus Glas, das in tausend Splitter fiel.

Und vor ihr öffnete sich eine neue Landschaft – nicht die ihrer Kindheit, sondern eine neue Welt. Eine neue Welt, die sie erschaffen konnte, frei von den Ketten der Vergangenheit, frei von den Ängsten, die sie all die Jahre getragen hatte.

„Die Dunkelheit ist nicht das Ende", sagte Maria, „sondern der Anfang. Der Anfang einer neuen Freiheit. Und ich werde nicht länger in ihren Schatten leben. Ich werde in meinem eigenen Licht stehen."

Mit einem letzten Bild auf die verblassenden Schatten ihrer Kindheit trat Maria hinaus in die neue Welt, die sich vor ihr erschreckte. Es war nicht das Ende ihrer Reise, sondern der Beginn eines neuen Kapitels. Ein Kapitel, in dem sie nicht länger gefangen war, sondern in dem sie die Welt mit einer Wahrheit betreten würde, die aus Stärke, Liebe und Akzeptanz bestand.

Maria trat in die neue Welt, die sich vor ihr ausbreitete, und ein Gefühl der Leichtigkeit durchströmte sie. Die schwere der Erinnerung, die sie so lange mit sich getragen hatte, schien sich langsam aufzulösen, als ob sie von der Luft selbst fortgetragen wurde. Ihre Schritte waren fest und entschieden, aber auch von einer neuen, ungeahnten Ruhe begleitet. Sie wusste das der Weg noch lang und voller Herausforderungen sein würde, doch die Dunkelheit in ihr hatte ihren Platz gefunden und ihre wahre Form angenommen.

Kapitel 23 Der Wächter der Übergänge

Sie war nicht länger ein Feind – sie war ein Teil von Ihr, den sie nun mit sich trug, ohne ihn zu fürchten.
Der Boden unter ihren Füßen begann zu vibrieren, als ob die Erde selbst auf ihre Veränderung reagierte. Vor ihr erschien ein riesiges Tor, das in dem Himmel ragte, umgeben von einem Nebel, der sich langsam zu lichten begann. Der Nebel war nicht unheimlich, sondern vielmehr wie eine Hülle der Geheimnisse, die darauf warteten, entdeckt zu werden. Die Luft war kühl und frisch, und der Duft von Blumen und feuchtem Graswehte durch den Raum.
„Was ist da?" fragte Maria sich leise, als sie sich dem Tor näherte. Es war aus einem seltsam schimmernden Material gefertigt, das in allen Farben des Regenbogens glänzte. Es war eine Tür zwischen den Welten, so schien es, und Maria wusste, dass sie hindurch gehen musste, um weiterzukommen.

Bevor sie das Tor erreichte, tauchte plötzlich eine weitere Gestalt aus dem Nebel auf.
Es war ein Mann, aber kein gewöhnlicher. Er hatte ein Gesicht, das sich ständig veränderte, als ob er aus einer Vielzahl von Wesen und Erinnerungen zusammengesetzt war. Seine Augen waren tief und geheimnisvoll, und er trug ein Gewand, das wie das Universum selbst schimmerte – dunkel aber auch von den Sternen durchzogen.
„Du bist gekommen, Maria", sagte er mit einer Stimme, die sowohl alt als auch jugendlich klang. „Ich habe dich erwartet."

„Wer bist du?" fragte Maria, ohne einen Schritt zurückzugehen.

Sie hatte keine Angst mehr.

Die Dunkelheit in ihr hatte ihr die Kraft gegeben, jede Begegnung mit Mut und Klarheit zu sehen.

„Ich bin der Wächter der Übergänge", antwortete der Mann. „Und ich bin hier, um dir zu zeigen, was du noch nicht sehen kannst. Aber du musst verstehen, dass jede Wahrheit, die du erkennst, einen Preis hat. Eine Wahrheit wird dir das Wissen bringen, aber sie wird auch etwas von dir verlangen."

Maria dachte kurz nach. Sie hatte schon viele Prüfungen durchlebt und viele dunkle Teile ihrer Seele entdeckt. Aber diese Prüfung fühlte sich anders an. Sie spürte das es noch tiefere Geheimnisse gab, die sie nicht kannte – Geheimnisse, die nicht nur ihre Vergangenheit, sondern auch die Zukunft der Welt betreffen würden.

„Was soll ich tun?", fragte Maria schließlich.

„Ich habe schon so viel gelernt. Doch ich weiß, dass noch mehr auf mich wartet."

„Der wahre Preis", sagte der Wächter mit einem geheimnisvollen Lächeln, „lieget in deinem eigenen Herzen. Wenn du den nächsten Schritt machst, wirst du auf eine Wahrheit stoßen, die du nie erwartet hast, Eine Wahrheit, die dich herausfordern wird, dich in deiner tiefsten Essenz zu verändern. Und du wirst dich fragen müssen, ob du bereit bist, alles zu opfern, um das zu erreichen, was du wirklich suchst."

Maria spürte, wie sich ein Knoten in ihrem Magen bildete. Sie hatte sich nie wirklich gefragt, was es wirklich bedeutete, alles zu opfern. Sie hatte immer geglaubt, dass ihre Reise vor allem den Kampf gegen die Dunkelheit beinhaltet, dass das Opfer in der Anerkennung ihrer eigenen Ängste und Erinnerungen lag.

Doch hier, vor dem Tor, spürte sie, dass die wahre Herausforderung viel größer war.

„Ich bin bereit", sagte sie schließlich, ihre Stimme fest, aber von einer leisen Unsicherheit durchzogen. „Ich habe schon alles verloren, was ich jemals zu verlieren hatte. Also ja, ich bin bereit."

Der Wächter nickte langsam, und das Tor vor ihr begann sich zu öffnen. Doch als die Tür sich weit genug öffnete, erblickte Maria nicht die Welt, die sie erwartet hatte. Es war nicht der Raum der Erleuchtung oder eine neue Dimension des Wissens. Stattdessen fand sie sich in einem endlosen Ozean aus Sternen wieder, die wie Leuchtfeuer in der Dunkelheit erstrahlten. Und mitten in diesem Ozean lag eine Insel, die wie aus purem Licht bestand. Sie wusste sofort, dass dieser Ort der Ursprung aller Dinge war.

„Dies ist der Ursprung des Wissens", sagte der Wächter. „Hier wird sich entscheiden, was du bereit bist zu opfern. Die Dunkelheit und das Licht sind zwei Teile derselben Realität, aber sie müssen in einem ausgewogenen Zustand koexistieren.
Wenn du weiter gehen willst, musste du die Wahrheit finden, die deine Reise endgültig bestimmen wird."

Maria trat auf die Insel zu, ihr Herz pochte schneller, als sie sich auf die letzte Prüfung vorbereitete. Jeder Schritt schien den Raum und die Zeit selbst zu verändern. Sie fühlte, wie die Dunkelheit und das Licht in ihr vereinten und sich gleichzeitig voneinander abgrenzten – eine unaufhörliche Wechselwirkung, die sie nun vollständig verstand.
Als sie das Zentrum der Insel erreichte, stand vor ihr ein riesiges Spiegelbild – sie selbst, aber doch nicht sie selbst.

Es war eine Version von ihr, die sie nie gekannt hatte, eine Version, die in ihrer tiefsten Seele verwurzelt war, eine Manifestation all ihrer Wünsche, Ängste und Wünsche.

„Was bist du?" fragte Maria, ihre Stimme von einer Mischung aus Faszination und Angst durchzogen.
„Ich bin die Maria, die du nie warst", antwortete die Erscheinung. „Die Maria, die sich immer wieder verborgen hat, die Maria, die du nicht zulassen wolltest. Ich bin das, was du beiseitegeschoben hast, weil du Angst vor mir hattest. Doch ohne mich wirst du hier nicht weiterkommen. Denn nur, wenn du mich annehmen kannst, wirst du die wahre Freiheit finden."

Maria starrte in das Spiegelbild, ihre Gedanken wirbelten. Die Erscheinung vor ihr war nicht der Feind, den sie fürchtete. Es war ein Teil von ihr, den sie immer verdrängt hatte, ein Teil von ihr das auf Akzeptanz wartete.
„Ich habe dich immer weggestoßen", flüsterte Maria, während die Tränen über ihr Gesicht liefen. „Ich habe dich immer gehasst."
„Aber du bist mehr als das", sagte die Erscheinung mit sanfter Stimme. „Du bist der Fluss, der aus allen Teilen deines Selbst hervorgeht. Wenn du mich liebst, liebst du auch dich selbst. Wenn du mich annimmst, wirst du ganz sein."

Maria schloss die Augen und atmete tief ein. Sie wusste, dass dies einer der letzten Schritte war – die Vollständige Vereinigung mit ihrem eigenen Schatten, der nicht mehr als etwas Böses angesehen werden durfte, sondern als ein Teil von ihr, den sie nicht länger fürchten musste.

Sie öffnete ihre Augen wieder und trat dem Spiegelbild entgegen, umarmte es und fühlte, wie eine unbeschreibliche Wärme durch sie hindurchströmte.

„Ich bin ganz", flüsterte sie.

In diesem Moment löste sich die Dunkelheit vollständig auf, und das Licht strömte wie ein mächtiger Strom durch ihre Adern. Maria wusste, dass sie jetzt die wahre Macht besaß – die Macht, sowohl das Licht als auch die Dunkelheit zu umarmen und sie in Harmonie miteinander zu vereinen. Die Reise war noch lange nicht zu Ende. Aber jetzt wusste sie, dass sie die Wahrheit gefunden hatte, die ihr den Weg in die Zukunft eröffnen würde.

Maria stand auf der leuchtenden Insel, das Gefühl von Erfüllung und Erleichterung durchströmte sie. Ihre Entscheidung, sich ihrem Schatten zu stellen, hatte sie befreit, doch in dieser Stille lag auch die Herausforderung der nächsten Etappe. Der Wächter, der sie bisher begleitet hatte, war nun verschwunden, und die Insel schien in einem Zustand von schweigender Erwartung zu verharren.

Doch Maria wusste, dass es nicht einfach so enden konnte. Sie hatte sich ihrer Vergangenheit gestellt, ja, aber der Weg, den sie nun beschreiten musste, war noch weit und ungewiss. Es war nicht nur ihr innerer Kampf gewesen, der sie zu dieser Insel geführt hatte. Die Welt selbst war noch nicht gerettet. Und es gab noch so viele ungelöste Rätsel – ihre Aufgabe war nicht nur, ihre eigenen Ängste zu überwinden, sondern das Gleichgewicht der Welt zu wahren.

„Was nun?" fragte sie sich selbst, als sie über die Insel ging, deren Oberfläche aus purem Licht zu bestehen zu bestehen schien.

Der Boden fühlte sich weich an, als ob er unter ihren Füßen pulsiert und atmete, als ob der ganze Ort lebendig wäre. Und da, im Zentrum, stand ein weiterer Wächter – aber dieses Mal war es keine menschliche Gestalt. Es war ein Wesen aus Licht, so hell, dass es kaum zu erkennen war, und doch spürte sie sofort, dass es eine Präsenz war, die sie auf eine Weise durchdrang, die ihr Verständnis überstieg.

„Du hast dich selbst gefunden Maria", sagte das Wesen mit einer Stimme, die wie das Rauschen von Wasser und Wind klang. „Aber der Weg zur wahren Erleuchtung ist noch nicht zu Ende. Die Dunkelheit, die du besiegt hast, war nur ein Teil des Ganzen. Der wahre Feind, den du bekämpfen musst, ist weit größer."

Maria trat einen Schritt zurück. Sie hatte gehofft, dass ihre Reise zu diesem Punkt das Ende der Prüfung gewesen wäre. Doch der Wächter vor ihr sprach von etwas, das sie noch nicht verstand. Sie dachte an die Worte des ersten Wächters, der ihr gesagt hatte, dass sie das Opfer des Wissens nicht vollständig begreifen konnte. War dies das, was er gemeint hatte?

„Was meinst du?" fragte sie, die Stimme fest aber von Zweifeln durchzogen. „Ich habe mich meinen Ängsten gestellt, die Dunkelheit akzeptiert, was könnte noch größer sein als das?"

Das Wesen aus Licht schien zu schweigen, dann flimmerte es und ein Bild erschien vor Maria. Sie sah sich selbst wieder, aber diesmal war sie nicht allein.

Überall um sie herum standen unzählige Menschen, die sich wie Schatten, der Vergangenheit fühlten, wie ein Kollektiv, das sie mit ihrer Reise verbunden hatte.
Die Gesichter waren unscharf, verschwommen, aber sie trugen alle dieselbe Aura der Verzweiflung. Die Gesichter derer, die sie auf ihrem Weg getroffen hatte – die Waisen, die Verlassenen, die Zerbrochenen.

„Es gibt eine größere Dunkelheit, Maria", sagte das Wesen ruhig, „und sie betrifft nicht nur dich. Es ist ein kollektives Leiden, die Verdrängung von Wahrheit und Verantwortung, die nicht nur von dir, sondern von allen Menschen getragen wird. Du hast dich deiner Dunkelheit gestellt, aber du musst nun die Dunkelheit der Welt erkennen und heilen."

Maria trat näher an das Bild, das vor ihr flimmerte. „Die Dunkelheit der Welt?" fragte sie. „Wie kann ich das tun? Ich habe so lange meine eigenen Kämpfe gekämpft. Wie soll ich die Dunkelheit von Millionen heilen?"
„Indem du dich der kollektiven Erinnerung stellst", antwortete das Wesen. „Denn jeder Mensch trägt ein Stück des Ganzen in sich, jedes Individuum ist verbunden. Die Erinnerungen, die du verdrängst, sind nicht nur deine eigenen. Sie gehören auch zu der Geschichte der Menschheit. Du musst die Geschichte der anderen hören und sie mit deinem eigenen Wissen und Mitgefühl verbinden."

Maria verstand plötzlich, was das Wesen meinte. Die Dunkelheit, die sie besiegt hatte, war nicht nur ihre eigene – sie war ein Teil eines globalen Gefüges, das immer weiterwuchs, je mehr Menschen ihre wahren Geschichten, ihre tiefsten Ängste und Erinnerungen beiseiteschoben.

Die Welt war von einer Welle des Vergessens und der Verdrängung überflutet. Nur wenn sie diese kollektive Dunkelheit anerkannte und heilte, könnte die wahre Veränderung eintreten.

„Also, meine Reise ist noch nicht zu Ende", flüsterte Maria, ein erneuter Hauch von Erkenntnis durchströmte sie. „Ich muss lernen, die Dunkelheit in anderen Menschen zu sehen und ihnen zu helfen, sich ihr zu stellen."

„Ja", sagte das Wesen aus Licht. „Du musst verstehen, dass dein Wissen und dein Mut nicht nur für dich selbst sind, sondern für alle, die bereits sind, sich zu verändern. Du hast dir deine Geschichte erobert. Jetzt musst du anderen helfen, ihre Geschichte zu hören. Nur dann wird die wahre Transformation möglich."

Maria nickte langsam, das Gewicht dieser Erkenntnis drang tief in ihr Bewusstsein. Sie war sich jetzt bewusst, dass ihre Aufgabe nicht nur ein individueller Kampf war. Sie war ein Bindeglied zwischen der Vergangenheit und der Zukunft. Die Erinnerungen und Geschichten der Menschen um sie herum, musste ebenfalls befreit werden, um das Gleichgewicht der Welt wiederherzustellen.

„Und wie soll ich das tun?" fragte sie das Lichtwesen. „Du musst die Menschen aufrufen, ihre eigenen Geschichten zu erzählen, ihre Dunkelheit zu akzeptieren und sich gemeinsam dem Licht zuzuwenden. Du bist die Verbindung, die sie brauchen, um sich der Wahrheit zu stellen und sie zu heilen."

In diesem Moment fühlte Maria eine tiefere Verbundenheit mit allem um sie herum. Sie spürte die Wellen der Weltgeschichte, das unaufhörliche Rauschen der Erinnerungen der Menschheit, und sie wusste, dass dies ihre wahre Aufgabe war. Die Reise, die sie begonnen hatte, war nicht nur ihre eigene – sie war der Anfang einer viel größeren Reise, einer Reise, die der gesamten Menschheit Heilung bringen konnte.

„Ich werde zurückkehren", Sagte sie schließlich. „Ich werde die Geschichte der Welt hören und den anderen helfen, sich ihrer Dunkelheit zu stellen."
Das Lichtwesen lächelte und die Insel begann zu verblassen, als ob sie in den Raum der Zeit integriert wurde. Maria wusste, dass dies nicht das Ende ihrer Reise war. Sie hatte den ersten Schritt in die richtige Richtung getan – sich selbst zu befreien – aber die wahre Aufgabe begann jetzt, da sie bereit war, der Welt zu helfen, sich ebenfalls zu befreien.

Mit einem letzten Blick auf die nun leere Insel trat sie in den Lichtstrom, der sie wieder in ihre Welt zurückführte. Der Himmel war weit und offen vor ihr. Und mit jedem Schritt, den sie machte, wusste sie, dass sie mehr und mehr in der Lage sein würde, das kollektive Leid zu verstehen und zu heilen, dass die Welt in Dunkelheit gehalten hatte.

Kapitel 23 Die Stadt des Lichts

Maria trat aus dem Lichtstrom, der sie sanft und ohne Widerstand aus der Insel der Erleuchtung zurück in die Welt geführt hatte. Als sie die ersten Schritte in die gewohnte, jedoch nun fremd wirkende Welt setzte, spürte sie, wie die Erinnerung an die leuchtende Insel hinter ihr langsam Verblasste, wie ein Traum, der sich in dem Morgennebel auflöste. Doch in ihrem Inneren war sie tief verändert, und das Wissen, das sie in diesem erleuchteten Raum erlangt hatte, blieb fest in ihrem Herzen verankert.

Die Stadt, in der sie wieder landete, schien nichts von der enormen Veränderung zu bemerken, die sie durchlebt hatte. Es war ein gewöhnlicher Ort, mit den gewohnten Geräuschen des Straßenlärms, dem Rauschen von Verkehr und dem Murmeln von Stimmen in der Ferne. Doch in ihren Ohren klang dieser alltägliche Lärm wie eine Melodie aus einer anderen Dimension, eine Symphonie von ungesagten Geschichten und unausgesprochenem Schmerz.

Die Menschen um sie herum – die Gesichter, die sie zuvor oft nur flüchtig wahrgenommen hatte – hatten nun eine neue Bedeutung für sie.
Sie spürte ihre Dunkelheit, die sie in ihren Augen erahnte, und auch ihre verborgenen Ängste. Das, was Maria vielleicht früher nicht bemerkt hatte, war jetzt wie ein flimmerndes Licht, das hinter den Augen der Menschen lebte.
Sie konnte die Risse in ihren Herzen sehen, die noch nicht geheilt waren. Und doch fühlte sie sich nicht überwältigt. Im Gegenteil, sie spürte eine neue Verantwortung in sich – eine Aufgabe, die weit über ihre eigene Geschichte hinaus ging.

„Wie beginne ich?" fragte sie sich, als sie durch die Straßen ging. „Wie spreche ich diese Dunkelheit an, ohne sie zu zerstören?"

Die Antwort kam schnell, als sie an der Bäckerei vorbei ging und ein Gespräch zwischen zwei älteren Damen auffing. Es war ein flüchtiges Gespräch, nichts Außergewöhnliches, aber für Maria war es ein Moment der Wahrheit.

Die beiden Frauen redeten über ihre Kinder, ihre Sorgen und ihr alltägliches Leben, aber es war nicht das, was sie sagten, dass sie berührte. Es war das, was sie nicht sagten. Die Unsicherheiten in ihren Stimmen, die zurückgehaltenen Tränen, die Erinnerungen, die sie mit sich trugen und die sie niemals aussprachen. Maria hörte es in ihren Pausen, in ihren Blicken.

Sie wusste das sie mit den Menschen sprechen musste, nicht über das Offensichtliche, sondern über das Unausgesprochene. Nicht über die Dinge, die sie taten, sondern über die Dinge, die sie fürchteten, die sie versuchten zu verdrängen.

Am nächsten Tag begann Maria ihre Reise der Begegnungen. Sie wusste, dass die Dunkelheit in den Menschen nicht einfach verschwand – sie konnte nicht einfach gesagt werden. Sie musste gehört, anerkannt und gefühlt werden. Und Maria wusste, dass sie nun das Werkzeug hatte, um diese tiefe, ungesagte Dunkelheit anzusprechen.

Die erste Person, die sie ansprach, war ein älterer Mann im Park. Er saß auf einer Bank, die Hände verschränkt, den Blick nach unten gerichtet. Maria setzte sich vorsichtig neben ihn. „Hallo", sagte sie sanft. „Es scheint, als würde der Tag heute nicht ganz so leicht sein".

Der Mann blickte auf und nickte, ohne wirklich zu antworten. Seine Augen waren leer, als ob er die Worte, die er sagen wollte, nicht mehr fand.

„Ich habe den Eindruck", fuhr Maria fort, „dass du etwas in dir trägst, dass du nicht teilen kannst. Es muss schwer sein." Der Mann zuckte zusammen, als hätte er das Gefühl, sie habe einen Teil seiner Seele entblößt. Doch er sagte nichts. Maria konnte die innere Spannung in ihm spüren. Und so blieb sie ruhig, und ließ ihm Zeit.

„Manchmal" begann er nach einer langen Pause, „fühlt es sich an, als ob das Leben einem alles genommen hat. Und man weiß nicht, ob man jemals wieder zu sich selbst zurückfinden kann."

Seine Stimme zitterte leicht, und Maria spürte, wie eine unsichtbare Mauer zwischen ihm und der Welt in diesem Moment brach. Sie wusste das dies ein entscheidender Moment war – ein Moment, in dem sich der Mann vielleicht zum ersten Mal erlaubte, über seine Schmerzen nachzudenken. Über die Erinnerungen, die er nie verarbeitet hatte. „Es ist nicht einfach sich der eigenen Dunkelheit zu stellen", sagte Maria leise. „Aber es ist der einzige Weg, um wieder Frieden zu finden."

Der Mann sah sie an, und Maria konnte den inneren Widerstand in seinen Augen sehen. Doch auch etwas anderes, vielleicht eine kleine Flamme der Hoffnung, flackerte auf. „Ich weiß nicht, ob ich das kann", murmelte er. „Es geht nicht darum es sofort zu tun", antwortete sie. „Es geht darum anzufangen. Schritt für Schritt."

Nach dem Gespräch wusste Maria, das dies nur der Anfang war. Der ältere Mann war nicht der Einzige, der mit seiner Dunkelheit kämpfte. Überall gab es Menschen, die in sich ein verborgenes Leid trugen, das sie aber nie aussprachen.

Es war nicht ihre Aufgabe die Dunkelheit für sie zu besiegen, aber sie konnte ihnen helfen, sich ihr zu stellen.

In den kommenden Wochen ging Maria weiter, traf Menschen, sprach mit ihnen, hörte ihre Geschichte und erkannte immer mehr, wie sehr sich ihre Reise mit der der anderen verband. Sie entdeckte, dass sie durch die einfache Geste des Zuhörens und des Anerkennens eine heilende Wirkung auf die Menschen um sie herum hatte. Sie war ein Spiegel für sie – jemand, der in der Lage war, das Licht zu sehen, das in ihren dunklen Erinnerungen und Geschichten verborgen war.

Doch nicht alle Menschen waren bereit, sich der Dunkelheit zu stellen. Viele wehrten sich, ließen sich nicht auf Gespräche ein. Manche Menschen taten alles, um ihre Vergangenheit zu verleugnen um die tiefsten Wunden zu verbergen. Maria verstand, dass sie nicht jedem helfen konnte – zumindest nicht sofort. Aber sie wusste das ihre Aufgabe nicht nur darin bestand, den Menschen zu helfen, die bereit waren, sich zu öffnen. Sie musste die Welt langsam, behutsam dazu bringen, sich ihrer eigenen Geschichte zu stellen.

Sie wusste auch dass dies ein Prozess war, der lange dauern würde. Die Dunkelheit der Welt konnte nicht einfach über Nacht geheilt werden. Aber jedes Gespräch, jede Geste der Anerkennung, jedes Mal, wenn jemand die Vergangenheit anerkannte und den Mut fand, sich ihr zu stellen, war ein Schritt in die richtige Richtung.

Und so begann Maria, Stück für Stück, das kollektive
Bewusstsein der Welt zu verändern.
Und diesem Prozess wuchs sie auch weiter.

Kapitel 24 Ein Wiedersehen mit Karl

Maria hatte nun einige Wochen in der Stadt verbracht, und der Rhythmus ihres Lebens hatte sich verändert. Jeden tag spürte sie die tiefe Verbindung zu den Menschen, die sie traf – die Geschichte derjenigen, mit denen sie sprach, die Wunden, die sie in sich trugen, und die Heilung, die manchmal nur ein flüchtiges Gespräch oder ein mitfühlendes Ohr erforderten. Doch während sie weiter durch die Straßen zog, konnte sie nicht umhin, immer wieder das Gefühl zu haben, das ihre Reise noch nicht abgeschlossen war. Es gab noch etwas was sie tun musste, Karl, sie musste ihn wiedersehen und ihm den Brief von Adelaide aushändigen. Aber wo war er, sie hatte ihn, seit ihrer Rückkehr nicht mehr gesehen.

Es war ein regnerischer Nachmittag, als sie auf dem Weg durch den Park plötzlich einen Mann bemerkte, der wie in einer anderen Welt versunken auf der Bank saß. Er war in einen dunklen Mantel gehüllt, das Gesicht teilweise im Schatten seines Hutes verborgen, und doch erkannte Maria ihn, es war Karl.
Sie ging auf ihn zu, ihr Herz klopfte ein wenig schneller, als sie sich erinnerte, wie Adelaide ihr den Brief für ihn gegeben hatte.

„Hallo Karl, darf ich mich zu dir setzen?" fragte sie sanft.
Er blickte auf, und als er sie ansah spürte Maria sofort eine eigenartige Verbindung. Er nickte wortlos und rückte ein wenig zur Seite, um Platz zu machen.
„Es ist schön dich wiederzusehen, auch an so einem regnerischen Tag", sagte Maria, während sie sich setzte und den Himmel betrachtete.

Er schaute ebenfalls in den Himmel und schien Maria gar nicht richtig wahrzunehmen. Maria spürte das er in Gedanken versunken war. Sein Blick war von tiefer Traurigkeit durchzogen.

„Ich weiß das es manchmal schwer ist, mit sich selbst ins reine zu kommen", sagte sie nach einer Weile. „Manchmal braucht man einfach jemanden, der zuhört."

Karl drehte sich langsam zu ihr um, als ob er plötzlich aus seiner Gedankenwelt aufwachte. „Maria, du bist zurück, wie hast du es nur geschafft, du warst so lange fort und nun bist du wieder da. Hast du das erreicht was du wolltest?"

„Ja, Karl das habe ich, und ich bin zurück gekommen damit ich anderen Menschen helfen kann".

Karl zwang sich ein kleines lächeln ab.

„Warum bist du hier Maria?"

„Weil ich glaube, dass jeder Mensch etwas trägt, das andere nicht sehen können", antwortete Maria. „Ich glaube es gibt Dinge, die wir nicht erzählen, aber die trotzdem an uns nagen. Und manchmal braucht es jemanden, der uns erinnert, dass wir nicht alleine sind."

Karl nickte und sagte leise, "Niemand hört mir zu, niemand versteht mich, was in mir vorgeht".

„Ich verstehe mehr als du denkst", antwortete Maria leise. Ihre Worte schienen ihn irgendwie zu beruhigen. Er seufzte tief.

„Was genau willst du wissen Maria?"

„Vielleicht was genau dich belastet, was dich quält", sagte sie, als ob ihre Worte selbst die Dunkelheit ansprechen könnten, die über ihm lag. Doch bevor er antworten konnte, hielt Maria ihm den Brief hin, ein kleines vergilbtes Stück Papier.

„Was ist das?" fragte er.
Karl nahm es entgegen und betrachtete es, als würde es etwas in seiner Erinnerung wachrufen.
„Es ist ein Brief," sagte sie, „von deiner Großmutter. Ich habe sie getroffen, und sie hat mich gebeten dir diesen Brief zu geben, damit du verstehst. Sie ist nicht einfach gestorben Karl, sie hat versucht die Welt zu retten".
Er schaute sie ungläubig an, fast so als wäre sie verrückt geworden. „Aber wie kann das sein, sie ist seit Jahren verschwunden".

„Adelaide wollte das du den Brief liest", sagte sie sanft. „Sie sagte es wäre der letzte Schritt auf deinem Weg. Der Schritt um den Frieden zu finden, den du so lange gesucht hast."

Zögernd öffnete Karl den Brief. Maria konnte seine Finger zittern sehen, als er die ersten Zeilen las. Dann hielt er inne. Seine Augen füllten sich mit Tränen, als er weiterlas, und er murmelte leise vor sich hin.

„Liebster Karl...", las er, „dieser Brief ist mein letzter Versuch, dir das zu erklären, was nie gesagt werden konnte. Es tut mir leid, dass ich dich nicht in den Arm nehmen konnte, als du den Schmerz deiner Kindheit ertragen hast. Es tut mir leid, dass ich dir nicht sagen konnte, wie sehr ich dich liebe und das du nicht für die Fehler deiner Eltern verantwortlich bist. Ich hoffe du kannst eines Tages den Mut finden, die Dunkelheit zu erkennen, die dich verfolgt und sie loszulassen.

Ich musste gehen, ich hatte keine andere Wahl. Ich habe versucht die Welt zu retten. Ich wollte das alles besser wird, nicht nur für dich, sondern für alle Menschen. Es hat lange gedauert bis ich den richtigen Partner bei diesem Kampf an meiner Seite hatte. Ich habe sie gefunden, es war Maria. Gemeinsam haben wir wieder das Licht in die Welt gebracht. Ich denke jeden tag an dich, und ich werde dich immer lieben. Mach dir keine Sorgen um mich, mir geht es gut. Ich habe nur einen Wunsch, bitte lass die Dunkelheit deiner Vergangenheit hinter dir. Werde glücklich, das Licht ist vor dir, du musst es nur ergreifen.

In Liebe deine Großmutter Adelaide".

Karl brach in Tränen aus, die Worte seiner Großmutter hatten die Mauer, die er jahrelang um sich gebaut hatte, zum Einsturz gebracht. Der Schmerz, den er so lange verdrängt hatte, die Erinnerung an den Verlust, die er nie verarbeitet hatte, flossen nun wie ein unaufhaltsamer Strom aus ihm heraus.

Maria saß still an seiner Seite, als er den Brief zu Ende gelesen hatte. Ihre Hand ruhte sanft auf seiner Schulter, und sie wusste, dass dieser Moment von Bedeutung war – für ihn und für sie.

„Du musst nicht alleine damit kämpfen", sagte sie schließlich. „Der Weg ist nicht einfach, aber er ist der Einzige, der dich zu dir selbst führen wird."

Karl sah sie mit einer Mischung aus Dankbarkeit und Schmerz an. „Ich weiß nicht ob ich jemals in der Lage sein werde, wirklich Frieden zu finden", sagte er. „Aber dieser Brief... er bedeutet alles für mich."

Maria lächelte und stand langsam auf. „Du bist nicht allein, Karl. Die Reise, die du gehen musst, ist nicht nur deine eigene. Du hast jetzt den ersten Schritt getan. Und der weg nach vorne ist der, den du selbst bestimmen kannst."

Mit einem letzten Blick auf Karl, der tief in den Brief versunken war, drehte sich Maria um und ging weiter. Sie wusste das ihre Aufgabe nicht nur darin bestand, die Dunkelheit der Vergangenheit zu heilen, sondern auch, anderen zu helfen, den Mut zu finden, sich ihr zu stellen und den Weg der Heilung zu gehen.

Der Weg war noch lange nicht zu Ende. Aber Maria war bereit, weiterzugehen – immer weiter, Schritt für Schritt.

Maria hatte das Gefühl, dass sich der Wind der Veränderung in ihr Leben gesetzt hatte, aber sie war noch weit entfernt von der vollständigen Erleuchtung. Jede Bewegung, jeder Moment schien sie tiefer in die verborgenen Ebenen der menschlichen Seele zu führen. Sie verstand mehr und mehr, dass das, was sie auf ihrer Reise entdeckt hatte, nicht nur eine Aufgabe war – es war Teil von ihr geworden. Eine unaufhörliche Reise, bei der das ziel unklar war, aber das Streben selbst alles bestimmte.

Nach dem treffen mit Karl und dem Brief seiner Großmutter wusste Maria, dass es nicht nur um die Vergangenheit und die Dunkelheit der Menschen ging, es ging auch um die Frage, wie man die Zukunft gestalten konnte. Und wie konnte man einen solchen Wandel bewerkstelligen, wenn nicht durch die Veränderung der einzelnen Menschen? Wenn jeder von uns einen Teil der Dunkelheit in sich trägt, dann musste der Weg der Heilung durch das gesamte Teilen dieser Dunkelheit führen.

Kapitel 25 Die Begegnung mit Jona

Es war an einem regnerischen Nachmittag, als Maria im einem Café in der Nähe des Parks saß. Der Regen prasselte gegen die Fenster, und der Duft von frisch gebrühtem Kaffee erfüllte den Raum. Ihre Gedanken wanderten zurück zu Karl, und zu all den anderen denen sie begegnet war. Doch plötzlich fühlte sie einen vertrauten Blick, der sie aus ihren Gedanken riss.

„Maria?", sagte eine ruhige bekannte Stimme.

Sie drehte sich um und erblickte einen Mann, der in einem langen dunklen Mantel an der Tür stand. Es war Jona, ein Mann den sie vor einiger Zeit getroffen hatte, als sie angefangen hatte sich mit der Dunkelheit und den verborgenen Wunden der Vergangenheit auseinanderzusetzen. Er war einer der ersten, dem sie von ihren neuen Kräften erzählt hatte, bevor sie ihn auch geheilt hatte. Er war ihr damals schon sehr sympathisch gewesen.

„Jona!", rief sie erfreut und winkte ihm zu, um ihn an ihren Tisch zu bitten.

Er setzte sich, und für einen Moment war alles still. Sie betrachteten sich gegenseitig, als hätte sie eine lange Reise hinter sich. In gewisser weise war das ja auch so. Die Zeit, die seit ihrem letzten Gespräch vergangen war, schien unbedeutend, aber die Ereignisse die sie erlebt hatten, hatte sie beide verändert.

„Ich sehe du hast deinen Weg fortgesetzt", sagte Jona schließlich und lächelte.

Maria nickte. „Es ist der einzige Weg, wirklich zu verstehen, was die Menschen durchmachen.

Aber je mehr ich darüber nachdenke, desto mehr frage ich mich, wie tief diese Dunkelheit reicht. Es gibt so viele Dinge die nie ausgesprochen werden, so viele Geschichten, die niemand zu hören bekommt".

Jona schaute nachdenklich aus dem Fenster, und sein Blick schien über das Treiben der Stadt hinweg in die Ferne zu schweifen. „Es gibt immer mehr, als wir jemals erfassen können", sagte er dann leise. „Aber es gibt auch immer eine Möglichkeit, das sich etwas ändert. Das sich das Dunkel in Licht verwandelt."

Maria schaute ihn mit großen Augen an. Dann redete er weiter. „Maria ich war in dem alten Haus und ich habe gesehen was du gesehen hast. Ich möchte auch den Menschen helfen ihre Dunkelheit zu besiegen. Ich bin den Hütern begegnet genau wie du. Ich möchte dir helfen, gemeinsam können wir es schaffen."

Maria wusste nicht was sie sagen sollte. „Aber warum hast du das getan, ich habe dir doch erzählt das es eine gefährliche Reise war."

„Das tut jetzt nichts mehr zur Sache, ich wollte dich wieder sehen, um mit dir gemeinsam den neuen Weg gehen um die Menschen zu erlösen."

„Aber wie? Wie kann das Dunkel wirklich erleuchtet werden, wenn die Menschen es nie anerkennen?" fragte Maria, als sie den tiefen Gedanken hinter seinen Worten ergründen wollte.

„In dem du genau das tust, was du tust", antwortete Jona mit einem sanften Lächeln. „Indem du die Dunkelheit anerkennst, ihr Raum gibst, aber auch die Möglichkeit bietest, sie zu verändern. Du bist das Beispiel, Maria. Deine Reise ist nicht nur eine Erkenntnis, sondern auch die Heilung."

Maria dachte nach. Sie verstand was Jona meinte. Ihre Aufgabe war nicht nur zu lehren, sondern selbst als lebendes Beispiel für den Wandel zu dienen. Doch in diesem Moment, als ihre Gedanken tiefer in diese Richtung drifteten, passierte etwas, das ihr sofort die Aufmerksamkeit raubte.

Der Kellner brachte ihr einen weiteren Kaffee, und während er den Tisch verließ, bemerkte Maria etwas Ungewöhnliches auf der Karte die er dabeihatte. Ein Brief lag auf dem Tisch, der mit einem einfachen, aber seltsam vertrautem Siegel verschlossen war. Maria starrte auf das Siegel – es war das gleiche, das sie auf einem Brief gesehen hatte, den sie in der Vergangenheit erhalten hatte. Es war das Siegel von Adelaide, der Großmutter von Karl.

Ihre Hand zitterte leicht, als sie den Brief öffnete, und darin fand sie nur eine kurze Nachricht.

„Die Zeit ist gekommen. Die letzte Prüfung erwartet dich. Geh zu den alten Ruinen außerhalb der Stadt. Dort wirst du Antworten finden."

Jona der ihre plötzliche Anspannung bemerkte fragte: „Was ist los?"
Maria zeigte ihm den Brief. „Es scheint, als ob ich erneut aufgerufen werde, eine andere Reise anzutreten. Aber diesmal ist es nicht nur meine Reise. Es geht um die gesamte Zukunft."

„Die alten Ruinen?" Jona war sofort aufmerksam. „Was, wenn es eine Falle ist?"
„Es gibt nur einen Weg, das herauszufinden", sagte Maria fest. „Und ich werde ihn gehen, wie ich es immer getan habe.

Aber diesmal habe ich das Gefühl, dass es nicht nur um mich geht. Es gibt eine Verbindung, die weit über das hinausgeht, was wir bisher gesehen haben."

Jona nickte, und sie stand auf. Es war Zeit eine neue Etappe der Reise zu beginnen. Doch während sie das Café verließ und durch die Gassen der Stadt ging, hatte Maria das Gefühl, das etwas Größeres und Unausweichliches auf sie wartete – ein Rätsel, das sie lösen musste, um die Dunkelheit endgültig zu durchdringen und die letzten Schatten zu vertreiben. Sie konnte nicht wissen, was sie erwarten würde, aber sie wusste, dass der Ruf von Adelaide und die Vision der Zukunft sie in eine neue, unbekannte Richtung führen würde.

Und so begann eine weitere Etappe ihrer Reise, ein Abenteuer, das sie tiefer als je zuvor in die Geheimnisse der Welt und ihrer eigenen Seele führen würde.

Kapitel 26 Die letzte Reise

Der Regen hatte sich gelegt, und die Sonne schien durch die Wolken, als Maria und Jona den Rand der Stadt erreichten. Die Straßen waren jetzt weniger belebt, der Klang des städtischen Lebens entfernte sich, und das Gefühl der Stille umhüllte sie. Es war eine Ruhe, die zugleich beruhigend wie auch beunruhigend wirkte. Sie wussten beide, dass sie sich auf eine Reise begaben, die sie weit über das hinausführen würde, was sie sich jemals hätten vorstellen können.

„Die alten Ruinen", murmelte Jona, während er die Karte studierte, die sie von der Nachricht begleitet hatte. „Sie liegen etwas außerhalb der Stadt, in einem verlassenen Waldgebiet. Wenn wir uns beeilen, sollten wir vor Einbruch der Dunkelheit dort sein".
Maria nickte, aber tief in ihrem Inneren spürte sie eine unerklärliche Unruhe. Sie konnte die Bedeutung der Ruinen nicht genau begreifen, aber irgendetwas an diesem Ort schien für die Zukunft von entscheidender Bedeutung zu sein. Vielleicht war es ein Ort, an dem nicht nur die Antworten auf ihre eigenen fragen, sondern auch auf das Schicksal vieler Menschen verborgen lagen.

Der Weg führte sie durch enge Gassen und schließlich hinaus in die weite Landschaft, wo die Stadt hinter ihnen verschwand und nur noch die Weite, offene Natur blieb. Die Luft war kühl und frisch, und der Wald, der sich vor ihnen ausbreitete, wirkte wie ein uralter Ort, an dem die Zeit stillzustehen schien. Der Weg dorthin war von Moos bedeckt, und die Bäume standen dicht beieinander, als wollten sie etwas bewahren, das nur wenigen bekannt war.

„Hier müssen wir aufpassen", sagte Jona mit gedämpfter Stimme, als sie an den ersten Bäumen des Waldes vorbeikamen. „Es gibt viele Legenden über diesen Wald, die von verlorenen Seelen und Kräften erzählen. Manchmal so heißt es, hört man Stimmen, die einem vom richtigen Weg abbringen wollen."

Maria wusste, dass er sie nicht ohne Grund warnte. Die Legenden von denen er sprach, hatten immer einen wahren Kern, auch wenn sie in den Geschichten der Dorfbewohner als Märchen abgetan wurden. Sie spürte, wie sich der Wald immer dichter um sie schloss uns die Luft immer schwerer wurde, als ob der Wald selbst ein Geheimnis verbarg, das nie gelüftet werden sollte.

„Wir müssen uns beeilen", sagte Maria, obwohl sie wusste, dass die Zeit keine Rolle spielte. Der Wald hatte eine eigenartige Eigenschaft – er verlangsamte das Empfinden der Zeit. Was Minuten schienen, konnten Stunden sein, und was Stunden schienen, war vielleicht nur ein Augenblick.

Als sie weitergingen, begannen sie, eigenartige Geräusche zu hören. Zuerst war es nur ein Rascheln, das von den Bäumen kam, dann ein leises Flüstern, das sich mit dem Wind vermischte. Maria konnte die Worte nicht verstehen, aber sie spürte eine dunkle Präsenz, die sich mit jedem Schritt verstärkte. Es war als ob der Wald selbst versuchte, sie zu testen, sie zu prüfen, ob sie den richtigen Weg gewählt hatten.

„Du hörst es auch, oder?", fragte Jona, der ebenfalls seinen Blick schärfte, und in den dichten Wald starrte.

„Ja", antwortete Maria. „Ich habe das Gefühl, als etwas uns beobachtet." Plötzlich hörten sie eine klare Stimme, die direkt von vorne zu kommen schien: „Warum wollt ihr weitergehen? Was wollt ihr hier?"

Maria drehte sich erschrocken um, doch da war niemand zu sehen. Nur die Bäume, die sich im Wind bewegten, als ob sie selbst eine Antwort hätten.

„Wer bist du?" fragte Maria mit fester Stimme. Sie hatte gelernt nicht vor der Dunkelheit zurückzuschrecken, sondern ihr entgegenzutreten.

„Ich bin der Hüter der verlorenen Seelen", erklang die Stimme erneut, dieses Mal aus einem höherem Baum, der in einem geheimnisvollen Licht erstrahlte. „Ich schütze das, was verborgen ist, und halte das Tor zu den Erinnerungen derjenigen, die nie ihren Frieden finden konnten."

Jona trat einen Schritt zurück, und auch Maria fühlte sich von der mystischen Präsenz der Stimme fast überfordert. Doch sie wusste, dass sie keine andere Wahl hatte, als weiterzugehen.

„Wir kommen nicht um Unheil zu stiften", sagte sie ruhig. „Wir suchen Antworten. Wir sind auf der Such nach einem Ort, der uns helfen wird, das Dunkel zu verstehen und es zu beenden."

„Antworten?" lachte die Stimme. „Die Antworten die ihr sucht, werden nicht ohne Preis gegeben. Und die Dunkelheit die ihr bekämpfen wollt, ist tief in jedem von euch. Ihr könnt nicht entkommen. Es sei denn, ihr könnt die letzte Prüfung bestehen."

„Was für eine Prüfung?", fragte Maria, während ihr Herz schneller schlug.

Sie hatte schon so viele Prüfungen bestanden, aber die Vorstellung einer letzten, endgültigen Prüfung ließ einen kalten Schauer über ihren Rücken laufen.

„Kommt und erkennt, was euch wirklich bindet", antwortete die Stimme. „Kommt und stellt euch der Wahrheit, die tief in euch liegt."
Maria und Jona sahen sich an, und ohne ein weiteres Wort zu verlieren, folgten sie der unsichtbaren Spur, die die Stimme für sie hinterlassen hatte. Es war als würde der Wald selbst ihnen den Weg weisen. Die Bäume schienen sich zu teilen, und der Pfad vor ihnen wurde immer klarer.

Nach einer Weile erreichten sie eine kleine Lichtung, auf der eine uralte Ruine stand. Sie war von Moos und Efeu überwuchert, und der Anblick des Gebäudes wirkte fast heilig, als ob es Zeuge von Jahrhunderten voller Geheimnisse und Prüfungen gewesen war, an dem die Antworten die sie suchten, verborgen waren.
„Hier müssen wir uns stellen was uns plagt", sagte Jona leise, als er neben Maria stehen blieb. „Was auch immer es ist, wir müssen bereit sein uns der Wahrheit zu stellen", fügte Maria hinzu, die langsam die Ruine betrat.

Mit jedem Schritt den sie weitergingen, spürte Maria die wachsende Macht der Ruine. Es war ein Ort der Prüfungen, ein Ort, an dem die tiefsten Ängste und Geheimnisse der Menschheit ans Licht kamen. Es war der Beginn einer neuen Reise, einer, die sie herausfordern würde, ihre innersten Schatten zu konfrontieren.
Der Moment der Prüfung hatte begonnen. Und Maria wusste, dass sie sich nicht mehr von ihrer Vergangenheit oder den dunklen Geheimnissen, die sie lange verborgen gehalten hatte, verstecken konnte.

Die Ruinen standen vor ihnen wie ein ehrwürdiges Monument aus vergangenen Zeiten, als ob sie die Geschichten von Jahrhunderten in ihren verwitterten Steinen trugen. Doch je näher sie traten, desto mehr nahm die Luft um sie herum an Dichte zu. Maria spürte, wie das Gewicht der Geschichte, der Erinnerungen und der unausgesprochenen Geheimnisse sie erdrückte. Die Ruinen, die einst ein Ort des Wissens und der Stärke gewesen sein mussten, schienen jetzt eine dunkle fast drohende Präsenz zu tragen.

„Wir sind hier", sagte Jona leise und blickte zur zerbrochenen Fassade eines alten Gebäudes, das nur noch von den Wurzeln riesiger Bäume gehalten wurde. „Was auch immer kommt, wir müssen uns ihm stellen."

Maria nickte, obwohl ihr Herz in der Brust zu hämmern begann. Der Moment war gekommen. Sie konnte die Dunkelheit der Vergangenheit spüren, die in diesen Ruinen lauerte. Es war als ob jeder Schritt, den sie näherkam, sie tiefer in ihre eigenen inneren Schatten führte.
„Ich kann es fühlen", flüsterte sie, als sie einen Fuß in das verfallende Gebäude setzte. „Es ist als ob mir dieser Ort etwas sagen will… als ob er meine Geschichte kennt."

Der Raum vor ihnen war düster und von einem schwachen licht durchzogen, das wie aus der Erde selbst zu kommen schien. Der Boden war mit altem Staub bedeckt, und die Wände waren mit rätselhaften Symbolen und vergilbten Inschriften bedeckt, die Maria nicht sofort entziffern konnte. Doch sie wusste, dass sie diese Symbole entziffern musste, um zu dem zu gelangen was sie suchte. Sie atmete tief ein und ließ sich von ihrer Intuition leiten.

„Sie dir das an", sagte Jona, als er auf eine der Wände deutete, auf der ein besonders auffälliges Symbol prangte. Es war das Zeichen eines Kreises mit einem Punkt in der Mitte, umgeben von vier Linien, die wie Strahlen aus dem Zentrum herausgingen.

„Das Symbol der Wahrheit", murmelte Maria. „Ich habe es schon einmal gesehen, in einer alten Vision. Es repräsentiert die Verbindung zwischen allem was wir wissen, und dem, was wir nicht verstehen. Die Wahrheit ist nicht nur Wissen, sondern auch ein Prozess der Erkenntnis."

Jona nickte, als er die Inschrift darunter entdeckte. „Es heißt: Der, der sich der Dunkelheit stellt, muss das Licht in sich selbst finden."

„Das Licht in sich selbst...", wiederholte Maria nachdenklich. „Vielleicht ist das der Schlüssel."
Plötzlich gab der Boden unter ihren Füßen nach. Ein leises Knarren durchbrach die Stille, und bevor sie sich richtig umdrehen konnten, stürzte der Boden vor ihnen in ein tiefes Loch. Maria fiel, doch bevor sie sich ganz von der Schockwelle des Sturzes überwältigen ließ, spürte sie, wie eine unsichtbare Kraft sie auffing und sanft zu Boden legte.

Als sie sich aufrappelte, fand sie sich in einer weiten, unterirdischen Höhle wieder. Der Raum war riesig, und an den Wänden brannten uralte Fackeln, die ein schwaches, flimmerndes Licht verbreiteten. Doch das Licht konnte nicht die Dunkelheit vertreiben, die hier herrschte. Es war eine Dunkelheit die nicht nur den Raum, sondern auch die Seele zu umhüllen schien.

„Maria…", hörte sie eine vertraute Stimme flüstern, die so klar und doch so fern klang. Sie drehte sich erschrocken um. „Vater?", fragte sie ungläubig. Ihre Stimme brach fast, als die Erinnerung an ihre Kindheit wie ein Schatten über sie fiel.

Der Mann den sie vor sich sah, war nicht wirklich ihr Vater, es war eine Projektion ihrer schlimmsten Erinnerungen, die in dieser dunklen Höhle lebendig wurden. Er sah sie mit seinen kalten, starren Augen an, und die Worte die er sprach, drangen tief in ihre Gedanken.

„Du bist nie entkommen", sagte er mi einer Stimme, die von Schmerz und Bitterkeit durchzogen war. „Du hast dich nur in den Illusionen der Welt verloren, aber du wirst nie die Wahrheit finden, solange du mich nicht loslässt."

Maria fühlte wie die Wände der Höhle sich enger um sie zogen. Es war als würde der Raum selbst die Erinnerung an die quälende Vergangenheit wieder aufleben lassen. Die Dunkelheit in ihr wurde lebendig, und das Gefühl der Angst und der Scham, die sie so lange verdrängt hatte, kehrte mit voller Wucht zurück.

„Du bist nur ein Schatten deiner selbst, Maria", fuhr die Stimme fort. „Du kannst nicht vor mir fliehen. Und du kannst auch nicht vor Dir fliehen."

Maria fiel zu Boden, der Schmerz der Erinnerung war überwältigend. Aber dann inmitten der Dunkelheit, spürte sie etwas anderes – eine leise Wärme, die sich in ihrem Inneren ausbreitete. Es war das Licht, von dem die Inschrift gesprochen hatte. Es war das Licht der Erkenntnis, der Akzeptanz.

„Ich bin nicht der Schatten, den du mir aufgedrückt hast",
flüsterte sie mit einer Klarheit, die sie selbst überraschte. „Ich
bin nicht das Opfer, das du gemacht hast. Ich habe die Kraft
mich zu befreien."
In dem Moment in dem sie die Worte sprach, brach die
Dunkelheit um sie herum zusammen. Der Raum, der sie
umhüllt hatte, begann sich zu verändern, zu verblassen. Sie
konnte den Schmerz in sich spüren, aber sie wusste, dass sie
ihm jetzt ins Gesicht sehen konnte, ohne sich zu verkriechen.
Sie war bereit, die Dunkelheit zu akzeptieren, sie als teil von
sich selbst zu begreifen und sie loszulassen.

„Du bist nicht mehr teil von mir" sagte sie endgültig.
Das Bild ihres Vaters löste sich auf, und die Höhle begann
sich aufzulösen. Sie fühlte wie sich die Last, die so lange auf
ihre Schultern gedrückt hatte, endlich von ihr nahm. Der
Raum veränderte sich zu einem lichten, klaren Ort, und Maria
stand allein, aber frei, in einem leuchtenden Raum.

„Du hast es geschafft", hörte sie Jona sagen, der hinter ihr
erschien.
Sie drehte sich zu ihm um, und in seinen Augen lag ein
Ausdruck der Anerkennung. „Du hast nicht nur deine
Vergangenheit besiegt, sondern auch das Dunkel das die
Welt umgibt. Du hast es verstanden Maria."

„Es ist noch nicht vorbei", sagte sie nachdenklich. „Es ist nur
ein Teil des Weges. Aber ich habe gelernt, was ich für die
anderen tun muss. Um den echten Wandel zu schaffen, muss
ich auch mit dem umgehen, was in jedem Menschen
verborgen ist."

Jona nickte. „Die Dunkelheit, ist nicht nur in dir, sondern in jedem von uns. Und die Heilung die du suchst ist die gleiche Heilung, die alle Menschen brauchen."

Sie standen eine Weile schweigend da, als die Welt um sie herum weiter aufblühte. Maria wusste, dass ihre Reise noch lange nicht zu Ende war. Es gab noch so viel mehr zu entdecken, so viele tiefere Schichten der Dunkelheit, die sie verstehen musste. Aber sie hatte nun einen entscheidenden Schritt getan, und das Licht, das sie in sich getragen hatte, war stärker denn je.

Der Raum der Maria nun umgab, schien sich immer weiter auszudehnen. Die Wände, die zu Anfang aus brüchigem Stein bestanden, hatten sich in klare, transparente Säulen verwandelt, die von einem warmen, goldenen Licht durchzogen waren. Es war der erste Moment seit langer Zeit, indem sie sich wirklich frei fühlte. Doch die Freiheit die sie jetzt erlebte, fühlte sich nicht nach einem Ende an, sondern vielmehr nach einem Anfang.

„Ich spüre es", sagte Jona, der neben ihr stand und auf die sich wandelnde Landschaft blickte. „Dieser Ort… er ist ein Übergang. Du bist nicht mehr dieselbe Maria, die du einmal warst. Du hast dich der Dunkelheit gestellt, und du bist nicht zerbrochen. Du bist stärker geworden."

Maria nickte, aber ihre Gedanken schweiften zu den Wörtern, die sie selbst ausgesprochen hatte. Die Dunkelheit war nicht nur in ihr – sie war in allem und jedem. Sie hatte die Wurzeln erkannt, hatte sich ihren eigenen Dämonen gestellt. Doch jetzt war der Weg noch lange nicht zu Ende. Sie hatte das Gefühl, das noch viel größere Prüfungen auf sie warteten.

„Ich glaube nicht, dass wir hier nur eine Erinnerung losgelassen haben", sagte sie nach einer langen Pause. „Ich habe das Gefühl, dass dieser Ort nicht nur meine Vergangenheit widerspiegelt. Vielleicht ist das der Ort, an dem die Zukunft bestimmt wird."

Jona sah sie an, seine Augen schmal. „Du meinst, dieser Ort könnte ein Portal sein? Ein Übergang zu etwas größeren?"

„Ja", antwortete sie nachdenklich. „Dieser Raum, diese Höhle, sie sind nicht nur für mich bestimmt. Sie sind für alle da. Vielleicht nicht jetzt, aber irgendwann. Vielleicht gibt es einen Zeitpunkt, an dem jeder, der an den Rand der Dunkelheit tritt, in diesem Raum die Möglichkeit hat, sich zu entscheiden."

Gerade als sie diesen Gedanken weiterverfolgte, hörte sie ein leises Geräusch hinter sich. Ein rasches Scharren, das von der transparenten Säule reflektiert wurde. Sie drehte sich um – und sah eine silberne, schimmernde Gestalt auf sie zukommen. Der raum schien sich in ihrer Präsenz zu verengen, und Maria eine fast greifbare Veränderung in der Luft.

„Wer bist du?" fragte Maria, ohne Zögern. Die Gestalt war in ein leuchtendes Gewand gehüllt, ihre Augen funkelten wie Sterne, und sie hatte eine Anmut, die alles, was Maria kannte, überstieg.

„Ich bin der Wächter des Übergangs", antwortete die Gestalt, mit einer Stimme, die sich wie der Klang eines fernen, heiligen Chores anhörte. „Ich bin derjenige der den Weg weist. Derjenige, der darüber wacht, dass diejenigen, die hierherkommen, auch wirklich die Entscheidung treffen, die ihnen bevorsteht."

Maria spürte, wie ihr Herz schneller schlug. Sie hatte von solchen Wesen gehört, aus alten Legenden und Geschichten. Wächter der Schwelle, die über das Schicksal der Seelen wachten. Aber was wollte der Wächter von ihr?
„Welcher Weg?" fragte sie. „Ich dachte ich hätte bereits alles hinter mir gelassen. Was gibt es noch zu entscheiden?"

Der Wächter trat einen Schritt näher. „Es gibt immer etwas zu entscheiden, Maria. Die Dunkelheit die du besiegt hast, ist nur ein Teil eines viel größeren Ganzen. Du hast deine eigene Prüfung gemeistert, doch nun kommt die Zeit, in dem du dich dem kollektiven Dunkel stellen musst. Die Welt braucht dich, um das Licht zu bringen, das du in dir gefunden hast. Aber nicht nur dir selbst. Du wirst den Weg für viele erleuchten müssen."

Maria spürte eine plötzliche Erschütterung in sich. „Ich verstehe nicht", sagte sie leise. „Ich dachte ich würde nur die Dunkelheit für mich selbst besiegen. Das ich mir selbst genügen würde, und somit anderen helfen kann, sich ihren Ängsten aus der Vergangenheit zu stellen. Aber das… das ist wohl etwas viel größeres hier."

„Das ist es", antwortete der Wächter mit einem Nicken. „Das Dunkle ist nicht nur in dir. Sie ist in jedem Menschen, das hast du doch schon gelernt. In jedem Moment der Geschichte, in jeder Entscheidung, die getroffen wird. Aber du hast die Macht, das Licht zu entfachen, das diese Dunkelheit vertreiben kann. Doch um dies weiterhin zu tun musst du dich der schlimmsten Prüfung stellen."
Maria sah ihn an. „Und was ist diese Prüfung?"

„Die Prüfung des Mitgefühls", sagte der Wächter.

„Du musst lernen, dass das größte Licht nicht nur aus dir selbst kommt, sondern aus deiner Fähigkeit, das Licht in anderen zu entzünden. Du musst den anderen helfen, ihre eigene Dunkelheit zu überwinden. Es ist keine einfache Aufgabe, Maria. Und du wirst dich mit Dingen konfrontieren müssen, die du bisher nicht sehen konntest. Du wirst deine größten Ängste nicht nur für dich selbst, sondern auch für andere erkennen."

Maria spürte, wie ihr der Atem stockte. „Ich habe immer geglaubt, die Dunkelheit sei nur ein persönliches Ding. Nur etwas was mich betrifft. Aber jetzt... Ich verstehe."

„Genau", sagte der Wächter. „Du hast bereits vielen Menschen geholfen, und jetzt wirst du aufbrechen müssen, um denen zu helfen, die es alleine nicht schaffen. Du bist dazu bestimmt, ein Licht in dieser Welt zu sein, Maria. Doch um das zu tun, musst du mehr als nur den Schatten in dir selbst zu besiegen. Du musst das Licht in anderen entfachen."

Maria schloss die Augen und dachte nach. Ihre Reise hatte sie bis hierhergeführt, doch die Vorstellung das es um die ganze Welt ging, um alle Menschen, war überwältigend. Es war eine Verantwortung, die sie nie gesucht hatte, doch die nun auf ihr lastete.
„Ich... ich weiß nicht, ob ich bereit bin", flüsterte sie. „Wie kann ich anderen helfen?"

„Das ist nicht die Frage", sagte der Wächter ruhig. „Du bist nicht allein, Maria. Es gibt viele wie dich. Der Weg wird nicht leicht, aber du wirst nicht allein gehen.

Denke daran, du hast die Fähigkeit, in den dunkelsten
Momenten ein Licht zu finden, und das ist die Kraft, die du
nutzen musst."
Maria atmete tief ein und öffnete die Augen. Sie wusste das
der weg, der vor ihr lag, lang und schwierig sein würde. Aber
sie wusste auch, dass sie nicht mehr dieselbe war, die sie vor
all dem gewesen war. Sie hatte die Dunkelheit in sich selbst
konfrontiert, und würde nicht davor zurückschrecken, auch
den anderen Menschen zu helfen.

„Ich bin bereit", sagte sie schließlich.
Der Wächter nickte. „Dann gehe. Die Welt wartet auf dich."

Und so trat Maria, begleitet von Jona, in das Unbekannte, mit
dem Wissen, das schon wieder eine Reise begann.

Kapitel 27 Endstation

Maria und Jona gingen weiter, begleitet von der schweren
Stille des Ortes, in dem sie sich befanden. Die goldene
Leuchtkraft, die den Raum durchzog, war jetzt zu einem
gedämpften Schein verblasst, als ob die Welt selbst innehielt,
bevor sie die nächste Etappe des Weges freigab. Sie hatten
gerade erst begonnen, die wahre Bedeutung des
Gesprochenen zu begreifen, und doch fühlte sich Maria
bereit, der Dunkelheit nicht nur in sich selbst, sondern auch in
der Welt zu begegnen.

„Es wird nicht einfach werden", sagte Jona nach einer Weile.
„Der Wächter hat recht, der Weg vor uns ist voller
Herausforderungen. Du musst dich dem stellen, was viele
nicht sehen können."
Maria nickte, aber ihr Blick war auf den Horizont gerichtet, wo
der Übergang von der Dunkelheit zum Licht zu
verschwimmen schien. „Ich weiß. Aber was, wenn ich den
Weg verliere? Was wenn ich den anderen nicht mehr helfen
kann?"

„Du wirst nicht allein sein", antwortete Jona. „Die Dunkelheit
ist ein Teil von uns allen, aber genauso ist das Licht ein Teil
von uns. Du hast die Fähigkeit, das Licht in anderen zu sehen
und es ihnen zu entfachen. Du wirst sehen, dass der Weg
nicht nur aus Hindernissen besteht. Es gibt auch Momente
des Verständnisses, der Verbindung, des Mitgefühls."

Maria atmete tief ein und erinnerte sich an die Worte des
Wächters. Die Prüfung des Mitgefühls. Sie wusste, dass das
Verständnis für das Leid der anderen der Schlüssel zu ihrer
eigenen Heilung und dem Heilungsprozess der Welt war.

Doch das Gefühl, die Verantwortung für so viele Leben auf ihren Schultern zu tragen, war erdrückend. Was, wenn sie versagte? Was wenn ihre eigenen dunklen Erinnerungen sie zurückhielten?

„Wir sind nicht hier um die Dunkelheit zu vernichten", fuhr Jona fort, als ob er ihre Gedanken erraten könnte. „Wir sind hier, um sie zu verstehen und mit ihr zu leben. Um die Menschen daran zu erinnern, dass sie nicht in der Vergangenheit verhaftet bleiben müssen. Es geht nicht darum zu entkommen, sondern zu lernen mit ihr zu koexistieren. In Balance."

Maria nickte, doch gerade als sie sich diesen Gedanken weiter hingab, stießen sie auf ein neues Hindernis. Der Weg vor ihnen schien sich zu teilen. Zwei Wege, ein schmaler und ein breiter, führte in die Dunkelheit, doch beide waren von einem dichten Nebel umhüllt. Der Nebel war undurchsichtig, und Maria spürte, wie eine kalte Schicht der Unsicherheit sie umhüllte.

„Welchen Weg sollen wir nehmen?" fragte Jona, als er den Nebel mit besorgtem Blick betrachtete.
Maria schloss die Augen und lauschte in sich hinein. Etwas in ihrem Inneren begann zu vibrieren. Sie spürte eine entfernte, aber starke Präsenz. Es war, als ob der Nebel nicht nur den Weg verdeckte, sondern auch Antworten verbarg, die darauf warteten, entdeckt zu werden.

„Ich kann den Weg nicht sehen", flüsterte sie schließlich. „Aber ich kann ihn fühlen. Ich glaube, es ist der Schmale Weg, der uns führt."
„Bist du sicher?", fragte Jona, dessen Zweifel durch seine Stimme klangen.

„Nein", antwortete Maria ehrlich. „Aber ich glaube, es ist der Weg, der uns mehr lehren wird. Manchmal muss man einen Schritt ins Ungewisse wagen, um zu sehen, was wirklich vor einem liegt."

Langsam fast zögerlich, machten sie sich auf den schmaleren Weg. Jeder Schritt den sie machten, ließ den Nebel dichter erscheinen, als ob er versuchte, sie zu verschlingen. Doch mit jedem Schritt fühlte Maria, wie der Nebel ihre Sinne schärfte. Sie hatte das Gefühl, dass dies der richtige Weg war – ein Weg, der sie zu dem führen würde, was sie noch nicht verstand, aber was dringend notwendig war.

Der Weg wurde immer enger, und bald mussten sie sich zwischen großen Felsen hindurchzwängen, die wie Reste einer längst vergangenen Welt aussahen. Die Stille war erdrückend. Kein Wind, kein Geräusch, nichts, außer dem leisen Rascheln ihrer Schritte und dem gelegentlichen Tropfen von Wasser, das von den Felsen glitt.

„Es fühlt sich an, als ob wir durch die Zeit selbst gehen", sagte Jona nach einer Weile, als er in die Stille blickte. „Als ob dieser Ort nicht nur in der Dunkelheit liegt, sondern auch in der Vergangenheit."

„Vielleicht", sagte Maria, ohne aufzusehen. „Vielleicht ist der Nebel ein Spiegel. Vielleicht führt er uns nicht nur durch die Welt, sondern auch in uns selbst."
Plötzlich, als ob der Nebel aus sie reagierte, begann die Dunkelheit zu weichen. Vor ihnen öffnete sich ein neuer Raum – ein Raum, der durchzogen war von strahlendem Licht. Doch das Licht kam nicht von der Sonne oder irgendeiner bekannten Quelle.

Es war ein inneres Licht, das von den Wänden des Raumes ausging, das in allem und jedem lebendig war.

In der Mitte des Raumes stand eine Gestalt. Maria konnte sie zunächst nicht erkennen, aber als sie näherkam, fühlte sie eine vertraute Präsenz. Die Gestalt drehte sich zu ihnen um, und Maria konnte das sanfte Lächeln der Frau sehen, die sie aus der Reise in die Vergangenheit kannte.

„Adelaide", flüsterte Maria erstaunt. „Du bist hier".
„Ja", sagte die Frau ruhig, ihre Augen voller Weisheit und Liebe. „Ich habe auf euch gewartet. Es ist Zeit, dass du den nächsten Schritt machst."
„Was bedeutet das?", fragte Maria, verwirrt.

„Es bedeutet", antwortete Adelaide mit einer Stimme, die gleichzeitig warm und fest war, „dass du verstehen musst, dass das, was du für dich selbst und für meinen Enkel Karl getan hast, nur der Anfang ist. Es gibt noch so viele Menschen die in ihrer dunklen Vergangenheit leben, die noch nicht den Mut haben, ihr eigenes Licht zu finden. Du musst ihnen helfen."

„Wie?", fragte Maria, und in ihrer Stimme lag ein Hauch von Unsicherheit.
Adelaide trat einen Schritt näher. „Indem du das Licht, das du in dir trägst, weiterhin mit anderen teilst. Indem du den Weg, den du gefunden hast, auch für sie öffnest.
Du bist ein Leuchtturm für viele. Deine Reise hat noch nicht das Ende erreicht. Sie hat gerade erst richtig begonnen."
Maria nickte langsam, die Worte hallten in ihr nach. Die Reise war nicht nur für sie selbst bestimmt, sondern für alle, die den Weg noch nicht gegangen waren.

Den Weg des Mitgefühls, des Verständnisses und des Lichts.

„Ich verstehe", sagte sie leise. „ich werde mein Licht teilen."
Und so, mit dieser Entscheidung in ihrem Herzen, trat sie
weiter in den Raum des Lichts – bereit, den nächsten Schritt
zu machen.

Das Licht, das sich plötzlich vor Maria ausbreitete, war mehr
als nur ein einfaches Glühen. Es war ein lebendiges Wesen,
das sich in jeder Ecke des Raumes entfaltete, wie eine
pulsierende Energie, die in den Wänden, in der Luft und in
den Menschen selbst wohnte. Maria konnte förmlich spüren,
wie es in ihre Adern kroch, wie es mit ihrer eigenen Essenz
verschmolz. Es war als ob sie auf einmal mit der gesamten
Welt verbunden war.

„Du hast nun die Kraft, das zu tun, was du tun musst", sagte
Adelaide mit einer Sanftheit in ihrer Stimme, die Maria
berührte. „Doch die wahre Prüfung liegt nicht im Wissen oder
in der Macht, sondern in der Hingabe, in der Bereitschaft, sich
selbst und alles, was du bist, in den Dienst anderer zu
stellen."

Maria schaute Adelaide an, als die Worte immer tiefer in ihr
Bewusstsein drangen. Hingebung. Es war etwas, das sie nie
ganz verstanden hatte. Bis jetzt. Bis zu diesem Moment. Sie
hatte oft in der Vergangenheit das Gefühl gehabt, dass
Hingabe eine Schwäche war, eine Aufgabe, die einen selbst
in den Hintergrund stellte.
Doch nun fühlte sie eine neue Bedeutung in diesen Worten.
Hingabe bedeutet nicht, sich selbst aufzugeben. Hingabe war
die vollkommene Vereinigung mit dem, was sie nun zu tun
hatte.

„Was muss ich tun?", fragte Maria, die fest entschlossen war, sich dieser neuen Verantwortung zu stellen.

Adelaide legte ihre Hand auf Marias Schulter und blickte ihr tief in die Augen. „Du musst das Licht der Herzen anderer entzünden. Viele sind verloren, viele wissen nicht, dass sie ein Licht in sich tragen. Deine Aufgabe ist es, ihnen zu zeigen, wie sie es finden können. Du wirst ihnen nicht nur den Weg zeigen – du wirst ihnen auch helfen, ihre Dunkelheit zu verstehen. Du wirst ihre Ängste und Zweifel in etwas anderes verwandeln."

„Aber wie soll ich das tun?" Maria fühlte sich plötzlich von der Schwere der Aufgabe erdrückt. „Ich kann nicht einfach die Dunkelheit in den anderen erhellen. Nicht jeder ist bereit, sich ihr zu stellen."

Adelaide nickte. „Das ist wahr. Aber es gibt eine Wahrheit, die du erkennen musst: Licht wächst nicht, indem es sich aufdrängt, sondern in dem es geduldig ermutigt, gesehen zu werden. Du wirst nicht jeden erreichen, aber du wirst viele finden, die bereit sind, ihre Dunkelheit zu überwinden, wenn du ihnen den ersten Funken zeigst. Du musst lernen zu vertrauen, dass das Licht, das du trägst, die Fähigkeit hat, sich zu vervielfältigen. Es ist ein Geschenk, das du weitergeben kannst."

Maria schloss die Augen und ließ die Worte in ihrem Inneren nachhallen. Es war eine Herausforderung, die sie nie erwartet hatte.
Doch tief in ihrem Herzen wusste sie, das sie nicht mehr die gleiche Maria war, die noch vor einigen Wochen durch die Dunkelheit geirrt war. Sie hatte sich verändert.

Ihre Reise hatte sie mehr geformt, als sie jemals zu hoffen gewagt hatte.

„"Ich verstehe, ich werde mein Licht teilen." Sagte sie mit fester Stimme.
„Du musst wissen", sagte Adelaide, „Manchmal ist es nicht wichtig, wohin der Weg führt. Es ist wichtiger, dass du den ersten Schritt machst. Der Rest wird sich zeigen."

In diesem Moment spürte Maria, wie sich der Raum um sie herum veränderte. Die goldene Energie begann sich aufzulösen, und die transparenten Wände, die den raum umhüllten, lösten sich auf wie Nebel im Wind. Der Raum in dem sie sich befunden hatten, verschwand, und sie fand sich plötzlich in einem weiten offenen Feld wieder. Der Himmel war klar und weit, und der Boden unter ihren Füßen fühlte sich fest und stabil an.

„Du bist nicht mehr an diesem Ort", sagte Adelaide sanft. „Die Dunkelheit war ein teil deiner Reise, aber jetzt geht es darum, das Licht in der Welt zu verbreiten. Du wirst reisen müssen Maria. Du wirst Menschen treffen, die deine Hilfe brauchen, und Orte entdecken, die auf deine Führung warten. Doch wirst auch auf Widerstand stoßen. Das Dunkle wird versuchen sich weiterhin zu verstecken und zu verbergen, aber du wirst es erkennen und besiegen."

Maria nickte und schaute sich um. Der Wind streifte ihre Wangen, und sie atmete tief die frische Luft ein.
„Ich werde alles tun um zu helfen." Sagte sie mit fester Stimme.
Adelaide schenkte ihr ein letztes warmes lächeln.
„Danke Adelaide, danke für alles", sagte Maria.

Adelaide trat zurück und begann sich langsam aufzulösen, als ob sie von einer sanften Briese davongetragen würde. Ihre Worte hallten in Maria nach, während die goldene Energie sich weiter verflüchtigte. In diesem Moment wusste Maria, dass sie den richtigen Schritt getan hatte.

Als sie den Blick von der fernen Horizontlinie abwandte, bemerkte sie, dass sie nicht mehr allein war. Ein vertrautes Gesicht tauchte aus der Ferne auf – Jona. Auch er hatte sich verändert. Sein Blick war fest, und seine Haltung aufrechter als zuvor.
„Bist du bereit?" fragte er, und kam ganz nah an sie heran.
„Ja, das bin ich", sagte Maria.

Dann schlang sie ihre Arme um Jona und küsste ihn zärtlich. Jona wich ein stück zurück, dann lächelte er, und nahm Maria in die Arme hob sie hoch und drückte sie an sich und küsste sie erneut.
Somit waren sie beide bereit auf die Reise zu gehen um als Boten des Lichts zu dienen.

Der weite Horizont zog sich vor Maria und Jona aus, als sie Hand in Hand weitergingen, den ersten Schritt in eine Zukunft voller unbekannter Wege wagend. Der Wind trug ein leises Murmeln mit sich, als ob die Welt selbst ihnen zuflüsterte, dass der richtige Weg immer der ist, der aus dem Herzen kommt. Sie waren nicht mehr nur Wanderer auf einer fernen Reise. Sie waren Botschafter des Lichts, aufgerufen, das Dunkel zu vertreiben, das noch in den verborgenen Winkeln der Welt lauern konnte.

Es war Jona, der schließlich den ersten, ungeduldigen Schritt in die Stille brach. „Was genau hat Adelaide mit dem Licht gemeint?", fragte er nach einer langen Pause, als sie durch das weitläufige Tal gingen, das von sanften Hügeln gesäumt war. „Und was meinte sie damit, dass wir auf Widerstand stoßen werden?"

Maria nahm sich einen Moment, um zu antworten. Sie hatte auch über ihre Worte nachgedacht, über den Hinweis auf den Widerstand, aber auch über die Bedeutung des Lichts, das in den Herzen der Menschen schimmerte, die noch in Dunkelheit gehüllt waren. „Ich denke, sie meinte, dass wir nicht nur als Retter agieren können. Das Licht ist nicht etwas, das wir erzwingen. Es muss in den Menschen selbst entzündet werden."

„Aber wie?", fragte Jona, der etwas unsicher wirkte. „Wie können wir das in den anderen entzünden?"

„Indem wir zuerst unser eigenes Licht leben", sagte Maria nachdenklich, während sie den blick in die ferne richtete. „Es geht nicht nur darum, den anderen die Wahrheit zu zeigen, sondern ihnen auch die Freiheit zu geben, ihre eigene Freiheit zu finden. Wir müssen Vertrauen haben, dass jeder von ihnen das Licht in sich trägt, auch wenn es tief verborgen ist."

Jona nickte nachdenklich. „Vertrauen", murmelte er. „Es ist schwierig, manchmal zu vertrauen."
„Ja", stimmte Maria ihm zu. „Besonders, wenn die Ängste der Vergangenheit uns immer wieder einholen, und uns somit zeigen wie gefährlich Vertrauen sein kann. Aber vielleicht ist Vertrauen der wahre Schlüssel."

Sie gingen weiter, die Worte hingen in der Luft wie ein ungesagtes Versprechen, als ob sie beide ihre Bestimmung in diesem Moment erkannten. Der Weg war nicht nur ein äußerlicher, sondern auch ein innerer, der sie immer wieder auf ihre eigenen Ängste, Zweifel und ungelösten Konflikte zurückwarf.

Nach Stunden des Wanderns erreichten sie ein kleines, abgelegenes Dorf, das inmitten eines dichten Waldes lag. Es war still. Zu still. Die Häuser, die sich entlang der Hauptstraße reihten, waren alt, ihre Wände von der Zeit und den Elementen gezeichnet. Ein seltsames Gefühl überkam Maria, als sie den Dorfrand betrat. Es war als ob die Zeit hier anders verging – langsamer, gezügelter. Die Häuser schienen eine Art Geheimnis zu bewahren, und der Wind trug einen merkwürdigen Geruch mit sich.

„Etwas stimmt hier nicht", sagte Jona, als er sich umsah. „Ich spüre es auch", antwortete Maria leise, während ihre Sinne schärfer wurden. Es war eine Unruhe in der Luft, die sie nicht erklären konnte. Etwas war im Ungleichgewicht.

Plötzlich bemerkte Maria eine kleine gruppe von Dorfbewohnern, die sich am Marktplatz versammelt hatten. Ihre Gesichter waren bleich, ihre Augen starr und leer. Sie schienen nicht wirklich zu sehen, was um sie herum geschah, als ob sie in einer anderen Welt gefangen waren.

„Wir sollten mit ihnen sprechen", sagte Jona und trat vorsichtig in ihre Richtung.
Doch bevor sie sich näherten, wurde ein alter Mann aus der Gruppe hervorgestoßen.
Seine Haut war ledrig und zerfurcht, und seine Augen glänzten mit einem scharfen, fast unheimlichen Licht.

„Kommt näher!", rief er mit heiserer Stimme. „Der Schatten wird euch einholen!"

„Der Schatten?", wiederholte Maria verwirrt, als sie nähertrat. „Was meinen sie damit?"

Der alte Mann starrte sie mit einem Blick an, der so durchdringend war, dass Maria unwillkürlich einen Schritt zurücktrat. „Ihr seid die, die kommen, um das Licht zu bringen, nicht wahr?" fragte er. „Aber ihr versteht nicht, was es kostet die Dunkelheit zu vertreiben. Der Schatten ist nicht nur ein Feind von uns, er ist der Feind von allem, was lebendig ist. Ihr habt euch in etwas entwickelt, das nicht mehr von dieser Welt ist."

„Er ist nur ein weiterer der Angst hat", sagte eine andere Frau aus der Gruppe, die sich aus dem Hintergrund vorwagte. Ihre Stimme war ruhig, aber ihre Augen brannten mit einer inneren Flamme. „Der Schatten ist überall, und er hat sich in den Herzen der meisten von uns eingenistet. Aber wir können ihn nicht bekämpfen, weil wir nicht wissen wie."

Maria trat einen Schritt vor, und nahm die Frau ernsthaft in den Blick. „Vielleicht wissen wir es, aber wir müssen zuerst verstehen, was dieser Schatten wirklich ist", sagte sie mit ruhiger Entschlossenheit. „Was hat ihn hergebracht? Und warum hält er euch gefangen?"

„Es ist der Schatten der Schuld", flüsterte Maria, die Erkenntnis sie plötzlich durchzuckte.

„Ja", sagte die Frau mit traurigem Blick. „Wir haben die Dunkelheit in uns selbst verdrängt, aber sie ist nie verschwunden. Sie ist immer noch hier, in uns allen. Der Schatten lebt von unserer eigenen Angst und unserem Schmerz."

Maria spürte, wie sich der Raum um sie herum mit einer dunklen, erdrückenden Energie füllte. Doch in ihrem inneren begann sich eine andere, stärkere Energie zu regen – die gleiche, die sie in sich selbst entzündet hatte. Sie wusste was zu tun war. Sie wusste das der erste Schritt zur Heilung nicht nur in der Erkenntnis lag, sondern in der Akzeptanz und in der Bereitschaft, sich zu stellen.

„Ich verstehe", sagte Maria schließlich. „Aber der Schatten lebt nur, wenn wir ihm Macht geben. Wenn wir ihn aussprechen und ihn anerkennen, verliert er seine Kraft."

„Und wie können wir das tun?", fragte die Frau hoffnungsvoll. „Indem wir unsere Dunkelheit nicht mehr verleugnen", sagte Maria mit einer ruhigen Entschlossenheit. „Indem wir uns unseren Ängsten und der Schuld stellen, die wir in uns tragen. Denn nur wenn wir uns von der Vergangenheit befreien, können wir das Licht wieder finden."

„Und du wirst uns helfen?", fragte der alte Mann, seine Stimme war jetzt leiser.
„Ich werde mit euch gehen", antwortete Maria. „Gemeinsam können wir den Schatten vertreiben. Gemeinsam werden wir das Licht in unseren Herzen wieder entzünden."

Die Luft war schwer und dampfig, als Maria und Jona sich tiefer in das Dorf wagten. Die Dorfbewohner, die immer noch stumm und starr wirkten, begannen sich allmählich zu bewegen, als ob ein unsichtbarer Strom sie zu Maria hinführte. Ihre Augen waren nicht mehr ganz so leer wie zuvor, doch sie hatten immer noch diesen gequälten Ausdruck – als ob sie in einem endlosen Albtraum gefangen waren.

„Sie haben Angst", sagte Jona leide, als er einen der älteren Männer beobachtete, der mit zitternden Händen eine kleine Holzfigur in den Händen hielt. „Aber es ist mehr als das, oder? Es geht nicht nur um die Angst. Es ist die Schuld die sie tragen."

Maria nickte nachdenklich. Der alte Mann hatte recht gehabt. Der Schatten war nicht nur ein äußeres Wesen, er war eine Manifestation der Schuld, die die Dorfbewohner in ihren eigenen Herzen trugen. Etwas hatte sie in der Vergangenheit verwundet, und jetzt war diese Verletzung tief in ihre Seele eingekapselt.

„Wir müssen einen Weg finden, ihnen zu helfen, sich selbst zu befreien", sagte Maria mit festem Blick. „Wir müssen ihre Geschichte hören. Nur so können wir verstehen, warum dieser Schatten sie festhält."

Jona schaute sich um. Die Dorfbewohner waren noch immer in sich gekehrt, aber ihre Blicke folgten Maria, als ob sie hofften, dass sie die Lösung bringen konnte. Einige von ihnen hatten begonnen, sich aus ihrer Erstarrung zu lösen, ihre starren Körper langsam zu entspannen, als ob sie darauf warteten, dass etwas Entscheidendes geschah.

„Vielleicht sollten wir mit dem alten Mann sprechen", schlug Jona vor und zeigte auf denjenigen, der immer noch das kleine Holzfigürchen in der Hand hielt. „Er scheint mehr zu wissen. Vielleicht ist er der Schlüssel, um zu verstehen, was hier wirklich passiert ist."

Maria nickte. „Ja, ich werde mit ihm sprechen. Vielleicht weiß er wirklich mehr über den Schatten, der sie plagt."

Sie trat vorsichtig auf den alten Mann zu, der sie mit einem tiefen besorgten Blick musterte. Als sie näherkam, senkte er langsam die Augen auf die kleine Holzfigur, die er in seinen Händen hielt. Sie war aus dunklem Holz geschnitzt, die Linien grob und die Oberfläche von der Zeit abgenutzt. Doch etwas an ihr war eigenartig – sie schien fast lebendig zu sein, als ob sie eine eigene Energie ausstrahlte.

„Was ist das?", fragte Maria behutsam, als sie den Blick des Mannes spürte.

„Das ist der Schatten", sagte der Mann mit rauer, kaum hörbarer Stimme. „Die Figur... sie ist das Symbol für alles, was wir verloren haben. Sie erinnert uns an den Fehler, den wir begangen haben."

„Welchen Fehler?" fragte Maria weiter, ohne den Blick von der Figur zu nehmen. Etwas an ihr zog ihre Aufmerksamkeit an. Sie spürte die Schwere der Schmerzen, die damit verbunden waren.

Der alte Mann hob seine Augen und starrte sie mit einem Blick an, der sowohl schmerzhaft als auch entschlossen war.

„Vor vielen Jahren begingen wir einen großen Fehler. Wir waren ein stolzes Volk, voller Überzeugung und Vertrauen in unsre Stärke. Wir nahmen alles, was wir brauchten, ohne Rücksicht auf die Konsequenzen. Und in diesem Übermaß... zerstörten wir das Gleichgewicht der Welt um uns."

„Was genau haben sie getan?" fragte Maria, ihre Stimme ruhig, aber eindringlich.

Der Mann seufzte tief, als er den Blick senkte. „Wir haben einen Pakt mit den dunklen Kräften geschlossen. Ein Pakt, der uns Macht gab, aber auch die Dunkelheit in unser Herz ließ. Diese Figur ist das Ergebnis unseres Handelns.

Sie ist das Abbild des Schattens, den wir in der Welt entfesselt haben. Und er wird uns nie wieder in Frieden lassen, bis wir ihn auslöschen."

„Aber warum ist der Schatten geblieben?" fragte Jona, der jetzt zu Maria trat. „Warum hat er euch noch immer in seiner Gewalt, wenn der Pakt schon lange gebrochen ist?"
Der alte Mann blickte sie ernst an. „Weil wir uns selbst nicht vergeben können. Wir tragen die Schuld in uns und glauben, dass wir den Schaden, den wir angerichtet haben, nie wiedergutmachen können. Solange wir in diesem Schmerz gefangen sind, wird der Schatten uns immer heimsuchen. Die Dunkelheit lebt nicht nur in den Dingen, die wir taten – sie lebt in unserer Unfähigkeit, uns selbst zu vergeben."

Maria spürte eine tiefe Erkenntnis in ihrem Inneren aufsteigen. Die Worte des alten Mannes hallten in ihr nach. Der wahre Feind war nicht die Dunkelheit selbst, sondern das Unvermögen sich mit der eigenen Vergangenheit auseinanderzusetzen. Der Schatten war nicht nur eine äußere Bedrohung. Er war das Spiegelbild der ungelösten Konflikte in den Herzen der Dorfbewohner. Der Schlüssel zu ihrer Befreiung lag in ihrer eigenen Fähigkeit, sich zu vergeben und den Schmerz zu akzeptieren, den sie so lange verdrängt hatten.

„Ihr müsst lernen euch selbst zu vergeben", sagte Maria sanft, ihre Stimme voll Mitgefühl. „Nur dann kann der Schatten verschwinden. Er existiert nur, weil ihr ihm Macht gebt, euch zu quälen. Doch er kann nicht weiter existieren, wenn ihr euch von ihm befreit."
Der alte Mann schaute sie lange an, als ob er ihre Worte in seinem Inneren abwägen würde. „Aber wie... wie können wir uns selbst vergeben?"

„Indem ihr die Wahrheit erkennt und euch ihr stellt",
antwortete Maria. „Indem ihr die Verantwortung für das, was
geschehen ist annehmt und dann bereit seid, loszulassen.
Nur dann könnt ihr den Schatten vertreiben und das Licht
wieder in eure Herzen lassen."

Der alte Mann nickte langsam, doch Maria konnte sehen,
dass der Weg zur Heilung nicht einfach sein würde. „Es wird
nicht leicht sein, aber ich werde es versuchen", sagte er
schließlich, seine Stimme jetzt ein wenig fester. „Für uns alle."

„Es ist der erste Schritt", sagte Maria mit einem Lächeln, das
sowohl Hoffnung als auch Entschlossenheit ausstrahlte. „Und
zusammen können wir den Weg gehen."
Der Wind der jetzt über das Dorf zog, fühlte sich anders an.
Leichter, freier. Es war, als ob die Luft selbst mit dem Hauch
einer neuen Möglichkeit gefüllt war.

Doch Maria wusste, dass dies nur der Anfang war. Der
Schatten hatte viele Gesichter, und seine Wurzeln waren tief.
Aber sie war bereit. Zusammen mit Jona und den
Dorfbewohnern würde sie das Licht wiederfinden – für alle,
die es noch suchten.

Die Dämmerung brach über das Dorf hinein, und die sanften
Farben des Abendhimmels mischten sich in den letzten,
flimmernden Strahlen des Lichts. Doch in Maria war eine
neue Klarheit erwacht, eine tiefere Entschlossenheit, die von
der Begegnung mit dem alten Mann und den Dorfbewohnern
genährt wurde.

„Was tun wir jetzt?", fragte Jona, als sie am Rand des Dorfes stehenblieben, um den Sonnenuntergang zu beobachten. „Wie gehen wir weiter vor?"

„Wir müssen uns um sie kümmern", antwortete Maria, während sie den Blick auf die nahen Hügel richtete. Die Dorfbewohner hatten sich mittlerweile wieder in ihre Häuser zurückgezogen, und es herrschte eine gespannte Stille. „Wie können nicht einfach gehen und hoffen, dass sie sich selbst heilen. Sie brauchen uns noch."

„Und was genau sollen wir tun?" fragte Jona, als er sich umdrehte, um Maria anzusehen. „Wie können wir ihnen denn helfen, sich selbst zu vergeben?"

„Nur indem wir mit ihnen sprechen", sagte Maria nach einer kurzen Pause. „Indem wir ihnen die Möglichkeit geben, ihre eigene Wahrheit zu erzählen. Nur wenn sie ihre Geschichte aussprechen können, können sie die Last ihrer Schuld ablegen. Wir müssen sie ermutigen, sich der Dunkelheit zu stellen und sie in ihr Licht zu integrieren."

„Glaubst du wirklich das funktioniert?" Jona schien etwas zweifelnd.

„Ja", antwortete Maria ruhig. „Wenn sie ihre Geschichte akzeptieren können, verlieren die Schatten ihre Kraft."

Jona sah sie lange an, als ob er versuchte, ihre Worte in sich zu verarbeiten. Dann nickte er. „Also müssen wir uns die Zeit nehmen und zuhören."

In den kommenden Tagen verbrachte Maria und Jona viel zeit mit den Dorfbewohnern, sprachen mit ihnen, hörten ihren Geschichten zu und versuchten, die Wunden der Vergangenheit zu heilen.

Einige der Dorfbewohner waren verschlossen, und zogen sich noch immer in sich zurück. Doch immer begannen, sich zu öffnen, und Maria konnte sehen, wie die Dunkelheit in ihren Herzen langsam verblasste.

„Es ist erstaunlich", sagte Jona eines Abends, als sie zusammen am Feuer saßen. „Ich sehe, wie sich die Menschen verändern. Sie beginnen, sich selbst zu erkennen, und es ist, als ob die Schatten weniger werden."

„Ja das ist wirklich erstaunlich," stimmte Maria ihm zu.

Eines Nachts, als Maria an den Rand des Waldes trat, um einen Moment der Ruhe zu finden, spürte sie eine plötzliche Kälte, die über sie hinweg zog. Ein leises Rauschen erfüllte die Luft, als ob der Wind selbst flüsterte, als ob er eine Botschaft überbrachte, die sie verstehen sollte. In der Ferne konnte sie einen schwachen Lichtschein erkennen – ein vertrautes flimmerndes Zeichen. Sie wusste, dass es kein Zufall war. Es war ein Ruf.

„Maria," flüsterte eine vertraute Stimme, die aus dem Schatten des Waldes kam. Sie drehte sich erschrocken um und erblickte eine Gestalt, die zwischen den Bäumen hervortrat. Es war Adelaide.

„Adelaide?" fragte Maria verwundert, als sie die silberne, beinahe geisterhafte Gestalt erkannte. „Was machst du hier?"
„Ich bin hier um dir zu helfen", sagte Adelaide mit einer ruhigen, fast mystischen Stimme. „Der Schatten, von dem du hier sprichst, ist nicht nur das, was ihr gesehen habt. Er ist der Vorbote einer größeren Dunkelheit. Und es gibt noch viel mehr zu tun. Du bist nicht nur hier, um diesen Dorf zu helfen, Maria. Du musst den Ursprung des Schattens finden."

Maria blickte sie aufmerksam an. „Was meinst du?"

Adelaide trat einen Schritt näher und reichte ihr ein altes, vergilbtes Buch. „Dies ist der Schlüssel", sagte sie, „erinnerst du dich noch? Es wird dir jetzt wieder helfen, das große Geheimnis zu verstehen. Aber sei vorsichtig. Es gibt Kräfte die diesen Weg bewachen, und sie werden nicht zögern, dich zu testen."

„Was sind das für Kräfte?", fragte Maria, die nun den Ernst der Situation verstand.

„Der Wächter des Schattens", antwortete Adelaide. „Und du wirst ihm begegnen, wenn du den Weg weitergehst. Aber du bist bereit, Maria. Du hast das Licht in dir. Geh, und finde den Ursprung des Schattens, und vernichte ihn endgültig, bevor er noch mehr Schaden anrichten kann."

Mit einem letzten Blick auf Maria verschwand Adelaide wieder in den Schatten des Waldes, und der Wind wehte leise durch die Bäume. Maria stand einen Moment lang still und hielt das Buch in ihren Händen. Die Antworten lagen nun vor ihr – doch der Weg dorthin war gefährlich. Sie wusste, dass sie noch weit mehr lernen musste, um die Dunkelheit endgültig zu besiegen.

Sie trat langsam zurück in das Dorf, das nun in der Dämmerung lag. Die Geräusche des Waldes, das Rascheln der Blätter, und das ferne Rufen von Tieren, fühlten sich fremd an, als ob die Welt um sie herum immer noch von der Dunkelheit beeinflusst wurde, die sie zu bekämpfen versuchte. Doch der Wind trug auch ein Hauch von Hoffnung mit sich, ein leises Flüstern, das sie nicht losließ.

„Wir müssen herausfinden was in diesem Buch steht", sagte sie zu Jona, der sie abwartend ansah, als sie zurückkehrte.

„Adelaide hat mir gerade den Schlüssel gegeben, aber es ist ein schwerer Schlüssel. Es wird nicht einfach sein."

„Du denkst, es könnte noch mehr geben?". Jona schritt neben ihr und blickte auf das Buch das sie immer noch fest in der Hand hielt. „Ein tieferer Ursprung?"
„Ja", antwortete Maria mit festem Blick. „Den Schatten den wir bisher gesehen haben, ist nur ein Symptom, nicht die Wurzel. Der wahre Ursprung ist viel tiefer vergraben. Und ich glaube, dieses Buch wird uns den Weg weisen. Doch ich spüre auch, dass die Dunkelheit selbst ein Auge auf uns geworfen hat."

Jona nickte und trat einen Schritt zurück. „Und du bist bereit, dich ihr zu stellen?"
Maria atmete tief durch, ein Seufzen, das wie ein leichtes Zittern in der Luft hing. „Es bleibt mir keine Wahl, Jona. Es hat schon weit mehr als nur dieses Dorf beeinflusst. Ich habe das Gefühl, dass wir den Ursprung nicht nur hier in der Nähe finden werden. Der Schatten ist größer als wir dachten."

Während sie sprachen, saßen sie zusammen vor dem kleinen Feuer, das in der Mitte des Dorfes flackerte. Maria öffnete das Buch und begann langsam, die ersten Seiten zu studieren. Die Schrift war alt, der Text schien fast zu verschmelzen, als sie darüber hinwegging. Doch allmählich begannen die Worte sich zu ordnen. Sie las mit wachsendem Staunen.
„Es ist als ob das Buch eine Geschichte erzählt", sagte sie nach einer Weile. „Es spricht von einem alten Bund, der tief in der Geschichte der Welt verwurzelt ist. Ein Bund der von den ersten Zivilisationen geschlossen wurde, als die Dunkelheit in Form von Entitäten, die zwischen den Welten existierten, bekämpften."

„Entitäten? Du meinst, wie der Schatten?" fragte Jona.

„Ja genau, aber der schatten ist nur eine Manifestation. Er ist ein Teil eines viel älteren, komplexeren Wesens. Die Entitäten von denen das Buch spricht, sind nicht von dieser Welt. Sie stammen aus einer anderen Dimension, einer, die parallel zu unserer existiert. Die ersten Menschen versuchten, diese Dunkelheit in einem Pakt zu bändigen, indem sie ihre Seelen opferten, um Macht zu erlangen. Doch der Preis war hoch, sie hatten nicht nur ihre eigene Welt verflucht, sondern auch die der kommenden Generationen."

Maria blätterte weiter, die Worte verwoben sich zu einem düsteren Bild der Vergangenheit. Ein Bild von uralten Kriegern, verbotenen Ritualen und einem schwörenden Bund, der den Verlauf der Geschichte für immer verändern sollte.

„Also sind wir irgendwie ein Teil des Fluches?" fragte Jona.

„Ja", sagte Maria, „Die Dunkelheit wird durch unsere Ängste, unsere Gier, unsere Fehler genährt. Aber sie kann nur dann stärker werden, wenn wir ihr Raum geben. Und wir geben ihr Raum, indem wir unsere eigenen Dämonen ignorieren."

Eine kalte Gänsehaut überzog Maria, als sie die nächsten Worte des Buches las. Sie wies auf eine Passage, die ihre Aufmerksamkeit erregte:

„Und wenn der Feind von innen heraus erweckt wird, dann wird der Schatten durch das Blut eines Auserwählten zurückkehren. Er wird in den Körper des Gerechten eindringen und die Dunkelheit von innen heraus entfesseln."

„Was bedeutet das?" Jona beugte sich vor und versuchte, die Passage zu deuten.

„Es bedeutet, dass der Schatten nicht nur ein äußeres Wesen ist, sondern etwas, das auch tief in uns allen verborgen liegt", sagte Maria in einem ernsten Ton.

„Also ist der Schatten in jedem von uns?" fragte Jona, fast flüsternd.

„Ja, und das ist was wir fürchten müssen. Es ist der Kampf gegen das Böse in uns selbst," antwortete Maria.
Ein tiefes Schweigen legte sich über beide. Die Erkenntnis war erdrückend, aber notwendig.
„Also müssen wir nicht nur gegen die Entitäten kämpfen", sagte Jona nach einer Weile. „Sondern auch gegen uns selbst."
„Ja, genau," antwortete Maria, die inzwischen das Gefühl hatte, das sie einen entscheidenden Wendepunkt erreicht hatten. „Und der erste Schritt besteht darin, uns dem zu stellen, was wir in uns selbst abgelehnt haben."

In den Tagen, die folgten, verbrachte Maria und Jona viel Zeit mit den Dorfbewohnern. Sie arbeiteten mit ihnen, um ihre eigenen inneren Schatten zu erkennen. Doch die Reise war lang und anstrengend, denn nicht jeder war bereit, sich mit den tiefsten Ängsten und Verletzungen auseinanderzusetzen. Aber es war der einzige Weg, um wirklich zu heilen.

Und dann, eines Nachts, als Maria am Rande des Waldes stand und über das Dorf hinwegblickte, wusste sie, dass der wahre Test noch bevorstand. Der Ursprung von allem war näher als sie gedacht hatte, und die Reise zu ihm führte sie weiter, als sie sich je hätte vorstellen können.
Die Tage vergingen schnell, doch die Zeit schien dennoch stilzustehen. Das Dorf war nun in einem fast mystischen Zustand der Ruhe getaucht. Maria und Jona hatten sich mit den Dorfbewohnern weiter der Heilung gewidmet, aber Maria spürte, dass ihre Reise bald an einen Punkt kommen würde, an dem sie sich einer viel größeren Herausforderung stellen musste.

Etwas lag in der Luft – ein leises, aber stetiges Ziehen, als ob die Dunkelheit sich zusammenzog und wartete, bis sie endlich in ihrer vollen Größe hervortrat.

Eines Morgens, als die Sonne sanft über den Horizont schlich und die ersten goldenen Strahlen das Dorf küssten, spürte Maria, wie der Ruf wieder erwachte.
Der Ruf des unbekannten, des noch zu entdeckenden Ursprungs des Schattens. Sie konnte ihn fast hören – ein leises Wispern, das sich wie Nebel durch ihre Gedanken zog. Der Wind trug den Duft von Veränderung mit sich, und der Schatten, von dem sie immer wieder gehört hatte, begann sie erneut herauszufordern.
„Ich weiß nicht, was als nächstes kommt," sagte Maria zu Jona, „aber ich weiß, dass ich die Antworten nur dort finden werde, wo der Schatten geboren wurde, dort wo alles begann."

„Und wo genau ist das", fragte Jona.
„Ich glaube, es ist im Herzen der Welt", antwortete Maria, „wo die ersten Menschen in den alten Zeiten eine Entscheidung trafen, die ihre Welt für immer veränderte. Wir müssen dorthin gehen, wo es begann, um es zu beenden."

„Und wie willst du das schaffen?", fragte Jona. „Du weißt, dass der Weg gefährlich ist. Du weißt, dass die Dunkelheit dich testen wird."
„Ich weiß", antwortete Maria ruhig, „aber ich werde es schaffen, ich werde mich dem Schatten der Welt stellen, und das Gleichgewicht wieder herstellen."
Maria und Jona packten das notwendigste und machten sich auf den weg. Ihre Reise führte sie durch Wälder, über Berge und weitere Ebenen, immer weiter in das Unbekannte.

Das Ziel war unklar, aber Maria wusste, dass sie einen Ort erreichen musste, der weit entfernt von allem war, was sie kannte. Sie wusste das der Ursprung tief verborgen war, vielleicht in den Ruinen einer längst vergessenen Zivilisation oder in den Tiefen eines vergessenen Tempels.

Die Tage wurden länger und die Nächte kälter. Doch mit jeder Herausforderung wuchs Maria, sowohl in ihrem Wissen als auch in ihrer Stärke. Sie begegnete fremden Wesen, alten Ruinen und vergessenen Geschichten. Sie lernte von der Welt, die der Mensch vergessen hatte, und spürte die dunkle Präsenz, die immer näher rückte.

Eines Nachts, als sie am Lagerfeuer saßen, hörte Maria ein Geräusch hinter sich. Sie drehte sich abrupt um und sah eine Gestalt aus dem Dunkel der Bäume hervortreten. Es war eine Frau, mit langen, weißen Haaren, die wie ein Schleier hinter ihr her wehte. Ihre Augen waren schimmernd und schienen wie das Licht des Mondes, als ob sie alles in der Dunkelheit sehen konnte. Maria spürte sofort, dass diese Frau mehr wusste, als sie je hätte ahnen können.

„Du bist auf dem richtigen weg Maria", sagte die Frau mit einer Stimme, die wie der Wind in den Bäumen klang. „Aber du musst wissen, dass der Ursprung des Schattens nicht nur ein Ort ist. Es ist ein Moment in der Zeit. Ein Augenblick, in dem die Welt sich selbst betrügt."
„Was meinst du?" Maria trat vorsichtig vor.

„Die Dunkelheit die du suchst, ist nicht nur ein Gegner. Sie ist eine Idee. Ein Konzept. Sie ist das, was der Mensch nicht sehen will, was er verdrängt und vergisst.

Und sie wird immer wieder zurückkehren, solange der Mensch sich nicht der Wahrheit stellt. Sie leben in denjenigen die den Blick für das Ganze verloren haben."

„Und wie kann ich es besiegen?" fragte Maria ohne zu zögern.
Die Frau schüttelte den Kopf. „Du wirst es nicht besiegen. Du wirst es verstehen müssen. Wenn den Ursprung des Schattens suchst, musste du lernen, dass er nicht nur in der Welt existiert. Er ist ein Teil von dir. Du wirst dir selbst begegnen müssen. Nur dann wirst du den Schatten kennen und die Freiheit finden, dich ihm zu stellen."

Maria verstand in diesem Moment, dass ihre Reise mehr war als nur ein Kampf gegen etwas Äußerliches. Es war der Versuch, sich selbst zu erkennen, den eigenen inneren Schatten zu umarmen, um die wahre Freiheit zu erlangen.

Die Frau verschwand so plötzlich, wie sie gekommen war, und ließ Maria mit einem Gefühl des Wissens zurück. Sie wusste jetzt, dass ihre Reise sie tief in ihr eigenes Inneres führen würde. Der Ursprung lag nicht nur in einem fernen Ort. Der wahre Ursprung war in ihr.

Die Reise die Maria und Jona unaufhaltsam fortsetzten, schien mehr und mehr wie ein endloser Kreis. Die Welten der Landschaft, die sie durchquerten, wurden immer unheimlicher, als ob sie sich immer weiter von der Welt, die sie kannten. Der Wald wurde dichter, die Nächte dunkler, und mit jeder neuen Landschaft, die sie betraten, spürte Maria die Last ihrer eigenen inneren Reise stärker.

Der Weg schien immer tiefer in das Unbekannte zu führen. Die Begegnung mit der weißen Frau am Lagerfeuer hatte Maria beunruhigt, aber auch erleuchtet. Ihre Worte hallten immer wieder in ihrem Kopf: „Du wirst die Dunkelheit nicht besiegen, du musst sie verstehen." Es war eine Lektion, die sie nicht leichtfertig annehmen konnte, aber die sie doch tief in ihrem Inneren spürte, als einen der wichtigsten Schlüssel zu dem, was vor ihr lag.

„Maria wir müssen weiter", sagte Jona eines Abends, als sie sich an einen kleinen Fluss niederließen und über die letzten Tage nachdachten. „Es fühlt sich an, als ob der Schatten uns schon fast erreicht hat. Wir sind fast da, oder?"
Maria nickte, ihre Augen fest auf die flimmernde Wasseroberfläche gerichtet. „Ja, wir sind fast da. Aber ich spüre, dass es ein Kampf werden wird, aber wir müssen bereit sein, uns allem zu stellen."

Jona setzte sich neben sie, nahm ihre Hand und blickte in die Dunkelheit. „Hast du manchmal das Gefühl, dass wir uns selbst verlieren? Dass wir auf einem Weg sind, von dem wir nie zurückkehren können?"

„Es gibt keinen Weg zurück", sagte Maria leise. „Und das wissen wir beide. Aber das bedeutet nicht, dass wir aufgeben, wir sind schon so nahe dran, dass wir es bald sehen können. Und wenn wir es einmal erkennen, dann werden wir wissen, was tun ist."

In der Stille der Nacht, als der Mond in einem silbernen Strahlen über den Wald hinweg schimmerte, setzte sich Maria wieder in Bewegung. Sie wusste, dass sie die Dunkelheit, die sie suchte, in sich selbst finden würde.

Sie wusste auch das der Schlüssel, den sie brauchte, in den vergessenen Erinnerungen der ersten Menschen zu finden war. Die Ruinen, die sie auf ihrer Reise durchquerten, schienen immer mehr Hinweise zu geben, doch keine von ihnen brachte die endgültige Antwort. Es war, als ob sie immer wieder an eine unsichtbare Grenze stießen, die sie nicht überschreiten konnten.

Doch plötzlich an einem nebligen Morgen, als sie eine weitere Ebene überquerten, bemerkte Maria etwas.

Die Luft schien sich zu verändern, als ob der Raum selbst den Atem anhielt. Ein unsichtbarer Druck lag in der Luft. Etwas war hier. Etwas was sie immer gesucht hatte.

„Jona", flüsterte sie, ihre Stimme kaum mehr als ein Hauch. „Schau!"

Vor ihnen, inmitten des dichten Nebels, war eine dunkle Silhouette zu sehen. Sie war nicht natürlich, keine Form, die sie aus der Ferne erkennen konnten. Die Silhouette war wie eine andere Dimension, ein Riss im Raum selbst, und aus ihm strömte eine unerklärliche Kälte, die ihre Haut kribbeln ließ.

„Was ist das?" fragte Jona, seine Stimme zitterte. „Der Ursprung", flüsterte Maria, als ihre Augen in die Dunkelheit des Risses starrten.

Sie trat einen Schritt näher, ohne einen weiteren Gedanken an die Gefahr zu verschwenden. Alles, was sie getan hatte, jede Entscheidung, jede Herausforderung, hatte sie bis hierhin geführt. Sie wusste dass sie jetzt die Wahrheit erfahren würde – was auch immer sie bedeutete.

„Geh nicht allein hinein", sagte Jona, als er ihr folgte. „Wir müssen vorbereitet sein Maria."

„Ich weiß", antwortete sie, als sie die Hand ausstreckte, um den Riss zu berühren. „Aber ich muss es tun."

Ihre Hand fühlte sich sofort kalt an, als sie die Kante des Risses berührte. Es war, als ob der raum um sie herum sich veränderte – als ob die Zeit selbst langsamer wurde. Ein Zucken ging durch ihren Körper, und plötzlich fand sie sich in einer völlig anderen Welt wieder.

Die Farben waren blass und verschwommen, und der Himmel von einem unnatürlichem Grau, das keine Sonne durchbrach. Der Boden unter ihren Füßen schien zu vibrieren, als ob er lebendig war, und der Raum selbst war in ständiger Bewegung. Die Luft war schwer, und ein bedrohliches Murmeln durchzog die Stille.

„Wo sind wir?" fragte Jona, als er neben ihr auftauchte.
„Ich weiß es nicht", sagte Maria und sah sich um. „Aber ich glaube, wir haben den Ort erreicht, von dem das Buch spricht. Der Ursprung des Schattens. Hier muss alles begonnen haben."
Sie gingen weiter, immer tiefer in diese fremde Dimension, die nicht die ihre war. Sie spürten den Schatten wie eine lebendige Präsenz, die um sie lauerte. Es war als ob die Dunkelheit selbst sie beobachtete, als ob sie nicht nur durch den Raum, sondern durch die Zeit und ihre eigenen Gedanken hindurch zog.

Plötzlich schien die Luft zu pulsieren, und aus der Dunkelheit trat eine Gestalt hervor. Es war eine Frau, die Maria nur zu gut kannte – eine Frau aus ihrer Vergangenheit, die sie nie wirklich vergessen hatte. Es war die Gestalt ihrer Mutter.
„Du bist gekommen Maria", sagte die Frau mit einer Stimme, der wie der Wind in den leeren Hallen einer alten Ruine klang.

„Aber du bist nicht gekommen, um mich zu retten. Du bist gekommen um dich selbst zu retten."

Maria starrte auf die Erscheinung, die sie nie vergessen hatte, und wusste, dass sie nun endgültig an den Punkt gekommen war, an dem alles – ihre Vergangenheit, ihre Gegenwart und ihre Zukunft – miteinander verbunden war.

Maria stand wie versteinert, als die Erscheinung ihrer Mutter auftauchte. Es war als ob sich die Zeit selbst bückte und den Moment in eine Art Ewigkeit verwandelte. Ihre Mutter, die sie nie vergessen hatte, doch in all den Jahren so tief verdrängt hatte, war jetzt hier – in der Dunkelheit, in der sie sich auf ihrer Reise immer wieder verlor.

„Du hast mich gesucht, Maria", sagte ihre Mutter, die Gestalt immer noch unscharf wie ein gelebter Traum, „aber was hast du wirklich gesucht? Hast du dich selbst gefunden? Oder hast du versucht, mich zu finden, um deine eigene Schuld zu erlöschen?"

Maria fühlte, wie die Luft um sie herum kälter wurde, als der Schatten ihrer Mutter immer deutlicher wurde. Es war ein Moment, den sie nicht erwartet hatte, doch es war der Moment, auf den sie, in ihrem Inneren die ganze Zeit gewartet hatte. Die Dunkelheit von der sie immer gesprochen hatte, war nicht nur eine äußere Bedrohung. Sie war in ihr, ein Teil ihres eigenen Schattens, den sie immer wieder verdrängt hatte.

„Ich habe dich nicht vergessen", sagte Maria, ihre Stimme zitterte, aber sie sprach aus tiefstem Inneren. „Und ich habe nicht nach dir gesucht, um meine eigene Schuld zu befreien.

Ich habe mich gesucht, um die Dunkelheit zu verstehen, die in mir ist. Um den Ursprung des Schattens zu verstehen, der immer wieder in meinem Leben war. Und in dir, in uns beiden, ist dieser Ursprung."

Die Erscheinung der Mutter sah sie lange an, ein stiller Moment der Anerkennung schien durch den Raum zu fließen. Dann nickte sie leicht. „Du hast recht, Maria. Du musst dich dir selbst stellen. Du musst lernen, mit allem zu leben, was du bist, und was du warst. Und du musst die Angst verlieren, dich selbst zu lieben, so wie du bist" In diesem Moment spürte Maria, wie sich etwas in ihr veränderte. Es war als ob, ein Riegel in ihrem Herzen gelöst wurde, der all die Jahre der Angst und des Schmerzes zurückgehalten hatte. Sie sah ihre Mutter nicht mehr nur als das Bild einer Frau, die sie in der Vergangenheit verletzt hatte, sondern als das Spiegelbild eines teils von ihr, den sie selbst nie zu akzeptieren gewagt hatte.

„Ich verstehe", sagte Maria leise, während Tränen ihre Wangen hinunterliefen. „Ich habe die Dunkelheit in mir immer abgelehnt. Aber jetzt verstehe ich, dass sie zu mir gehört. Sie ist ein teil von mir, den ich lernen muss zu lieben."

Ihre Mutter lächelte sanft. „Ja, Maria. Du musst den Schatten umarmen, nicht bekämpfen. Nur dann wirst du frei sein." Langsam verschwand die Erscheinung ihrer Mutter, und der Raum, in dem sie sich befanden, begann sich zu verändern. Die Dunkelheit, die den Raum beherrschte, löste sich langsam auf, und der kalte, drückende Nebel verschwand. An seiner Stelle trat ein sanftes, warmes Licht, das sich wie ein unsichtbarer Schleier über alles legte.

Maria spürte, wie der Schatten, der sie all die Jahre begleitet hatte, sich in etwas Neues verwandelte. Etwas, das nicht mehr bedrohlich war, sondern friedlich und befreiend. Der Ursprung des Schattens war nicht der Ursprung einer unheilbaren Dunkelheit, sondern der Ursprung einer Lektion, die sie gelernt hatte.

„Es ist vorbei", sagte Maria, als sie Jona ansah.
Jona trat zu ihr, seine Augen voller Verständnis. „Du hast es geschafft, Maria. Du hast dich dem größten Schatten gestellt – dem in dir selbst. Und jetzt, wo du das Licht siehst, wird alles anders."

Und so verließen sie gemeinsam die fremde Dimension. Der Nebel, der sie eingehüllt hatte, löste sich, und die Welt um sie herum begann sich wieder zu formieren. Sie gingen zurück in die Welt, die sie kannten, doch alles war anders. Der Ursprung des Schattens lag nicht mehr in der Dunkelheit, sondern in der Erkenntnis, dass die Dunkelheit nur ein Teil des Lebens war – und das Licht nur das Akzeptieren beider entstehen konnte.
Die Reise hatte Maria verändert. Sie war nicht mehr nur eine Kämpferin, die versucht hatte, den Schatten zu besiegen. Sie war jetzt eine Frau, die den Schatten in sich selbst erkannt hatte und ihn in Liebe und Frieden umarmt hatte.

Als sie und Jona ins Dorf zurückkehrten, empfingen sie die Dorfgemeinschaft mit offenen Armen. Die Dunkelheit die sie befürchtet hatten, war verschwunden, weil sie anerkannt und akzeptiert worden war. Und an ihrer Stelle war ein neues Verständnis gewachsen, eine neue Weisheit, die die Gemeinschaft und das Leben in einem sanften Licht umhüllte.

Maria wusste, dass sie die wahre Bedeutung ihrer Reise erfasst hatte. Es war nicht das Endziel, das zählte, sondern der Weg, den sie gegangen war. Der Weg, um sich selbst zu erkennen und zu akzeptieren.

Also hatte Maria und Jona die Dunkelheit hinter sich gelassen, Sie verließen nun auch das Dorf und kehrten Hand in Hand zur Welt zurück, aus der sie beide gekommen waren. Jedoch war auch dort alles anders.
Die Stille der Umgebung, die durch das neu entdeckte Licht erleuchtet wurde, war nicht mehr die gleiche wie zu Beginn ihrer Reise. Es war als ob jeder Schritt, den sie machten, auf einem neuen Fundament stand, das auf der Erkenntnis von sich selbst und der Liebe aufgebaut war, die sie nun füreinander empfanden.

Die Tage, die sie gemeinsam in der Gemeinschaft verbracht hatten, waren erfüllt von einem neuen Frieden in ihrem Leben.
Maria spürte, dass Jona derjenige war, der ihr in all den schwierigen Momenten zur Seite gestanden hatte. Ihre Bindung war gewachsen, stärker, als sie sich je hätte vorstellen können. Das Band, das sie teilten, war nicht mehr nur das Abenteuer, sondern auch das einer tiefen, unerschütterlichen Verbundenheit.

Eines Abends als die Sonne langsam unterging und die goldenen Strahlen den Horizont mit einer sanften Wärme überzogen, saßen sie nebeneinander auf einer Bank im Park. Es war die gleiche, auf der Maria vor einiger Zeit mit Karl gesessen hatte und ihm den Brief von Adelaide gegeben hatte.

Nun lag der Duft von wilden Blumen in der Luft, und das Lächeln auf ihren Gesichtern, war wie ein stilles Versprechen.

„Maria", begann Jona, seine Stimme so sanft wie der Wind, der durch die bäume strich, „es gibt etwas, was ich dir schon lange sagen wollte."
Maria drehte sich zu ihm um und sah ihm in die Augen. „Was ist es?"

„Seitdem wir uns kennengelernt haben, habe ich viele Dinge über mich selbst entdeckt. Aber vor allem habe ich erkannt, wie sehr du mein Leben verändert hast. Du hast mir nicht nur geholfen, die Dunkelheit zu verstehen, sondern auch das Licht zu finden, das in mir verborgen war. Du hast mir gezeigt, was es bedeutet, wirklich zu leben."
Maria spürte wie ihr Herz schneller schlug. Die Worte die Jona sprach, trafen sie mitten ins Herz. Sie hatte nie damit gerechnet, dass noch einmal jemand in ihrem Leben so tief in ihren Verstand eindringen könnte, wie Jona es tat. Sie wusste, dass auch sie sich verändert hatte, und dass es eine Veränderung war, die sie durch ihn erfahren hatte.

„Jona", sagte sie leise, „du hast auch mir geholfen, mehr über mich selbst zu lernen. Du bist mehr als nur ein Freund, du bist der Mensch, mit dem ich mein Leben teilen möchte. In all der Dunkelheit, die ich durchlebt habe, warst du das Licht, das mich immer wieder aufgerichtet hat."
Jona ergriff ihre Hand, und die Wärme seiner Berührung ließ all die Kälte und Angst der Vergangenheit verschwinden. In diesem Moment war nur noch der Augenblick von Bedeutung, und der Gedanke, dass sie diesen Moment nicht alleine erlebten.

„Maria," flüsterte er, „Ich liebe dich. Mehr als Worte es je beschreiben könnten."

Für einen Moment war die Welt um sie herum wie angehalten. Maria fühlte wie sich ihre Brust weitete, als ob die Worte, die sie sich selbst nie zugetraut hatte, nun frei gelassen würden. „Ich liebe dich auch Jona", sagte sie, ihre Stimme fest und klar, als ob sie sich jetzt in diesem Moment selbst vollständig verstand. „Ich habe dich auf dieser Reise nie erwartet. Doch du bist zu dem geworden, was ich am meisten gebraucht habe."

Ihre Lippen trafen sich in einem Kuss, der all die Erinnerungen und Ängste, all die ungesagten Worte der Vergangenheit und der Gegenwart miteinander verband. Es war ein Kuss, der mehr war als nur ein Ausdruck der Liebe – es war ein Versprechen, ein gemeinsames Band, das sie für immer miteinander verband.

Gemeinsam machten sie sich Hand in Hand auf den Weg. Als sie Marias Haus erreichten, lag ein Gefühl des Friedens in der Luft. Der alte verlassene Ort war jetzt mit neuem Leben erfüllt. Die Räume, die einst von Dunkelheit beherrscht wurden, erstrahlte im Glanz der Liebe, die Maria und Jona miteinander teilten.

„Willkommen zu Hause, Jona", sagte Maria, als sie die Tür hinter sich schlossen und zusammen den ersten Schritt in ihre gemeinsame Zukunft machten.

Und in diesem Moment wusste Maria, dass die wahre Reise – ihre Reise in ein Leben der Liebe, des Verständnisses und des Friedens – nun erst richtig begonnen hatte.

Ende

Nachwort:

Maria hat ihren Weg gefunden, nicht indem sie die Dunkelheit
zerstört hat, sondern indem sie verstanden und ihren Platz im
Gleichgewicht akzeptiert hat. Sie hat gelernt, dass wahre
Stärke nicht im Kampf liegt, sondern im Wissen. Nicht in
Angst, sondern in Erkenntnis.

Diese Geschichte war nie eine über Sieg des Lichts über die
Dunkelheit. Sie war eine über Harmonie, über die Akzeptanz
aller Teile des Seins – auch derer, die uns Angst machen.
Denn erst wenn wir unsere eigenen Schatten verstehen,
können wir wirklich frei sein.

Vielleicht hast du auf diesen Seiten Antworten gefunden.
Vielleicht auch neue Fragen. Doch eines bleibt: Das
Gleichgewicht ist nicht etwas das man einmal erreicht und
dann bewahrt – es ist ein ständiger Tanz zwischen Licht und
Schatten, ein ewiges Lernen und Wachsen.

Danke das du Maria auf diese Reise begleitet hast. Möge sie
dich daran erinnern, dass jedes Ende nur ein neuer Anfang ist
– und dass das wahre Abenteuer oft dort beginnt, wo wir es
am wenigsten erwarten.

Zur Autorin:
Mein Name ist Monika Pistel, ich wurde 1978 in Leverkusen
geboren. Ich habe 38 Jahre meines Lebens in Köln
Stammheim verbracht. Jetzt wohne ich seit 8 Jahren im Ober
Bergischen Wipperfürth. Ich arbeite dort in der Baumschule
Pütz.
Seit einiger Zeit habe ich das Schreiben für mich entdeckt. Es
tut mir so gut, es holt mich immer wieder aus einem Tief. Ich
werde noch weitere Bücher schreiben, die einen tieferen Sinn
ergeben. Zwischen den Zeilen soll eine Botschaft stehen. Das
Lesen von guten Büchern, hilft dabei sich zu befreien. Sich
seinen tiefsten Ängsten zu stellen und zu verarbeiten. Denn
nur so sind wir in der Lage die Vergangenheit und auch die
Zukunft ins richtige Licht zu setzen.

Ich danke allen die mir dabei geholfen haben das ich den Mut
gefunden habe mit dem Schreiben anzufangen.
Dies ist nun schon mein zweites Buch.
Mein erstes Buch „Mein Opa war ein Nazi„ war schon recht
erfolgreich.
Und ich werde bestimmt noch weitere Bücher schreiben.

© 2025 Monika Pistel
Verlag: BoD · Books on Demand GmbH, In de Tarpen 42,
22848 Norderstedt, bod@bod.de
Druck: Libri Plureos GmbH, Friedensallee 273,
22763 Hamburg
ISBN: 978-3-7693-9832-8